Moritz Matthies

Ausgefressen

Roman

FISCHER Taschenbuch

MIX
Papier aus verantwortungsvollen Quellen
FSC® C006701
www.fsc.org

Erschienen bei FISCHER Taschenbuch,
Frankfurt am Main, März 2013

Druck und Bindung: CPI – Ebner & Spiegel, Ulm
Printed in Germany

ISBN 978-3-596-19356-1

Ein Team für alle Fälle

RAY lebt mit seinem Erdmännchenclan im Berliner Zoo. Er kann einen Tausendfüßler riechen, der zwanzig Zentimeter tief in der Erde steckt. Mit seiner Spürnase ist er der perfekte Schnüffler. Und als eines Nachts am Flamingogehege zwei Schüsse fallen, kann er dies endlich auch beweisen.

Rays Bruder **RUFUS** hat sich mit Hilfe der Zeitungen, die jeden Tag in dem Mülleimer am Gehegezaun landen, das Lesen beigebracht. Nun meint er, sein Wissen unbedingt weitergeben zu müssen. Nur interessierte sich leider niemand dafür. Bis jetzt.

ROCKY, der Erstgeborene, will unbedingt Clanchef werden und mischt überall mit. Er hat zwar keinen Trafo zwischen den Ohren, dafür aber fünfhundert Volt in den Vorderbeinen.

Stammbaum des ganzen Clans S. 286/287

Kapitel 1

»Es ist Liebe«, sage ich.

»Elsa?« Rufus bekommt Schnappatmung. »Biologisch gesehen ist das sexuell hybrid.«

»Rufus. Kannst du nicht reden wie alle anderen Erdmännchen?«

»Gut. Du bist pervers!«

»Nein«, erwidere ich ungerührt. »Es ist Liebe.«

»Unser alter Herr wird alles andere als begeistert sein, wenn er davon erfährt.«

»Es ist Liebe, Rufus. Da gibt es kein ›wenn‹.«

»Hast du mal einen Gedanken daran verschwendet, dass deine Auserwählte ungefähr doppelt so alt ist wie du – um mit den weniger bedeutenden Dingen anzufangen.«

»Na und?«, antworte ich.

»Außerdem habt ihr total verschiedene Interessen.«

»Woher willst du das wissen? Du kennst sie doch gar nicht.«

Rufus seufzt. »Sie ist ein Chinchilla, Ray, und du bist ein Erdmännchen, und …«

»Erdmann. Wenn es um Elsa geht, bin ich ein Erdmann.«

Wieder seufzt Rufus. Da macht ihm keiner was vor. Wenn er sich einen Job aussuchen dürfte, wäre es der von diesem bekloppten Italiener, der gegen Windmühlen gekämpft hat. Oder war es ein Franzose? »Meinetwegen ein Erdmann«, sagt er. »Jedenfalls mag sie die Berge, du lebst unter der Erde. Sie frisst kein Fleisch, du ernährst dich von nichts anderem. Außerdem ist sie nachtaktiv. Das heißt, ihr würdet euch praktisch nie zu Gesicht bekommen.«

Endlich ein Einwand, den ich entkräften kann. »Das kann für eine Beziehung sehr von Vorteil sein«, sage ich. »Glaubst du, Kunze und Gerda wären noch zusammen, wenn er nicht dreiundzwanzig Stunden am Tag pennen würde? Und sag mir jetzt nicht, dass das alle Löwenmännchen so machen.«

Rufus will etwas erwidern, zuckt jedoch zusammen. »Was war das?«, flüstert er, streckt sich im selben Moment und schnüffelt nervös in alle Himmelsrichtungen. »Hast du das auch gehört?«

So geht das jedes verdammte Mal, wenn wir Wache schieben. Alle zwei Minuten ist mein schreckhafter Bruder der festen Überzeugung, dass wir in höchster Gefahr schweben.

»Um Himmels willen«, sage ich tonlos. »Ein Savannenadler, direkt hinter dir. Lauf um dein Leben!«

Rufus sieht mich eine Weile an, dann rümpft er die Nase. »Spar dir deine blöden Witze, Ray. Nur weil wir im Zoo leben, heißt das nicht, dass es hier ungefährlich ist.«

»Rufus«, versuche ich es in versöhnlichem Ton, »wir sind beide hier geboren. Denk mal nach: Hat es in unserem Leben jemals einen einzigen Adlerangriff gegeben?«

»Hier nicht«, erwidert Rufus, »aber ich habe gelesen, im Zoo von San Diego ist es ...«

»Du sollst nicht so viel lesen. Und schon gar keine Gruselgeschichten.«

»Das stand in der Zeitung«, ereifert sich Rufus. »Außerdem ist es unerlässlich, dass wenigstens einer aus unserer Sippe sich darüber informiert, was im Rest der Welt vor sich geht.«

Ich könnte mir jetzt Rufus' Vortrag über die Bedeutung einer allgemeinen Schulbildung für Erdmännchen anhören. Will ich aber nicht. Rufus hat sich mit Hilfe eines internetfähigen Handys und den Zeitungen, die jeden Tag in dem Mülleimer an unserem Gehege landen, das Lesen beigebracht. Jetzt meint er, sein Wissen unbedingt weitergeben zu müssen. Nur interessiert sich leider niemand dafür.

»Wir sind hier nicht in San Diego«, lenke ich ab.

»Aber auch hier hat es schon einmal einen Adlerangriff gegeben. Pa kann sich noch gut erinnern …«

»Romantisches Afrikagedöns«, unterbreche ich meinen Bruder. »Pa ist genau wie wir alle hier im Zoo geboren. Die ganzen Geschichten von Afrika hat er aus zweiter Hand, nämlich von seinem Vater – der sie wiederum von seinem Vater hatte. Und am Ende steht dann der sagenumwobenen Chester, der angeblich noch mit seinen Rheumakrallen Puffottern erwürgt haben soll.«

»Hör auf, dich über unseren Gründervater lustig zu machen. Pa hat hier im Zoo als junges Erdmännchen einen Adlerangriff beobachtet«, insistiert Rufus.

»Das ist völliger Quatsch!«, entgegne ich. »Und das weißt du auch. Du kannst hier fragen, wen du willst. Alle sagen, der angebliche Adler war eine altersschwache Taube, die zufällig in unser Gehege gestürzt ist. Im Nachhinein hat Pa sich dann eingeredet, dass da ein Adler im Spiel war und dass der statt eines Erdmännchens die Taube erwischt hat.«

Rufus hat mir gar nicht zugehört. Wieder spitzt er die Ohren, streckt sich und schnüffelt in alle Richtungen. »Hörst du? Da war es wieder!«

Regungslos blickt er in Richtung des Flamingogeheges. Ich erhebe mich schleppend und folge seinem Blick. Da drüben ist es zappenduster. Genervt lasse ich mich wieder auf unseren Wachhügel sinken.

»Rufus, deine ständigen Panikattacken gehen mir langsam aber sicher auf meine Erdmännncheneier.«

»Wenigstens bringe ich nicht den gesamten Clan in Gefahr, nur weil ich supercool sein will«, erwidert Rufus.

»Was glaubst du: Hätte der Clan als Chef lieber einen supercoolen Erdmann wie mich oder ein zähneklapperndes Erdmännlein wie dich?«

»Ich hoffe, dass Pa eine vernunftgeleitete Entscheidung treffen wird. Ein Clanchef muss nicht stark sein, er muss vor allem klug und weitsichtig sein und …«

»Träumt ihr immer noch davon, Clanchefs zu werden, ihr Penner?« Hinter uns dröhnt eine sonore Stimme aus dem Bau. Sie gehört unserem Bruder Rocky junior. Er kommt gerade herausgeschlendert und grinst breit, wie üblich.

»Ah, der Erstgeborene«, spotte ich, »unser großes Vorbild. Was ist los, Rocky? Angst im Dunkeln? Soll Rufus dir noch eine Geschichte vorlesen, weil du nicht einschlafen kannst?«

Rocky lässt seine bemerkenswerten Muskeln spielen und schnauft verächtlich. »Wenn ich erst mal Clanchef bin, dann wird dir das Lachen noch vergehen, Ray.«

»Falls du überhaupt Clanchef wirst«, wendet Rufus vorwitzig ein.

Betont langsam dreht Rocky sich zu ihm um. »Hast du mich gerade von hinten angequatscht, Leseratte?«

Rufus muss trocken schlucken. Aber klein beigeben verbietet ihm sein Stolz. Sein Pech. »Erstens muss ich mich von dir nicht Ratte nennen lassen«, bringt er hervor. »Zweitens haben wir alle drei das gleiche Recht, uns als Clanchef zu bewerben. Und drittens habe ich dich …«

Man hört einen dumpfen Schlag, gefolgt von einem kurzen, heftigen Keuchen. Dann fällt Rufus zu Boden wie ein nasser Sack.

»Wird dir das nicht irgendwann langweilig?«, frage ich Rocky.

Er schüttelt den Kopf. »Wüsste nicht, warum. Und jetzt seid gefälligst ein bisschen leiser.«

»Wir dachten, du würdest sowieso noch mit unserer Schwester rummachen«, erwidere ich.

»Vorsicht, Ray«, droht Rocky und geht gemächlich zum Bau zurück.

Er könnte auch mir eine verpassen, aber das überlegt er sich lieber zweimal. Bei unserer letzten Prügelei habe ich mich derart fest in seinen Nacken verbissen, dass er tagelang den Kopf nicht bewegen konnte. Sah witzig aus. Seitdem hält Rocky Distanz.

Rufus kommt wieder zu sich. »Was war denn los?«

»Das Übliche«, erwidere ich. »Unser Bruder hat dir auf die Glocke gehauen. Wie lange willst du dir das eigentlich noch gefallen lassen?«

»Bis er begreift, dass Gewalt keine Lösung ist«, doziert Rufus.

»Für ihn ist Gewalt aber ganz offensichtlich eine Lösung«, gebe ich zu bedenken.

»Nur kurzfristig«, erklärt Rufus. »Keine Hochkultur hat bislang …«

Er unterbricht sich, streckt sich und schnüffelt. Mal was Neues.

Diesmal bin ich es, der seufzt. »Nicht schon wieder, Rufus.«

»Da war definitiv was«, sagt er. »Ich habe es genau gehört.«

Er späht aufmerksam zum Flamingogehege hinüber. Gelangweilt folge ich seinem Blick. In diesem Moment durchzuckt ein Blitz die Nacht, gleichzeitig ist ein trockener Knall zu hören. Erschrocken springe ich auf. Dann starren wir gemeinsam in Richtung des Flamingogeheges. Es sind nur wenige Tiere aufgewacht. Die meisten lassen sich hier, mitten in der Stadt, durch nichts mehr aus dem Schlaf reißen.

Gespannt warten Rufus und ich.

Da! Wieder ein Blitz, wieder gefolgt von diesem Knall.

»Ruhe da draußen!«, mault ein verschlafenes Gnu.

Dann ist alles still. Eine Weile stehen wir einfach nur da und warten. Außer Rufus, der leise zittert, scheint alles ruhig zu sein.

»Wir sollten Meldung machen«, sagt er wie in Trance.

Ich nicke. »Kein Problem. Ich sag Bescheid.«

Ich wende mich zum Bau. Nach wenigen Schritten kommt Rocky mir in Begleitung unserer Schwester Roxane und mehrerer Jungtiere entgegen.

Ich hebe die Arme. »Okay, Leute! Alle wieder zurück! Beeilt euch! Zurück in den Bau! Wir haben hier einen Zwo-fünf.«

Ich ernte erstaunte Gesichter.

»Was ist ein Zwo-fünf?«, lispelt die kleine Marcia aus dem fünften Wurf.

»Ein Zwo-fünf ist ein ungeklärtes Ereignis, das möglicherweise auf einen Angriff hindeutet«, erkläre ich freundlich. »In diesem Fall gilt Alarmstufe eins. Deshalb musst du jetzt ganz schnell zurück in den Bau, Marcia.«

»Oh!«, erwidert Marcia und macht große Augen.

»Findest du nicht, dass du ein bisschen dick aufträgst?«, fragt Rocky.

»Im Falle eines Zwo-fünf ist den Anweisungen der Wache unverzüglich Folge zu leisten«, erwidere ich ungerührt. »Also gilt auch für dich: Zurück in den Bau! Du kannst schon mal Pa wecken. Wir erstatten gleich Bericht.«

Rocky sieht mich verächtlich an. »Wie schon gesagt, kleiner Bruder: Dir wird das Lachen noch vergehen.«

»Aber klar doch«, grinse ich, »und jetzt ab mit dir ins Körbchen.«

Roxane muss kichern. Rocky wirft mir einen gehässigen Blick zu. Ich lächele verbindlich.

Als alle im Bau verschwunden sind, laufe ich zu Rufus zurück. »Ist noch etwas passiert?«, will ich wissen.

Rufus schüttelt den Kopf.

»Okay. Wie lange wollen wir warten?«

Rufus zuckt mit den Schultern. »Vielleicht noch ein paar Minuten. Ich hab mir eben vor Schreck auf die Füße gepinkelt. Ich möchte nicht so gern, dass das alle sehen.«

»Kein Problem«, erwidere ich. »Warten wir noch etwas.«

Ich stelle mich neben Rufus und blicke zum Flamingogehege. Dort ist alles still. Totenstill.

Am nächsten Morgen gönnt sich unser Clan ein Langschläferfrühstück. So nennen wir es, wenn wir den Fraß, den Pfleger Silvio uns jeden Morgen ins Gehege wirft, bis zum Mittag liegen lassen. Die Nacht war nicht nur aufregend, sondern auch lang. Die Blitze und das Krachen haben Pa an Erlebnisse in Afrika erinnert. Sagt er. Da er nie dort war, sind seine Abenteuer mit kaltherzigen Wilderern, gefährlichen Bestien und entfesselten Naturgewalten zwar pure Einbildung, aber die jüngeren Clanmitglieder stehen nun mal auf Gruselgeschichten. Rufus und ich wurden für unser ebenso mutiges wie umsichtiges Verhalten von Pa zu Hauptwachmännern ernannt. Rocky wäre vor Neid fast geplatzt. Rufus hat das mit einem derart dreckigen Grinsen kommentiert, dass Rocky ihm nach unserem nächtlichen Pow Wow gleich noch mal eins auf die Nase gehauen hat.

Jedenfalls haben die vorbeiziehenden Schulklassen heute Morgen mit einem leeren Erdmännchengehege vorliebnehmen müssen. Silvio hat zwar versucht, uns mit aufmunternden Worten aus dem Bau zu locken, allerdings ohne Erfolg. Wir gehören eben zu den eigenwilligen Gattungen. Außerdem legen wir es nicht darauf an, den Menschen zu gefallen – von Roxi einmal abgesehen, für die es einfach nicht genug Aufmerksamkeit geben kann. Ansonsten gilt: Wer für sein Geld möglichst viel Entertainment haben möchte, der muss eben zum Affengehege gehen.

Als ich noch schlaftrunken auf den Hauptgang zusteuere, höre ich beim Passieren des Osteingangs eine tiefe Stimme sagen: »Wenn ich Sie richtig verstehe, dann gibt es also keine Möglichkeit herauszufinden, ob er an diesem Tag tatsächlich hier war.«

Ich luge aus dem Osteingang und sehe zwei Männer, die an der Brüstung unseres Geheges stehen. Der eine hat einen Dreitagebart und wirkt insgesamt etwas schmuddelig. Jedenfalls hab ich definitiv schon Menschen gesehen, die sich regelmäßiger die Haare waschen. Er trägt eine Sonnenbrille und ein sandfarbenes Leinensakko, das aussieht, als wäre es unter einen Bus geraten. Nicht ausgeschlossen, dass der Kerl zu diesem Zeitpunkt noch drinsteckte. Er hält ein Foto in der Hand.

Ich kneife die Augen zusammen und kann das Porträt eines älteren Herrn erkennen. Ein silbergrauer Gentleman in einem teuren Anzug. Der Grandseigneur wirkt ein wenig arrogant, ist aber insgesamt eine sympathische Erscheinung. Irgendwie kommt er mir außerdem bekannt vor.

Der Typ im Leinensakko unterhält sich mit unserem Zoodirektor. Das ist der Einzige hier, der noch mehr zu sagen hat als Pa. Sogar noch mehr als Kong, der Gorillaboss. Der Zoodirektor ist bei den Menschen quasi der Clanchef.

»Sie können sich gerne die Digitalfotos anschauen, die von unseren Besuchern geschossen werden«, antwortet der Zoodirektor. »Wir löschen die Bilder immer erst nach einer Woche, falls doch mal jemand nach einem Foto fragt. Aber das dürfte eine Weile dauern. An guten Tagen kommen bis zu zehntausend Besucher.«

Das zerknitterte Leinensakko wirkt alles andere als begeistert. Er zieht eine Visitenkarte aus seinem Portemonnaie und hält sie dem Zoodirektor zusammen mit dem Foto des alten Mannes hin. »Ich werd's mir überlegen. Sollte Ihnen noch etwas einfallen: Sie wissen ja, wie Sie mich erreichen können.«

Der Zoodirektor wirft einen kurzen Blick auf die Visitenkarte, steckt sie zusammen mit dem Foto ein und reicht dem Schmuddeligen die Hand. »Gerne. Viel Glück bei Ihrer Suche. Und falls Sie noch Fragen haben – rufen Sie mich einfach an. Ich habe schließlich ein Interesse daran, dass diese Sache sich aufklärt. Wenn jemand nach einem Zoobesuch vermisst wird, ist das keine gute Publicity für uns.«

»Es ist nur eine Vermutung, dass der Vermisste zuletzt hier war«, wirft der Typ ein.

»Von der ich hoffe, dass sie sich nicht bestätigt«, erwidert der Zoodirektor, während er sich abwendet, um in Richtung der Cafeteria davonzugehen.

»Wo steckst du denn?«, beschwert sich Rufus. »Ich laufe hier durch die Gegend, halte lange Reden und stelle erst beim Westeingang fest, dass du längst nicht mehr neben mir bist.«

Ich antworte nicht. Stattdessen beobachte ich den Typen mit dem Leinensakko. Der hat gerade etwas in einem kleinen, schwarzen Buch notiert und packt nun Büchlein und Kugelschreiber wieder weg.

Rufus folgt meinem Blick. »Was ist los?«

»Weiß ich noch nicht«, erwidere ich. »Aber ich habe da so einen Verdacht.«

Der Typ zieht eine Packung Zigaretten hervor.

»Kannst du nicht lesen?«, blafft Rufus ihn an. »Hier ist Rauchen verboten!«

Besucher beschimpfen ist eines unserer liebsten Spiele gegen Langeweile. Wir werfen ihnen die schlimmsten Schimpfwörter an den Kopf, und zum Dank lächeln sie uns an und sagen: »Hör mal, wie süß der quiekt!« Kein Wunder, Erdmännisch ist eine wesentlich komplexere Sprache als beispielsweise Deutsch.

Erwartungsgemäß ignoriert der Schmuddelige Rufus' Bemerkung. Stattdessen öffnet er die Zigarettenpackung, steckt seine Nase hinein und atmet genüsslich den Tabakgeruch ein.

»Hast du nicht gehört, was mein Bruder gesagt hat?«, rufe ich.

»Muss ich erst rauskommen? Willst du unbedingt was auf die Fresse?«

»Du, der raucht gar nicht wirklich«, wirft Rufus beschwichtigend ein.

»Mir doch egal«, erwidere ich.

Tatsächlich steckt der Typ die Zigarettenschachtel wieder ein und zieht eine flache, silbern schimmernde Flasche aus der Innentasche seines Sakkos.

Wir strecken uns. Jetzt wird es spannend. Mirko, der Pfleger im Gnugehege, hat auch so ein Flasche. Wenn er daraus trinkt, weiß man nie, was als Nächstes passiert. Manchmal beginnt er zu weinen, und dann erzählt er Geschichten von einer Frau, die er mal gekannt hat. Oder er singt russische Lieder. Dann wieder streichelt er stundenlang das Gnu Mathilda und sagt so Sachen wie: »Du bist die Beste. Du würdest mich nie enttäuschen. Nur du verstehst mich.«

In Wirklichkeit kann Mathilda Mirko nicht ausstehen. »Wenn der Kerl mich noch einmal anfasst, dann beiße ich ihm einen Finger ab«, hat sie kürzlich gedroht.

Das Leinensakko nimmt einen großen Schluck aus seiner Flasche, derweil Rufus mir auf die Schulter tippt. »Was war denn nun dein Verdacht?«

»Der Typ da hat dem Zoodirektor ein Foto von einem alten Mann gegeben, der offenbar vermisst wird«, erkläre ich. »Ich dachte, das könnte mit den Ereignissen von letzter Nacht zu tun haben.«

Der Kerl setzt seine Silberflasche ab und schaut sich leicht verwirrt um. Muss ein teuflisches Zeug sein – wenn man Mathilda glaubt. Mirko hat ihr mal einen Schluck gegeben. Danach hat sie sich kurzzeitig großartig gefühlt, um anschließend drei Tage lang unter Kopfschmerzen zu leiden, die bis in die Geweihspitzen ausstrahlten.

Wieder nimmt der Typ einen kräftigen Zug. Wieder schaut er sich um. Schließlich bleibt sein Blick auf mir und Rufus haften.

»Was ist denn mit dem los?«, überlege ich.

Rufus zuckt mit den Schultern. »Frag ihn doch.«

»Hey! Penner! Was glotzt 'n du so doof?«

Der Schmuddelige rührt sich nicht. Irritiert betrachtet er die Flasche in seiner Hand, schaut wieder zu uns und nimmt erneut einen Schluck.

»Was ist los, Trantüte?«, lege ich nach. »Hör auf, uns beide so anzustarren, sonst komme ich raus und zieh dir die Falten aus deinem Sakko!«

Rufus muss schmunzeln. Mir dagegen wird die Sache langsam langweilig. Ich hatte gedacht, der Kerl wäre interessant.

»Lass uns frühstücken«, sage ich zu Rufus und will mich gerade abwenden, als der Typ sich gegen das Geländer lehnt, die Sonnenbrille abnimmt und sagt: »Was genau *ist* denn gestern Nacht hier passiert?«

Kapitel 2

Phil. So heißt er. Der Typ mit dem Leinensakko und der Sonnenbrille. Und nach ein paar Schlucken Single Malt Whisky versteht er offenbar Erdmännisch. Höchst sonderbar, die Angelegenheit, wie Rufus meint. Krasser Shit, wie ich finde. Schließlich hat es so etwas noch nie gegeben, jedenfalls nicht, seit unsere Sippe unter Ururgroßvater Chester aus der Savanne verschleppt und hier im Zoo angesiedelt wurde. Beinahe genauso krass finde ich übrigens die Tatsache, dass Phil Privatdetektiv ist. Und dass er gerade an einem Fall arbeitet.

Von den anderen Clanmitgliedern weiß es keiner. Nicht einmal Rufus habe ich davon erzählt. Deshalb ist die folgende Information streng vertraulich. Ich korrigiere: streng*stens* vertraulich! Die Sache ist die: Privatdetektiv zu sein ist mein Traumberuf, schon immer. Seit ich denken kann, will ich Privatdetektiv werden. Im Grunde, das wird jedem einleuchten, gibt es keinen Job, für den ein Erdmännchen besser geeignet ist. Überwachen und Observieren gehören quasi zu unserer genetischen Grundausstattung. Gleiches gilt für Spurenlesen und Herumschnüffeln. Ich bin der geborene Schnüffler. Nur dass meine Fähigkeiten hier im Zoo völlig verkannt werden. Besser gesagt: wurden. Denn heute ist Phil aufgetaucht. Und so, wie es aussieht, braucht er unsere Hilfe.

Es geht um Hanno von Sieversdorf. Phil sprach den Namen aus, als würde der Typ seit Jahrzehnten jede Woche mit Pa zusammen eine Tüte Regenwürmer leermachen. Dabei ist Hanno von Sieversdorf alleiniger geschäftsführender Gesellschafter der Sieversdorf GmbH, deren Logo praktisch jede zweite Kopfschmerzpackung der Republik ziert. Der Typ hat also mehr Euros im Keller als wir Sandkörner im Gehege. Rufus meinte ja, er hätte den Namen schon einmal in der Zeitung gelesen, aber mein kleiner Bruder würde sich eher die Krallen abnagen, als zuzugeben, dass er etwas nicht weiß. Jedenfalls ist dieser Hanno von Sieversdorf verschwunden. Gestern Nachmittag hat ihn seine Tochter Constanze am Zoo abgesetzt, seitdem hat keiner mehr etwas von ihm gehört oder gesehen. Zum verabredeten Abendessen mit seiner Tochter ist er nicht erschienen, nach Hause gekommen ist er nach Auskunft seiner Haushälterin ebenfalls nicht. Sein Handy ist ausgeschaltet, seine Mailbox wird offenbar nicht abgehört. Es ist, als sei er beim Eintritt in den Zoo von einer Parallelwelt verschluckt worden.

Hier komme ich ins Spiel. Gut: ich und mein Bruder Rufus. Nachdem Phil uns vorhin seinen Fall dargelegt hat, habe ich ihm einen Deal angeboten: Wir finden heraus, was es mit den Blitzen von letzter Nacht auf sich hat, dafür versorgt Phil den gesamten Clan einmal mit Lebendessen. Endlich bekomme ich die Chance, allen zu zeigen, was ich draufhabe. Pa wird Augen machen. Wenn ich wirklich herausbekomme, was hier gestern passiert ist, und Phil uns mit Lebendessen versorgt, dann wird er sich zweimal überlegen, ob er wirklich Rocky junior zu seinem Nachfolger bestimmt. Der hat zwar zugegebenermaßen fünfhundert Volt in den Vorderbeinen, dafür aber leider keinen Trafo zwischen den Ohren.

Wir warten, bis im Bau Ruhe eingekehrt ist, dann schleichen Rufus und ich durch den Geheimgang, der unter dem Weg entlang zu den Flamingos hinüberführt. Der Ausstieg liegt direkt hinter dem Flamingohaus. Zur Tarnung habe ich eine Gehwegplatte darübergelegt.

Rufus hat bereits weiche Knie, bevor wir draußen sind. Alleine die Vorstellung, sich frei im Zoo zu bewegen – außerhalb der Grenzen unseres Geheges –, setzt bei ihm so viel Adrenalin frei, dass er sich alle paar Minuten vor Aufregung seine eigene Klaue aufs Ohr haut. Am Ende, ich muss es zugeben, ist mein ganzer Clan ein ziemlich degenerierter Haufen. Pa, der Gicht und eine Staublunge hat, aber trotzdem darauf besteht, spätestens bei Sonnenuntergang in den Bau zu müssen, ist das beste Beispiel dafür. Noch immer redet er von der Savanne als »unserer spirituellen Heimat« und dem »geheiligten Land«, in Wirklichkeit aber könnten ihn alle Puffottern der Welt nicht mehr aus unserem Gehege vertreiben.

»Alles klar, Mann?«, frage ich meinen Bruder, als ich die Platte beiseitestemme.

»Klar ist alles klar«, keucht Rufus und schlägt sich die Klaue aufs Ohr.

Wir beginnen unsere Befragung bei den Flamingos. Erstens kamen die Blitze aus dieser Richtung, zweitens stehen wir sowieso gerade in ihrem Gehege, drittens sind Flamingos tag- und nachtaktiv. Wenn also jemand mitbekommen hat, was hier gestern passiert ist, dann am ehesten einer von ihnen. Das Problem ist: Flamingos sind sensationell vergesslich und rangieren in der Natur auf dem vorletzten Platz, wenn es darum geht, eins und eins zusammenzuzählen. Meine Fragen wollen also wohlüberlegt sein.

Ich klettere auf einen Begrenzungsstein und richte mich auf: »Alle, die wach sind: mal herhören!«

Schlagartig verstummt das Gequassel. Ungefähr die Hälfte der Flamingos dreht mir den Kopf zu.

»Hi«, sage ich.

»'n Abend, Ray«, grüßt mich ungefähr ein Dutzend Stimmen aus allen möglichen Richtungen.

»Okay«, setzte ich an, »passt mal auf: Das hier ist mein Bruder Rufus, und wir …«

»… 'n Abend, Rufus«, tönt es durcheinander, »hi, Rufus, hallöchen, Rufus.«

Nachdem mein Bruder reihum begrüßt worden ist, nehme ich einen erneuten Anlauf. »Wir führen eine Befragung durch …«

»Echt?«

»Cool!«

»Eine Befragung?«

»Ahhh …«

Ich hebe meine Vorderpfoten: »Seid mal bitte ruhig, Freunde. Es geht um gestern Abend – Ruhe bitte! Gestern Abend: Ist einem von euch da irgendetwas Besonderes aufgefallen?«

Sofort überschlagen sich die Stimmen: »Gestern Abend?«

»Also: Ich weiß nicht …«

»Was war denn das für ein Wochentag?«, kommt eine Stimme aus dem hinteren Teil.

»Ich kann mich nicht erinnern, glaube ich … Oder kann ich mich doch erinnern?«, sagt ein Flamingo, der direkt vor mir steht.

»Du kannst dich doch nie erinnern«, sagt sein Nachbar.

»Woher weißt *du* das denn?«

»Ihr könnt euch doch beide nichts merken – glaube ich.« Das kam wieder von weiter hinten.

»Mir ist nichts aufgefallen«, entschließt sich ein auf dem Boden kauernder Flamingo. »Jedenfalls nicht, soweit ich weiß.«

»Mir, glaube ich, auch nicht.«

»Okay«, rufe ich, »stopp! Ich werde meine Frage präzisieren.

Aufpassen! Die Frage lautet: Hat einer von euch gestern Abend Schüsse gehört?«

»Schüsse?«

»Hier?«

»Im Zoo?«

»Weshalb denn ausgerechnet Schüsse, äh, Ray?«

»Weil«, erläutere ich, »mein Bruder und ich glauben, letzte Nacht welche gesehen beziehungsweise gehört zu haben.«

»Echt?«

»Was waren denn das für Schüsse?«

»Das«, erwidere ich, »würde ich gerne von euch wissen.«

Schweigen. Dann: Getuschel. Die Flamingos stecken grüppchenweise ihre Köpfe zusammen.

»Also, die Schüsse hab ich auch gehört«, meint jetzt der auf dem Boden Kauernde.

»Hast du mir nicht eben noch erzählt, dass dir nichts aufgefallen sei?«, frage ich.

»Da wusste ich ja noch nicht, dass du die Schüsse meinst.«

»Schüsse haben wir auch gehört«, meldet sich jetzt eine Gruppe im Wasser stehender Flamingos zu Wort.

Das hatte ich vergessen zu erwähnen: Flamingos erzählen dir gerne, was du von ihnen hören willst. Bei den Menschen, meint Rufus, heißen solche Typen Opportunisten oder, wenn sie früher bei der Stasi waren: Wendehälse. Ich finde, das klingt, als hätte man den Begriff extra für Flamingos erfunden: Wendehals. Jedenfalls sind plötzlich alle der Meinung, Schüsse gehört zu haben.

»Kann mir jemand sagen, wie viele Schüsse es waren?«, will ich wissen.

Wieder stecken sie ihre Köpfe zusammen.

Schließlich meldet sich ein Oberschlaumeier zu Wort: »Was würdest du denn sagen, wie viele es waren, Ray?«

»Mein Bruder und ich haben sechs gezählt«, sage ich ungerührt. Und weil ich ahne, wie Rufus mich gerade ansieht, zische ich ihm zu: »Kein Wort!«

Es wird eine Weile getuschelt und geschnattert, dann verkünden die beiden, die sich eben noch gestritten haben, mit vereinter Stimme: »Sechs ist richtig.«

»Könnten auch fünf gewesen sein!«, kommt es von hinten.

»Vielleicht auch sieben«, ruft eine neu erwachte Stimme aus dem Haus, »aber wahrscheinlich stimmt sechs.«

»Ja, sechs.«

»Genau. Sechs hab ich auch gezählt.«

»Danke, Freunde!« Ich klettere vom Stein herunter. »Ihr wart uns eine große Hilfe.«

»Kein Problem.«

»Gerne, Ray.«

»Für dich immer.«

»Wenn du noch Fragen hast …«

Ich warte, bis Rufus alle Antworten auf seinem Haftnotizblock notiert hat, dann schiebe ich ihn durch die Hecke und zu den Elefanten hinüber.

Seit der Geburt ihres Sohnes Benjamin ziehen Nicole und ihr Mann Heiner voll die Vater-Mutter-Kind-Nummer ab. Mir wird bei so viel Harmonie ja schon vom Zusehen schlecht, aber ich bin ja auch kein Elefant. Die drei stehen engumschlungen im Sand und schlafen. Im Halbdunkel kann man kaum ausmachen, wo der eine aufhört und der andere anfängt.

»Nicole«, flüstere ich.

Nicole rührt sich nicht. Das ist der Nachteil bei Säugern, deren letzte natürliche Feinde vor ich weiß nicht wie viel tausend Jahren ausgestorben sind: Wenn die einmal schlafen … Rufus legt vorsichtshalber den Rückwärtsgang ein und zieht sich ein paar Meter zurück.

»Nicole!«

Ihr Rüssel beschnuppert den Rücken, auf dem er liegt, erkennt ihn als den ihres Sohnes und legt sich wieder zur Ruhe. Ich klettere auf Benjamins Rücken, taste mich bis zu Nicoles Rüssel vor und beiße vorsichtig hinein. Sie öffnet ein Auge, sieht etwas Fremdes auf ihrem Sohn sitzen, schreckt hoch und holt aus.

»Ich bin's, Ray«, sage ich und kreuze schützend die Vorderbeine vor dem Gesicht.

Langsam lässt Nicole ihren Rüssel sinken.

Inzwischen blinzelt auch Heiner aus verschlafenen Augen in meine Richtung. »Bist du auf einem Kamikaze-Trip?«

»Tut mir echt leid, dass ich euch geweckt habe«, beeile ich mich zu sagen. »Ich weiß, ihr steht da nicht so drauf ...«

Heiner schnauft, tritt an mich heran, bis seine in der Dunkelheit schimmernden Stoßzähne mich einrahmen und ich seinen Atem rieche. Der Typ stinkt. Aber das sage ich ihm natürlich nicht.

Stattdessen sage ich: »Du hast ganz schön viele Falten um die Augen. Bist du irgendwie traurig oder so?«

Seine Stimme umfängt mich wie ein warmes Bad aus Magensäure. »Bist du irgendwie lebensmüde oder so?«

»Beruhig dich, Heiner. War nur 'n Scherz. Deine Augen sind praktisch faltenfrei – abgesehen von ...«

Hoppla. Hab gar nicht gemerkt, wie sich sein Rüssel um meine schlanke Taille gewunden hat, wo er mir jetzt ... Ufff. Wozu atmen? Ist völlig überbewertet. Ich verliere den Halt unter meinen Klauen, und dann schwebe ich sehr, sehr dicht vor Heiners riesigem Quadratschädel, und sein Atem riecht genauso schlecht wie zuvor. Ich muss nicht einmal atmen, um das zu wissen. Jetzt fällt mir auch ein, was ich über die Elefanten zu sagen vergessen hatte: Sie sind relativ humorbefreit.

Mit dem letzten mir verbliebenen Zentiliter Luft erkläre ich

Heiner, dass sein Gesicht glatt ist wie ein Pavianhintern – ehrlich, kein Witz! –, dass ich mich total für ihn und Nicole freue, weil sie doch jetzt Nachwuchs bekommen haben, wo sie es doch schon seit Jahren versuchen und es vorher nie … Au! Das tut jetzt wirklich ein bisschen weh, Heiner! Was ich eigentlich sagen wollte, war, ob du vielleicht gestern Abend Schüsse gehört … Weil, da wird jemand vermisst, und wir fragen uns, also mein Bruder und ich, ob du, ob ihr … Ziemlich genau an diesem Punkt treten mir die Augen aus dem Schädel, und ich sehe die Sterne des Universums gesammelt auf mich herabstürzen. Sieht ganz cool aus, irgendwie, nur, dass ich es gerade jetzt nicht wirklich genießen kann.

»Zwei«, sagt Heiner. »Einer hat mich aufgeweckt, der andere hat mich daran gehindert, wieder einzuschlafen. So wie du gerade. War es das, was du wissen wolltest?«

Ich würde gerne »Ja« sagen, und »Echt nett von dir, Heiner, danke«, kann aber nur noch stumm nicken.

»Gut.«

Mit diesem Wort werde ich aus dem Würgegriff seines Rüssels entlassen, steige in die Höhe, sehe das Gehege von oben, sehr weit oben – ist der kleine Krümel da unten im Sand mein Bruder? –, beschreibe einen perfekten Kreisbogen und bohre mich Kopf voran in die Hecke, die das Gehege vom Weg trennt.

»Wie war's?«, will Rufus wissen, als wir unterwegs zu den Nashörnern sind.

»Nichts Neues«, antworte ich mit geschwollener Lippe und noch immer brennenden Augen.

»Ich meine, so durch die Luft zu fliegen.«

Ich bleibe kurz stehen und forsche in seinem Gesicht. Nix. Von Mitleid keine Spur: »Ach das«, sage ich mit gespielter Heiterkeit, »das war super.«

Er nimmt die Antwort hin. Ironie? Nie gehört. Und das ist noch der Beste aus meinem Clan.

Dass die Befragung der Nashörner nichts bringt, weiß ich vorher. Ursula und ich haben seit geraumer Zeit ein … nennen wir es: Kommunikationsproblem. Um ehrlich zu sein: Ich necke sie gerne ein bisschen. Das geht dann so: »Ey, Ursula! Wach mal auf!«

»Oh Gott, jetzt kommt der schon nachts!«

»Ursula: Ich weiß, das Denken liegt dir nicht. Aber das stört mich nicht, ehrlich. Dafür hast du ganz klar den knackigsten Hintern diesseits des Mississippi. Macht mich einfach total heiß. Kann ich nichts gegen machen. Komm, Baby, zeig mir deinen Hintern! Ach übrigens: Du hast nicht zufällig letzte Nacht Schüsse gehört?«

»Justus!« Sie fängt an zu flennen und stößt ihrem Mann ihr Horn in die Seite.

Justus' Kopf schaukelt träge hin und her. »Was denn, Liebes?«, brummt er.

»Er ist schon wieder da!«

Schlagartig ist Justus hellwach und richtet seine vier Tonnen Lebendgewicht auf mich aus.

»Hi, Justus, ich bin zufällig vorbeigekommen, und da dachte ich mir, weshalb nicht mal eben meiner Freundin Ursula ›hallo‹ sagen? Ich will sie dir ja auch gar nicht ausspannen oder so, Justus, ehrlich, ich respektiere eure Gefühle füreinander, es ist nur so, dass …«

»Verpiss dich!«

»Also, dass – ich kann nichts dafür, Justus. Der Hintern deiner Frau macht mich einfach …«

»Verpiss dich, hab ich gesagt!«

»Verzeih mir, Ursula, es ist einfach stärker als ich!«

»Zum letzten Mal: VERPISS DICH!«

Wenn ich Justus so weit habe, dass er, wie jetzt, vor- und zurückschaukelt und mit dem Vorderhuf das Erdreich verdichtet, dann kann ich eigentlich sagen, was ich will.

Zum Beispiel: »Hast du zufällig gestern Abend Schüsse gehört?«

Und schon lässt Justus alle Contenance fahren, stößt ein fürchterliches Gebrüll aus und rennt mit gesenktem Kopf auf mich zu. Das ist dann der Moment, in dem ich mich hinter die Absperrung zurückziehe und verfolge, wie er mit achtzig Sachen sein Horn in das Stahlgeländer rammt, wodurch sein Kopf nach hinten gerissen wird, er sich mindestens zwei Halswirbel und den Kiefer ausrenkt, in die Knie geht und Ursula aufs Theatralischste zu weinen anfängt. Warum ich das mache? Puh … ganz ehrlich: So genau weiß ich das auch nicht. Manchmal sitzt mir einfach ein kleiner Dämon im Nacken.

»War das wirklich nötig?«, fragt Rufus.

Typisch: Wenn ich, sein leiblicher Bruder, meterhoch durch die Luft geschleudert werde, dann interessiert Rufus anschließend nur, was für ein Gefühl das war. Wenn sich aber ein geistig minderbemitteltes Breitmaulnashorn an einer Eisenstange sein unnützes Horn eindellt, dann hat er plötzlich Mitleid. Ist das normal – mit einer fremden Art mehr Mitleid zu haben als mit seiner eigenen?

Die Pinguine wachen erst auf, nachdem Rufus und ich sie minutenlang mit Kies beworfen haben. Apropos: Sollte sich vorhin jemand gefragt haben, weshalb Flamingos in der Natur nur den *vor*letzten Platz belegen, wenn es darum geht, eins und eins zusammenzuzählen – hier kommt die Antwort.

»Ich muss den Chef sprechen!«, rufe ich über das Wasserbecken, nachdem ich sicher bin, im Besitz ihrer ungeteilten Aufmerksamkeit zu sein.

Keine Reaktion. Einige werfen sich Blicke zu.

Zweiter Versuch: »Wer von euch ist der Chef?«

»Max«, bekomme ich zur Antwort.

»Ja, Max ist der Chef!«

»Großartig«, antworte ich, »und wer von euch *ist* Max?«

Diese einfache Frage reicht aus, um unter den Pinguinen eine nächtliche Massenpanik auszulösen. Ungefähr ein Drittel von ihnen stürzt sich blindlings ins Wasser, ein weiteres Drittel läuft kopflos umher und ruft: »Wer ist Max? Oh Gott, wer ist Max?« Das letzte Drittel teilt sich in eine Gruppe, die meine Frage nicht verstanden hat, und eine, die Restintelligenz vorzutäuschen versucht und das Problem diskutiert.

»Bist du nicht Max?«

»Nein, der bin ich *ganz* sicher nicht!«

»Ach ja? Und wer bist du dann?«

»Weiß ich nicht, aber auf keinen Fall Max! Bist du nicht Max?«

»Ich? Du hast ja mal so was von überhaupt keine Ahnung!«

Aus humanitären Gründen verzichte ich darauf, den Rest dieser Diskussion aufzuzeichnen. Am Ende bezichtigen sich drei von ihnen gegenseitig, Max zu sein, zwei versuchen, sich zu ertränken, zwei weitere liegen bewusstlos auf dem Sandsteinfelsen.

Als ich nach den Schüssen frage, bekomme ich zur Antwort: »Also ich war's nicht – bin doch nicht Max.«

»Was? Max hat geschossen?«

Nach fünf Minuten gebe ich es endgültig auf.

»Und ihr fragt euch, weshalb ihr vom Aussterben bedroht seid!?«, schimpfe ich, und meine Stimme zittert zwischen den Steinen hin und her. »Null anpassungsfähig! Die Evolution ist voll Speed an euch vorbeigerauscht! Das hat noch jeder Spezies den Genickschuss verpasst. Nehmt euch mal ein Beispiel an den Krokodilen. Die gibt's schon seit … Rufus?«

»230 Millionen Jahren.« Seine Antwort kommt ebenso beiläufig wie prompt. Ich hasse ihn dafür. Wahrscheinlich ist die Zahl frei erfunden, aber Rufus ist schlau genug, um zu wissen, dass niemand es besser weiß.

»230 Millionen Jahren!«, rufe ich. »Und warum?«

»Weiß nicht«, antwortet ein im Wasser treibender Pinguin.

»Was hab ich gerade über Anpassungsfähigkeit gesagt?«

»Weiß nicht.«

Die Streithähne auf dem Felsen unterbrechen kurzfristig ihren Disput: »Wir sind vom Aussterben bedroht?«

Mit einem panischen Aufschrei stürzt sich alles ins Wasser, was nicht schon drin ist. Mit Ausnahme der beiden, die ohnmächtig sind. Mit Grausen wende ich mich ab. Mag sein, dass die Menschen echt voll fies und gemein zu uns Tieren sind und so, aber sobald man es mit Flamingos und Pinguinen zu tun bekommt, denkt man unwillkürlich, dass die echt froh sein können, im Zoo gehalten zu werden.

Der Rest unserer Befragung erbringt einen Haufen vollgekritzelter Haftnotizen, aber wenig Konkretes. Die Fenneks behaupten, alles haarklein beobachtet zu haben, wollen aber für ihre Informationen bezahlt werden. Ich glaub ihnen kein Wort. Die gesamte Sippe ist seit Jahren klebstoffabhängig. Für eine Tube Pattex würden die mir erzählen, dass letzte Nacht ein Ufo in ihrem Gehege gelandet ist und Hanno von Sieversdorf in eine ferne Galaxie entführt wurde. Als wir es bei den Affen versuchen, scheitere ich bereits am ersten Türsteher. Das ärgert mich zwar, auf der anderen Seite sind die Affen ein mafiöser Haufen und halten grundsätzlich jede Information unter Verschluss. Von denen hätte ich also ohnehin nichts erfahren. Die Giraffen hatten wie immer ihre Köpfe in den Zweigen und wissen von nichts, und von den Gnus will mal wieder jeder etwas anderes gehört und gesehen haben.

Ich begleite Rufus bis zum Einstieg unseres Geheimgangs. Als er bereits halb in der Erde steckt, sage ich ihm, dass ich noch eine kleine Runde drehe und gleich nachkomme. Ich wolle noch ein bisschen über den Fall nachdenken, den Kopf freibekommen.

»Freibekommen von was«, fragt Rufus, »von Elsa?«

Tja, so ist das: Nur weil jemand nervt, heißt das eben noch nicht, dass er blöd ist.

Als ich auf dem Weg stehe und zu Elsas Käfig emporblicke, der zurückgesetzt auf einer Anhöhe thront, meine ich, ihr seidiges Fell im Widerschein der fernen Bahnhofsbeleuchtung wie flüssiges Silber schimmern zu sehen. Mein Herz schlägt so laut, dass ich mich frage, wie die anderen Tiere bei dem Krach schlafen können. Ich weiß, wenn ich noch länger hier stehe, verlässt mich der Mut, also schwinge ich mich über den Zaun und klettere den Abhang zu ihrem Käfig hinauf.

Im Schlaf hat sie sich auf die Seite gedreht, ihre hellere Bauchseite dem Gitter zugewandt, den buschigen Schwanz wie eine Boa um ihre Hinterbeine geschmiegt, die zarten Füßchen schutzlos auf dem kalten Beton. Unmöglich zu sagen, wie lange ich sie so betrachte, meine Krallen um die Gitterstäbe gelegt. Es ist verrückt, denke ich. In der Natur trennen uns Tausende von Kilometern, inklusive des Atlantischen Ozeans, und ausgerechnet hier im Zoo kommen wir zusammen: Elsa und Ray. Schwer, da noch an Zufall zu glauben.

»Na, Kleiner – darfst du denn so spät noch raus?«

Der Schock gefriert mir die Glieder. Sie schläft gar nicht! Ich Idiot! Natürlich schläft sie nicht. Erde an Ray: Chinchillas sind nachtaktiv! Bestimmt hat sie schon die ganze Zeit mitbekommen … Ach was, ganz sicher sogar! Vor Scham würde ich mich am liebsten im Boden eingraben. Stattdessen setzt meine Atmung wieder ein, und ich gewinne langsam meine Fassung zurück. Es ist erstaunlich. Ihre Stimme erzeugt ein einziges Kribbeln in meinem Unterleib – selbst wenn sie mich beleidigt. Am Ende, fürchte ich, funktionieren Erdmännchen nach demselben Prinzip wie alle anderen Männchen auch.

»Hi, Elsa«, zwänge ich die Worte durch meine Kehle. »Wie läuft's denn so?«

In Super-slow-Motion dreht sie sich auf die Beine und mir ihren Kopf zu: »Was willst du, Ray?«

Ich probiere es mit Standbein / Spielbein, weil das lässiger aussieht, knicke kurz weg, kann mich aber im letzten Moment locker am Käfig abstützen. »Ich bin da an so einer Sache dran …« Vor lauter Übermut kreuze ich mein Spielbein über das Standbein. »Es geht um einen Menschen: Hanno von Sieversdorf. Dir muss ich ja sicher nicht sagen, wer das ist. Jedenfalls ist er verschwunden, hier im Zoo. Komische Sache. Könnte in Zusammenhang stehen mit den Schüssen, die gestern …«

Mit Entsetzen verfolge ich, wie Elsa gelangweilt im Dunkel ihres Käfigs verschwindet.

Kurz darauf treffen mich aus diesem Dunkel drei Worte wie Kugeln, mitten in mein blutendes Herz: »Gute Nacht, Ray.«

Kapitel 3

Rufus gibt sich alle Mühe, seine Nervosität als Übererfüllung seiner Wachmann-Pflichten zu tarnen. Keine drei Sekunden hält er es in einer Position aus. Vor dem Gehege sind zwei Jungs einer Schulklasse stehen geblieben, von denen einer meine Schwester Angie aus dem dritten Wurf gerne, wie er sagt, an seinen Dobermann verfüttern würde. Er hat eine dämliche rote Mütze auf, der andere eine noch dämlichere gelbe. So etwas würde ich mir nicht mal im Zirkus aufsetzen lassen.

»Guck mal«, sagt die Gelbmütze, »ein Erdmännchen-Spasti.«

Gemeint ist Rufus, bei dem vor Aufregung gerade die ersten Synapsen durchschmoren.

»Und der da sieht aus, als wär er voll auf Droge«, ergänzt Rotkäppchen.

Die Gelbmütze deutet mit ausgestrecktem Finger auf Rocky. »Meinst du den da?«

Rocky bläst sich auf. »Vorsicht, Freundchen«, murmelt er in Richtung der Jungen, »gleich ist deine Kappe weg.«

»Hihihi«, kichert Roxane. Das macht sie immer, wenn ihr kein vollständiger Satz einfällt. Mit anderen Worten: ständig. Kein Wunder, dass Rocky so scharf auf sie ist. Ein Weibchen, das in ganzen Sätzen reden könnte, würde ihn komplett überfordern.

Rotkäppchen stößt seinen Kumpel in die Seite und zeigt auf mich: »Nee, den da – der sich die ganze Zeit an den Eiern krault.«

Gelbmütze greift sich demonstrativ zwischen die Beine, die beiden Jungs prusten los. Dann steht die Lehrerin hinter ihnen und schiebt sich ihre Brille den Nasenrücken hinauf: »Ben-Lukas, Jeremy-Pascal: Abmarsch!«

Im Weggehen dreht sich Rotkäppchen noch einmal zu mir um, grinst dümmlich und greift sich in den Schritt.

»Hihihi.« Roxane.

Stimmt. Ich kraule mir tatsächlich die Eier. Übersprungshandlung. Auch ich bin nervös. Alle sind nervös – Ma, Pa, Rocky ... Der halbe Clan hat sich auf dem Hügel versammelt.

»Glaubst du echt, er kommt?«, raunt mir Rufus zu.

Das fragt er mich jetzt schon zum vierten Mal. Ich höre auf, mir die Eier zu kraulen und kratze mir stattdessen die Nase. Hektisch suchen meine Augen den Horizont ab. Geht nicht anders. Ich hab es probiert – mal die gesamte Zeit zwischen zwei S-Bahnen nur auf einen Punkt zu starren. Unmöglich. Ich muss einfach ständig die Gegend scannen. Rufus hat mir erklärt, der Grund dafür sei eine Art genetische Dauerschleife. Geholfen hat das nichts. 'ne Sonnenbrille. Die würde helfen. Mit verspiegelten Gläsern am besten.

»Hör endlich auf mit deiner dämlichen Hampelei«, antworte ich. »Er kommt, oder er kommt nicht.«

Pa bekommt einen Hustenanfall, kann sich nicht länger auf den Hinterbeinen halten und stützt sich schwerfällig auf die Vorderpfoten. »Lebendessen ...« Er träumt vor sich hin, als erinnere er sich an seine Jugend im Paradies zurück. Dabei kann er sich eine Welt ohne Zaun drum herum gar nicht vorstellen. Wenn ihm einer erzählte, dass er als Kind auf wilden Antilopen geritten sei, würde er sogar das glauben.

So stehen wir auf dem Hügel und warten.

Und warten.

Und warten.

»Kannste vergessen«, stellt Rocky fest. »Der kommt nicht mehr.«

Befriedigt schlendert er den Hügel herunter und patrouilliert mit geschwellter Brust einmal vor dem Zaun auf und ab, damit auch jeder Zoobesucher weiß, wer hier der nächste Clanchef ist. Die Arme leicht abgewinkelt, als könnte er sie vor lauter Muskeln nicht am Körper anlegen, und im Gegensatz zu Pa immer schön elastisch in den Knien. Schließlich kommt er den Hügel wieder raufgefedert. Ich liege unverändert auf der Seite, einen Ellenbogen aufgestützt.

»Irgendwelche besonderen Vorkommnisse, Sergeant?«, frage ich.

Er bleibt stehen, beugt sich zu mir herab und flüstert, so dass Pa es nicht hört: »An dem Tag, an dem ich die Nachfolge des ... Also: Wenn ich hier der Chef bin, dann kannst du dir 'nen neuen Bau suchen.«

Rufus, der mitgehört hat, flüstert von der anderen Seite: »Eingeschobener Nebensatz: Die Hürde ist zu hoch für ihn.«

»Klappe«, zischt Rocky. Und damit keine Missverständnisse entstehen, an wen diese Order gerichtet ist, ergänzt er: »Beide.«

»Jawoll, Sergeant!«, rufe ich und salutiere im Liegen.

»Hihihi«, zwitschert Roxane.

Ich zwinkere ihr zu, worauf sie kichernd die Klaue zum Maul führt. Rocky tut so, als bemerke er es nicht. Klappt natürlich nicht. Wann immer Rocky sich im Schauspielern versucht, ist er automatisch zum Scheitern verurteilt. Ganz gleich, ob er so tut, als sei er nicht eifersüchtig, oder ob er so tut, als würde etwas anderes als Ödnis den Raum zwischen seinen Ohren füllen. Er richtet sich zu voller Größe auf und streicht betont langsam über sein Fell, damit auch jeder sieht, was wir ohnehin alle wissen: dass niemand im Clan mehr Streifen auf dem Rücken hat als er.

»Entschuldigung, Sergeant«, ergänze ich, »ich meinte natürlich: General.«

Wenn er könnte, würde Rocky mir den Stinkefinger zeigen. »Vergesst es!«, verkündet er noch einmal, als habe er sich unten am Zaun Gewissheit verschafft. »Der kommt nicht mehr.« Mit einer schwungvollen Drehung steuert er den Bau an. »Roxi!«

Unsere Schwester schreckt auf: »Was denn?«

Rocky wirft ihr einen Blick zu, von dem er hofft, dass er Granit schneiden könnte.

»Oh«, ruft Roxane entschuldigend, »komme!« Einen Moment später sind die beiden im Bau verschwunden.

Nach und nach verkrümeln sich auch die anderen. Bevor Pa davonschlurft, wirft er mir einen Blick zu, der besagt: Am Ende ist das hier auch nur eine Enttäuschung mehr.

»Du darfst es ihm nicht übelnehmen«, sagt Ma, als sie ihm folgt. »Auf seine Weise liebt er dich trotzdem.«

»Aber sicher«, antworte ich und stelle fest, dass ich mir schon wieder die Eier kraule.

Bis es Abend wird, sitzen Rufus und ich zu zweit auf dem Hügel. Das heißt: Rufus zappelt immer noch herum, kratzt sich, putzt sich, reckt sich, dreht sich im Kreis – während ich sitze und mich der Abendstimmung hingebe. Keiner aus dem Clan glaubt mehr daran, dass Phil noch auftaucht und das vereinbarte Lebendessen mitbringt.

Es ist einer dieser warmen Sommertage, an denen ich unwillkürlich von einer eigentümlichen Sehnsucht ergriffen werde. Einer Sehnsucht nach etwas, das ich gar nicht kenne. Es passiert, wenn sich die Sonne dem Horizont entgegenneigt, die Schatten länger werden und langsam über den Hügel kriechen, wenn die Besucher den Ausgängen zustreben und dabei Buggys vor sich her schieben, in denen erschöpfte Kinder dösen. Ich hab natürlich keine Ahnung, ob das stimmt, aber ich denke dann jedes Mal: So muss sich die Savanne anfühlen.

»Pst.«

Manchmal bilde ich mir sogar ein, sie riechen zu können: der warme Wind, wie er über die Ebene streicht, der heiße Sand, die trockenen Wurzeln. Und wenn ich die Augen schließe, dann spüre ich die Weite und höre das Rascheln der Schlangen, die sich durch den Busch winden.

»Pssst!«

Es ist Rufus, der mich aus meiner Sehnsucht befreit. Ich sehe ihn an. Er deutet in sämtliche Himmelsrichtungen zugleich.

Schließlich sagt er: »Am Zaun.«

Und tatsächlich: Da steht er. Phil. Unser Detektiv. Mit einer Ray-Ban, die sein halbes Gesicht verdeckt. Lehnt am Geländer, neben sich eine blaue Plastiktüte. So eine hätte ich auch gerne, denke ich. Brille, versteht sich. Nicht die Tüte. Nur verspiegelt müsste sie noch sein.

»Ikea«, sagt Rufus.

»Was?«, frage ich.

»Steht auf der Tüte.«

»Und was sagt uns das?«

Er fuchtelt mit seinen Pfoten im Gesicht herum. »Weiß ich doch nicht.«

»Entspann dich«, sage ich. »Hast du deine Zettel?«

Mit zittriger Pfote zieht Rufus ein halbes Dutzend zusammengerollter, gelber, schweißdurchnässter Klebezettel unter der Achsel hervor. Das Wort Haftnotiz bekommt eine ganz neue Bedeutung. Ich stehe auf, strecke mich und schlendere zum Zaun hinunter. Rufus folgt mir mit zwei Schritten Abstand.

»Du bist spät«, begrüße ich Phil.

Der blickt ungläubig auf mich herab. Scheiße, denke ich. Entweder, das gestern war ein Zufallstreffer, oder er hat noch nicht genug getrunken, um mich zu verstehen. Letzteres würde mich wundern. So, wie sein Atmen riecht, haben sein Flachmann und er heute schon die ein oder andere interessante Unterhaltung geführt.

»Ja, klar«, gibt er schließlich zur Antwort. »Weil du ja auch so wahnsinnig viel anderes zu tun hast, als auf mich zu warten.«

Ich ignoriere seine Bemerkung und kann meine Pfote gerade noch davon abhalten ... Ihr wisst schon. Stattdessen kratze ich mir die Ohrmuschel und blicke mich geschäftig um.

Auch Phil sieht sich um. »Wenn mir jemand vor zwei Tagen gesagt hätte, dass ich meine Zeit mit Erdmännchen ...« Er zieht seinen Flachmann aus der Innentasche, nimmt einen schnellen Schluck und lässt ihn wieder in seinem Leinensakko verschwinden. »Was soll's.« Er sieht erst mich an, dann Rufus, dann wieder mich. Nehme ich jedenfalls an. Durch die Sonnenbrille ist es nicht zu erkennen. »Wie sieht's aus: Habt ihr Informationen für mich?«

»Wie sieht's mit der Bezahlung aus?«, entgegne ich.

Mit dem Rücken gegen das Geländer gelehnt, wartet Phil, bis ein Nachzügler-Rentnerpärchen an ihm vorbeigewackelt ist. Dann hievt er die blaue Tasche über den Zaun. Sofort stürzt Rufus sich auf die Tüte und verschwindet darin.

»Tupperdosen«, stellt er fest. Sein Kopf taucht auf. »Acht Stück, unterschiedliche Größen.«

»Spinnen, Schnecken, Larven, Tausendfüßler, drei Sorten Käfer, Raupen«, zählt Phil auf. »In der großen mit den Löchern sind Mäuse.«

»Mäuse!« Unwillkürlich pfeift Rufus durch die Zähne. »Geilomat.«

Wie mich das nervt. Am Ende hat sich keiner in unserer Familie richtig unter Kontrolle. Den ganzen Tag doziert mein Bruder mit gestelzten Worten über griechische Philosophie, Prozessorgeschwindigkeiten oder die neuesten Trends in der Medizin, und kaum kommt jemand mit Lebendessen, gehen die Instinkte mit ihm durch, er stürzt sich auf eine Tupperdose und ruft »Geilomat!«. In null Komma nichts ist Rufus im Bau verschwunden, keine zwei Minuten später haben die Männchen aus dem zweiten und dritten Wurf sämtliche Tupperdosen in Sicherheit gebracht. Im Bau bricht ein Jubel los, als würde Justin Bieber ein Erdmännchen-Exklusivkonzert geben. Ohs und Ahs dringen nach draußen.

Rufus findet sich wieder bei mir ein, nervöser denn je. In seinem Mundwinkel hängen Reste eines Tausendfüßlers. »Rocky ist in einem Zustand«, flüstert er mir zu, »den ich euphemistisch als ›verärgert‹ umschreiben würde.«

Rufus weiß, dass ich nicht weiß, was »euphemistisch« bedeutet. Aber wenn er glaubt, dass ich ihn danach frage, ist er schief gewickelt. Ich warte einfach.

»Also?«, fragt Phil schließlich.

Mein Einsatz: »Wir haben letzte Nacht eine großangelegte Befragung unter den Tieren durchgeführt«, erkläre ich.

Phil sieht sich das Gehege an und rüttelt am Zaun. »Heißt das, ihr könnt den Käfig verlassen?«

Ich tue so, als würde ich meine Krallen checken. »Bin ich ein Erdmännchen?«, frage ich zurück.

»Wenn du es nicht weißt …«

»Ihr Menschen seid komische Vögel«, führe ich aus. »Meint, ihr könntet ein Erdmännchen einsperren, indem ihr einen Zaun aufstellt? Dabei habt ihr selbst uns unseren Namen gegeben: *Erd*männchen …« Ich warte, bis bei Phil der Groschen fällt. Vielleicht tut er es, vielleicht auch nicht. Ist nicht zu erkennen. Echt cool, die Brille. »Um deine Frage zu beantworten: Ja, ich kann jederzeit dieses lächerliche Gehege verlassen.«

Roxanes schrille Stimme dringt aus dem Bau: »Iiihh! Die bewegt sich ja!«

Offenbar hat Rocky gedacht, er könne bei ihr punkten, indem er ihr eine Maus zum Geschenk macht.

»Hab dich nicht so!«, mault er. »Die anderen würden … Die sind alle krass geil auf 'ne Maus.«

»Also *ich* rühr das nicht an!«, quietscht unsere Schwester.

Meine ganze Familie ist so was von scheißpeinlich. Ich versuche, mir nichts anmerken zu lassen, und kratze mir locker die Kniekehlen. »Was unsere Befragung angeht …« Ich werfe Rufus einen vielsagenden Blick zu: Sein Auftritt.

»Oh, ja.« Er versucht, Ordnung in sein Zettelchaos zu bringen. »Hab's gleich …«

Phil sieht meinen Bruder an, als erkenne er in ihm die Inkarnation Jesu. »Du kannst schreiben?«

»Ist doch nichts dabei«, antwortet Rufus, während er seine Notizen sortiert. »Bereits die alten Ägypter …«

»Rufus«, ermahne ich ihn. »Schlechter Zeitpunkt für wissenschaftliche Vorträge.«

»… 'tschuldigung.«

»Also«, nehme ich einen zweiten Anlauf, »unsere Befragung hat Folgendes ergeben …«

Hektisch löst mein Bruder die letzten schweißverklebten Zettel voneinander. Dann ist er so weit: »Wenn man die Aussagen der Flamingos und der Pinguine herausrechnet und berücksichtigt, dass die Nashörner« – er wirft mir einen vorwurfsvollen Seitenblick zu – »nicht bereit waren, eine Aussage zu machen, ergibt sich folgendes Bild: Übereinstimmend sind Geräusche bemerkt worden, die darauf schließen lassen, dass innerhalb des Zoos Schüsse gefallen sind, und zwar mindestens einer und höchstwahrscheinlich nicht mehr als sieben, auch wenn eines der Gnus standhaft behauptet, dreiundzwanzig Schüsse gehört zu haben – was ich persönlich stark in Zweifel ziehe, da Gnus von Natur aus maximal bis drei, in seltenen Fällen bis vier zählen können. Wahrscheinlich ist, dass diese Schüsse im südwestlichen Teil des Zoos gefallen sind und entweder vor oder nach der letzten Fütterungszeit.« Rufus ist zu nervös, um die Zettel wieder zusammenzurollen, klatscht sich den Papierklumpen so unter die Achsel und macht Männchen, als erwarte er, einen Orden angesteckt zu bekommen.

Phil nimmt die Brille ab und reibt sich die Schläfen. Er hat blaue Augen, wie ich feststelle. Ist im Tierreich sehr selten. Blau und irgendwie … traurig. Ziemlich lange blicken diese traurigen Augen zur Bahntrasse hinüber, bleiben schließlich an einem ICE hängen und lassen sich forttragen.

»Ich habe also heute den halben Tag damit verbracht«, fasst er endlich zusammen, »Lebendessen für einen Erdmännchenclan aufzutreiben, um zu erfahren, dass vorgestern möglicherweise« – er zählt seine Finger – »Schüsse gehört worden sind. Wahrscheinlich nicht weniger als einer und nicht mehr als sieben. Vermutlich im Zoo, eventuell im südwestlichen Teil. Vor oder nach der letzten Fütterung. Ist das so richtig?«

»In etwa«, antworte ich.

Rufus nickt bestätigend.

Phil setzt seine Brille wieder auf und richtet sie in die letzten Sonnenstrahlen des Tages. »Ich wusste es.«

»Was?«, will Rufus wissen.

»Nicht wichtig …« Er wendet sich ab und steckt die Hände in die Taschen.

Jetzt, da ich seine Augen gesehen habe, weiß ich, dass auch in ihm eine Sehnsucht schwelt. Vielleicht nicht die nach der Savanne. Sondern nach … Ach, wer weiß das schon? Am Ende trägt jeder seine eigene Savanne mit sich herum, schätze ich.

»Macht's gut, Jungs«, sagt Phil im Gehen. »Die Dosen könnt ihr behalten …«

Er hat bereits den Kiesweg erreicht, und Rufus lässt selbstmitleidig den Kopf hängen, als ich ihm nachrufe: »Hey, Schnüffler!«

Er dreht mir noch einmal seine Brillengläser zu, in denen sich der Sonnenuntergang spiegelt.

»Wir glauben ja, dass es beim Eiswagen war«, rufe ich, »und dass es zwei Schüsse waren.«

Phil legt den Kopf schief, zögert einen Moment und tritt noch einmal an das Gehege heran. »Und wie kommen die Herren Erdmännchen zu diesem Schluss?«

»Rufus?«, sage ich.

Mein Bruder zuckt zusammen. Wenn er damit beschäftigt ist, sich selbst leidzutun, ist er wie in Trance. »Ja?«

»Wie kommen wir darauf, dass es zwei Schüsse waren und dass sie in der Nähe des Eiswagens gefallen sind?«, frage ich ihn.

Noch einmal zieht er seinen gelben Papierklumpen hervor und pfriemelt die Zettel auseinander. Appetitlich geht anders. Endlich findet er, was er sucht: »Statistischer Mittelwert.«

»Statistischer Mittelwert?«, wiederholt Phil.

Rufus zieht entschuldigend die Schultern hoch.

»Außerdem haben wir zwei Schüsse gehört und zwei Blitze gesehen«, ergänze ich.

»Ihr habt zwei Schüsse gehört und zwei Blitze gesehen?

»Korrekt«, antwortet Rufus.

Phil deutet zum Eiswagen hinüber. »Bei dem Eiswagen da hinten?«

Rufus nickt eifrig. Ich erspare mir eine Antwort. Langsam wird es mir zu blöd.

»Und warum sagt ihr mir das nicht gleich?«

»Rufus?«, frage ich.

Rufus haut sich mal wieder seine eigenen Pfoten um die Ohren. Ich wünschte wirklich, er könnte eine weniger bescheuerte Übersprungshandlung finden.

»Weiß nicht«, zischt er.

Ich schlenkere lässig mit den Armen und versuche, eine Augenbraue hochzuziehen. Das ist was, das die Menschen uns echt voraushaben: *eine* Augenbraue hochziehen. Und mit den Fingern schnippen. »Tja ...«, erkläre ich.

Phil sieht sich um. Inzwischen ist der Zoo praktisch menschenleer. »Wie viel Zeit hab ich noch, bevor die mich rausschmeißen?«

»Bis Opa Reinhard kommt und seinen Rundgang macht«, antworte ich.

»In Minuten?«

»Sehe ich aus, als könnte ich die Uhr lesen?«

Rufus und ich verfolgen, wie Phil zum Eiswagen hinübergeht und anfängt, erst im Mülleimer zu stöbern und anschließend Beas Wagen zu untersuchen. Mein Bruder bekommt Glupschaugen, als er sieht, wie Phil etwas aus seiner Tasche zieht, sich am Schloss des Eiswagens zu schaffen macht und einen Moment später darin verschwunden ist.

»Ich könnte mir vorstellen, dass das nicht zu hundert Prozent mit den hiesigen Gesetzen in Übereinstimmung zu bringen ist«, bemerkt Rufus.

Ich antworte nicht. Stattdessen blicke ich möglichst unauffällig zu Elsas Käfig hinüber. Erst ist Phil im Eiswagen verschwunden, jetzt verschwindet die Sonne hinter der S-Bahntrasse. Der Schatten legt sich über den Zoo wie ein großes Schweigen. Ein Tag wie unzählige vor und nach ihm. Aber nicht für mich. Im Zwielicht erkenne ich, wie Elsa sich auf dem Boden räkelt und ihr paradiesisch weiches Bauchfell leckt. Das Wort »lasziv« liegt mir auf der Zunge, ohne dass ich genau wüsste, was es bedeutet. Ich könnte Rufus fragen. Mach ich aber nicht. Elsa weiß, dass ich sie heimlich beobachte, jede Wette. Und sie weiß, dass ich an was dran bin. Womöglich an etwas Großem. Es stimmt schon: Ich wühle in der Erde herum, habe ständig Sand zwischen den Krallen, mein Fell ist fleckig und nicht halb so weich wie ihres ...

Aber ich hab's drauf. Und früher oder später wird auch Elsa das erkennen.

Phil kommt zurück. Seine Brille hat er abgenommen. Jetzt sieht er nicht mehr nur traurig aus, sondern außerdem nachdenklich. Am Zaun bleibt er stehen. Eine Zeitlang wirkt er, als warte er auf jemanden. Kommt aber keiner.

»Vorgestern setzt Constanze von Sieversdorf ihren Vater am Zoo ab«, überlegt er irgendwann. »Seitdem ist er verschwunden. Gestern früh ruft die Eisverkäuferin an ...«

»... Bea ...«, wirft Rufus ein.

Phil nimmt die Information auf, ohne es zu merken. »... die Eisverkäuferin Bea an, um sich und ihren Mann ...«

»... Atze ...«

»... ihren Mann Atze krankzumelden. Dann gibt es da zwei Erdhörnchen, die ...«

»Erdmännchen.« Das war ich, diesmal.

»... Erdmännchen, die mir erzählen, dass laut statistischem Mittelwert vorgestern in der Nähe des Eiswagens zwei Schüsse gefallen sind.« Phil nimmt noch einen kurzen Schluck aus seinem Flachmann. »Der Eiswagen macht einen ziemlich unaufgeräumten Eindruck. Da scheint es jemand sehr eilig gehabt zu haben. Hinter dem Mülleimer lag übrigens das hier ...« Gedankenverloren zieht Phil zwei zerknüllte Papierservietten aus der Jackentasche. Sind dunkle Flecken drauf. So viel ist sogar in der Dämmerung zu sehen. Phil richtet sich an mich: »Viel Sinn bekomme ich da noch nicht rein«, stellt er fest.

»Halt mal an den Zaun«, sage ich. Und als er nicht reagiert: »Die Servietten.«

Er blickt die Servietten an, als bemerke er sie erst jetzt, und drückt sie durch eine Masche. Rufus und ich untersuchen sie gemeinsam: schnüffeln, lecken, schaben, zupfen. Dauert nicht länger, als Phil gebraucht hat, um das Schloss am Eiswagen zu knacken. Mein Bruder und ich tauschen ein Blick stummen Einverständnisses. Mein Auftritt:

»Menschenblut«, stelle ich fest, »männlich.«

Phil zieht die Augenbrauen hoch, beide. »Das kannst du nicht wirklich riechen.«

Menschen: Sobald irgendwer irgendetwas besser kann als sie, glauben sie, die Weltherrschaft wird ihnen entrissen. »Ich bin ein Erdmännchen, Phil. Ich rieche einen Tausendfüßler, wenn er ... Rufus?«

»... zwanzig Zentimeter ...«

»... zwanzig Zentimeter tief in der Erde steckt. Und das da« – ich deute auf die Servietten – »ist Menschenblut. Männlich.«

Phil selbst beschnuppert die Servietten und riecht, was Menschen immer riechen: nichts. »Ich weiß nicht, ob ich wirklich froh darüber sein sollte, eure Sprache zu verstehen ...« Seine Gedanken wandern wieder davon. Sein Blick ebenfalls. »Mir ist noch etwas aufgefallen«, überlegt er. »Der Grünstreifen hinter dem Eiswagen – zwischen dem Flamingohaus und dem Elefantengehege ... Das sieht so aus, als wären da frische Blumen gepflanzt worden ...«

»Und?«, frage ich.

»Die Blumen sind nicht frisch.«

Eine Zeitlang denke ich nichts. Dann bricht in meinem Kopf ein Gewitter los, und ich denke: Wow! Kurz muss ich mir doch wieder die Eier kraulen. Wenn ich denke, was Phil denkt, denke ich, dann sind wir möglicherweise an etwas wirklich Großem dran.

Rufus hat ebenfalls mitgedacht. »Du meinst ...«, setzt er an.

»Jungs«, Phil ist wieder ganz im Diesseits angekommen, »ich weiß, ihr habt viel zu tun: Grabungen, Termine, Verpflichtungen, Presse, Fernsehauftritte ... Glaubt ihr, ihr könntet trotzdem mal eure Ressourcen bündeln und gemeinsam in eine bestimmte Richtung graben?«

Mein Auftritt: Lässig lasse ich meine Schultern hängen, schlenkere gekonnt mit den Armen und wippe mit den Knien. »Ließe sich drüber reden, Phil. Allerdings …

»Schon klar«, unterbricht er mich, »kostet 'ne Kleinigkeit.«

»Rufus?«, sage ich.

»Oh mein Gott«, keucht mein Bruder, »es passiert tatsächlich.«

Er verschwindet im Bau und ist genau einen Wimpernschlag später wieder an Ort und Stelle – nur dass er diesmal zwei frisch gebügelte Haftnotizen in der Pfote hält, die er an mich weiterreicht, damit ich sie an Phil weiterreiche. Der hat in der Dämmerung einige Mühe, sie zu entziffern.

»Ein Smartphone mit querformatiger Bildanzeige?«, fragt er ungläubig.

»Die Querformat-Funktion haben heute fast alle Smartphones«, sagt Rufus entschuldigend.

Phil kneift die Augen zusammen und studiert den zweiten Zettel, »›Die Geschichte der Philosophie des Abendlandes‹, Band eins bis drei?«

Rufus versucht so auszusehen, als gehöre die »Philosophie des Abendlandes« zum Standardrepertoire eines jeden halbwegs gebildeten Erdmännchenhaushaltes.

»In Leinen gebunden?«, vergewissert sich Phil.

Rufus entgegnet: »Die Papiereinbände werden unter der Erde schnell unansehnlich.«

»Unansehnlich …« Gedankenverloren steckt Phil die Zettel zu den Servietten in die Jackentasche.

Im selben Moment ertönt eine Stimme: »Ist das Ihre Tüte da?«

Hinter Phil steht Opa Reinhard. Ein sehr großer Haufen fleischgewordene Arbeitsbeschaffungsmaßnahme. Gutmütig, arglos, hilfsbereit und beinahe so begriffsstutzig wie Ursula, die Nashornkuh. Jetzt, wo ich es erwähne: Zwischen den beiden könnte eine entfernte Verwandtschaft bestehen. Opa Reinhard deutet auf die blaue Tüte, die noch im Gehege liegt.

»Nö«, antwortet Phil.

Opa Reinhard knetet sein Kinn. »Dann ist das nicht Ihre Tüte?«

»Nö.«

»Verstehe.« Opa Reinhard schweigt. Bis er einen Gedanken fallenlassen und einen neuen aufnehmen kann, dauert es ein bisschen. »Gehn müssen Sie trotzdem«, fällt ihm ein. »Der Zoo hat schon geschlossen. Ich bring Sie mal lieber zum Ausgang …«

Die beiden wackeln davon in die Dunkelheit. »Hey, Phil«, rufe ich ihm nach. »Sag Bescheid, wenn du Hilfe brauchst. Mit Opa Reinhard ist nicht zu spaßen. Sobald er seine Brille aufsetzt, ist er brandgefährlich.«

Rufus versucht vergeblich, ein Kichern zu unterdrücken.

Phil wendet seinen Kopf und wirft mir und meinem Bruder einen letzten Blick zu: Mann, seid ihr witzig.

Kapitel 4

»Hey, Ray, wie geht's? Huch, das reimt sich ja: Hey – Ray. Hihi.«

Bis eben habe ich gedacht, dass dies möglicherweise der glücklichste Tag meines Lebens werden könnte. Jetzt allerdings steht Roxane neben mir. Und zwar so dicht, dass meine Vorderpfote gar nicht anders kann, als sich in ihren Bauch zu drücken. Jahrelang sind wir einander erfolgreich mit Nichtbeachtung begegnet, und jetzt meint sie plötzlich, sich an mir reiben zu müssen. Wenn Rocky das sieht, gibt's Ärger. Der ist sowieso seit zwei Tagen am Testosteron-Anschlag. Ich würde das Risiko einer Keilerei ja eingehen – wenn Roxane nicht Roxane wäre. Sondern Elsa. Für die würde ich es sogar mit Otto, dem Weißkopfseeadler, aufnehmen. Roxane aber *ist* Roxane. Hat den Grips einer ausgefressenen Chipstüte und den Sexappeal eines rosa Pferdchenballons.

»Geh mal ein bisschen auf Abstand«, knurre ich.

»Wieso? Hast du Angst, Rocky haut dir eins auf die Mütze, wenn er uns so sieht?«

»Blödsinn. Du machst mich nur einfach so scharf, dass ich Angst habe, auf der Stelle über dich herzufallen.«

Roxane drückt sich an mich. »Echt, jetzt?«

»War ein Scherz, Roxi.«

»Ach so, hihihi.« Sie denkt nach. Oder wie immer man das

nennen will. Dabei streicht sie sich versonnen über die Hüften. »Du weißt ja: Wer von euch der Clanchef wird, der bekommt *mich* mit dazu.«

Es klingt, als könne es nichts Schöneres geben, als Roxane zu irgendetwas dazuzubekommen. Beim Kauf von zwei Produkten Ihrer Wahl bekommen Sie eine Roxane gratis dazu! Das perfekte Geschäftsmodell, um sich möglichst effektiv in den Ruin zu treiben. Ich für meinen Teil würde lieber einen ausgespuckten Kaugummi nehmen als Roxane. Der verklebt einem zwar tagelang die Krallen, dafür ist man ihn irgendwann wieder los. Roxane aber ist eine Zerrung fürs Leben.

Zurück zu dem Moment, bevor meine Schwester aus dem Bau gewackelt kam und dies noch der schönste Tag meines Lebens hätte werden können. Es fing so gut an. Ich stolperte wie üblich mit verquollenen Augen aus meiner Kammer – und wurde von dreißig applaudierenden Erdmännchen empfangen! Wie ich wünschte, Elsa hätte das sehen können! Da stand ich, ungeputzt, mit zerknautschtem Gesicht und nachtsteifen Krallen, und wurde vom Clan gefeiert. Ungelenk hob ich die Klauen in einer bescheidenen Dankesgeste. Und dann sagte ich das Beste, was mir je auf die Schnelle eingefallen ist: dass wir von nun an ein gemeinsames Ziel haben würden, eine Mission, und dass jedem Einzelnen von uns eine entscheidende Rolle bei dieser Mission zufalle.

Staunendes Schweigen breitete sich aus. Durchbrochen wurde es von Nino, einem vorlauten Halbwüchsigen aus dem vierten Wurf: »Und was soll *ich* machen?«

Ich blickte aus meinen verschwiemelten Augen in drei Dutzend erwartungsvoll gespannte Gesichter, spürte sehr deutlich, wie mir mein kleiner Hintern auf Grundeis ging, und warf meinen Notanker: »Rufus?«

Rufus streifte mich mit einem Blick, der besagte, dass ich gefälligst ein bisschen rutschen solle, damit auch sein Hintern Platz auf dem Grundeis hätte. Im nächsten Augenblick aber hatte er sich wieder im Griff.

Erhobenen Hauptes trat er vor den Clan: »Da, wo der Wille groß ist, können die Schwierigkeiten nur klein sein!«, verkündete er und sah mich an, als habe er gerade Kot in Urin verwandelt. Zugegeben: Ist eine krasse Sache, Kot in Urin zu verwandeln. Nur hat keiner etwas davon. Der Clan verharrte in gespannter Stille. »Machiavelli«, flüsterte er mir zu. Ich hatte so eine Ahnung, dass wir auf unserem Grundeis gleich ganz fix den Bach runtergehen würden. Doch es kam anders.

»Und was genau soll ich jetzt machen?«, wiederholte Nino.

»Was du jetzt machen sollst?« Blitzschnell schlug sich Rufus dreimal seine Klaue aufs Ohr. »Das werde ich dir sagen.« Bedeutungsvoll hob er seinen Notizblock auf und begann zu blättern. »Nino, Nino … Wo habe ich dich … Ah, hier: Nino.« Er blickte auf: »Grabungsteam *Drei*!«

Stille.

»Ist das cool?«, wollte Nino wissen.

»Das ist *super*cool!«, rief Rufus.

Darauf brach erst Nino und anschließend der gesamte Clan in Jubelrufe aus. Fassungslos spickte ich auf den Zettel, den Rufus vor sich hatte. Er war leer. Nicht ein Strich drauf.

»Ich neige dazu, dich zu unterschätzen«, flüsterte ich.

»Fußball ist Ding, Dang, Dong«, raunte mir mein Bruder zu. »Es gibt nicht nur Ding.«

»Schon wieder Machiavelli?«

»Trapattoni.«

Was mein kleiner Bruder mit Ding, Dang, Dong meinte, zeigte sich, nachdem der Jubel abgeebbt war. Als hätte er alles wochenlang vorbereitet, rief er die »Operation Sisyphos« ins Leben und teilte vier Grabungsteams ein. Es würde einen Wettbewerb geben, erklärte er: Die Geschwister aus den Würfen zwei bis fünf sollten gegeneinander antreten. Operationsziel sei der Grünstreifen zwischen dem Flamingohaus und dem Elefantengehege. Dasjenige Team, das als erstes eine menschliche Leiche entdecke, dürfe eine Woche lang bestimmen, welche Videos auf dem Sechzehn-zu-Neun-Smartphone gezeigt würden, das wir Phil als Bezahlung abverlangt hätten. Der erste Wurf – Rocky, ich, Roxane und er – würden unterdessen das Projekt leiten und auswerten. Konkret bedeutete das: Rocky würde die Grabungsteams beaufsichtigen und Rufus die Koordination übernehmen, während ich die Mission überwachen sollte. Roxane würde das tun, was sie ohnehin am liebsten tat: sich auf den Hügel begeben, posen, was das Zeug hielt, jedem Touristen mit Kamera ihre entblößten Nippel ins Bild strecken und den Anschein erwecken, alles sei wie immer. Am Ende war selbst ich ganz berauscht von der »Operation Sisyphos«, ballte die Klaue zur Faust und reckte sie über meinen Kopf: »Lebendessen für alle!«, rief ich.

»Lebendessen für alle«, brüllte der Clan.

Pa trat vor und legte Rufus und mir bedeutungsschwer seine Klauen auf die Schultern: »Ich habe nie an euch gezweifelt«, verkündete er.

Ma nuschelte, so viel Zusammenhalt habe sie seit Chesters Tagen nicht erlebt – als alle noch die gemeinsame Erinnerung an die gute alte Zeit in der Savanne teilten. Beiläufig rieb sie sich die Augen: »Du hast dem Clan wieder einen Sinn gegeben, Ray«, sagte sie. »Und das ist wichtiger als alles andere.«

Nach diesen Worten war auch ich von meiner Heldentat so gerührt, dass ich mit den Tränen rang. Und kurzfristig unterlag.

Doch ich kam schnell drüber weg. Kurze Zeit später saß ich in der Morgensonne, wärmte mir das Bauchfell, grüßte lässig die ersten Zoobesucher und warf ihnen hin und wieder abfällige Bemerkungen an den Kopf.

Offenbar war auch Elsa mein Aufstieg nicht entgangen. In ihrem Käfig gibt es eine chromglänzende Stange, die sie eigentlich nie interessiert hat. Heute Morgen allerdings vollführte sie daran die kunstvollsten Verrenkungen, wand sich schlangenartig um das kalte Metall, hielt sich, die Pfote über Kopf, daran fest, bog den Rücken durch und spreizte eine Hinterpfote ab. Vom Pavianfelsen waren aufmunternde Pfiffe zu hören, die jedoch an ihrem Glitzerfell abperlten wie Regentropfen. Elsa ließ sich nichts anmerken, wirkte, als absolviere sie einfach ihr morgendliches Gymnastikprogramm. Doch sie wusste, dass ich sie beobachtete, und Morgengymnastik war ihr bislang stets meilenweit an ihren ultraflauschig bepelzten Hinterbäckchen vorbeigegangen. Es gab also nur eine Erklärung: Ich kam gerade in den bittersüßen Genuss einer Exklusivvorstellung.

Zusätzlich zu den Glückshormonen, die seit gestern Abend in meinen Bahnen kreisten, wurde ich von einer Welle weiterer Hormone überschwemmt, die alles Mögliche mit mir anstellten. Ich erinnerte mich daran, wie Rocky einmal eine Neun-Volt-Batterie aus einem Mülleimer gefischt und mir gesagt hatte, ich solle die Zunge dranhalten. Das war so ähnlich gewesen.

So hatte ich mir mein Leben immer gewünscht: Der Clan sah zu mir auf und schuftete unter Tage, während ich träge in der Sonne döste, den Rücken gegen die warme Mauer gelehnt, die unser Gehege von dem der Fenneks trennt, und ab und zu kommt eins meiner Geschwister vorbei, grüßt respektvoll, hält mir etwas unter die Nase und fragt mich, was es damit machen soll. Und, verführerisch nah und erschreckend fern zugleich: Elsa, diese diabolische Verbindung aus Keuschheit und Wollust, die an ihrer Chromstange Spagat macht, nur für mich.

Dennoch, das musste ich mir eingestehen, war ich nervös und irgendwie … angespannt. Und bin es immer noch. Die Menschen würden es wahrscheinlich Stress nennen. Was nichts mit Roxane zu tun hat, die mir noch immer auf der Pelle hängt, und auch nichts mit Elsa, sondern ausschließlich mit mir. Mir ist nämlich etwas klargeworden: Durch meine neue Stellung innerhalb des Clans kommen auch neue Verpflichtungen auf mich zu. Seit gestern scheinen sämtliche Familienmitglieder Wunderdinge von mir zu erwarten. Ganz vorne dabei: Pa. Rufus konnte sich nicht verkneifen, ihm vom Anbruch eines Goldenen Zeitalters vorzuschwärmen, von Kinovorführungen und prachtvoll ausgestatteten Bibliotheken und wer weiß was noch. So hat er hohe Erwartungen geschürt. An mich. Und wenn sich erweisen sollte, dass ich diese Erwartungen nicht erfüllen kann, dann werde ich ebenso schnell wieder in Rockys Schatten verschwinden, wie ich daraus hervorgetreten bin. Könnte ich mit leben – Rockys Schatten. Wenn das Gesicht von Pa nicht wäre. Ich sehe es vor mir: Statt des anerkennenden Schulterklopfens würde einmal mehr sein enttäuschter Blick auf mir lasten. Und statt: »Ich habe nie an dir gezweifelt«, würde es wieder heißen: »Ich hab es ja immer gewusst.«

Ich bemerke etwas. An meinem Hintern. Eine Klaue. Wie zufällig hat sie sich dort niedergelassen.

»Roxi«, ich zupfe ihre Klaue aus meinem Fell, »gibt es etwas, dass du nicht machen würdest, solange du dir einen Vorteil davon versprichst?«

Einundzwanzig, zweiundzwanzig, dreiundzwanzig … Meiner Schwester dabei zuzusehen, wie sie denkt, ist wirksamer als jedes Schlafmittel. Am Ende antwortet sie: »Müsste ich drüber nachdenken.«

Ich will sie gerade fragen, was sie die letzten gefühlten dreißig Minuten lang gemacht hat, als Nino atemlos aus dem Bau kommt und uns beide über den Haufen rennt.

»Wie Scheiße ist *das* denn!«, keift Roxane und zieht sich reflexartig die dunklen Ränder ihres Augenfells nach, während ich mich aufsetze und den Sand aus meinen Ohrmuscheln schüttele. Dann bemerkt meine Schwester, dass ihr ein abgelutschter Eisstiel am Rücken klebt. »Iiiihhh – mach das bloß weg, Nino!«

Nino aber hört sie gar nicht. Er hat einen Blick, als habe er sich gerade eine Line Traubenzucker gezogen – was er vermutlich auch getan hat. »Hab sie«, keucht er mir ins Gesicht, »hab ihn, hab sie!«

»Was denn jetzt: sie oder ihn?«, frage ich. Inzwischen stehe auch ich wieder.

Roxane versucht, den Eisstiel zu greifen und dreht sich dabei um sich selbst, was sogar für ihre Verhältnisse ganz schön bescheuert aussieht. »Mach das weg, hab ich gesagt!«, keift sie.

»Den Mann!«, ruft Nino.

»Was für einen Mann?«, will ich wissen.

»Na, die Leiche!«

Die Kinder aus dem vierten Wurf haben offenbar gegraben, als ginge es um ihr Leben. Die Parzelle, die Rufus ihnen zugewiesen hat, sieht aus wie ein Schweizer Käse. Genug Platz für zehn neue Familienmitglieder – oder die Bibliothek, von der Rufus schon so lange träumt. Wahrscheinlich richtet er sie im Geiste bereits ein: Räume, Reihen, Regale, Unterregale … Und alles hübsch durchnummeriert. Der pure Sex. Für Rufus wird es sein, wie einen eigenen Puff zu besitzen.

Erschöpft hängt der versammelte vierte Wurf am Eingang zur Grabkammer herum und passt auf, dass ihm niemand die Lorbeeren klaut. Doch so ausgelaugt sie auch sein mögen – glänzende Augen haben sie alle. Rufus, der mit einer um den Kopf gebundenen Leuchtdiode durch die Gänge läuft, seit er sich zum Koordinator der »Operation Sisyphos« ausgerufen hat, prüft skeptisch Nicks Pupillenreflexe. Der zuckt unwillkürlich zusammen.

»Hm«, befindet Rufus.

Nino winkt uns herein.

Wir haben ihn. Das ist mein erster Gedanke, als ich die freigekratzten Finger und die dazugehörige Hand sehe. Und das Stück seiner Hose. Wir haben ihn tatsächlich gefunden.

»Denkst du, was ich denke?«, frage ich Rufus.

Der untersucht die Hand, beschnuppert sie, hebt einen Finger an und lässt ihn wieder fallen. »Denke schon: männlich. Noch nicht lange unter der Erde. Die Finger riechen noch nach Döner.«

Ich drehe mich zu den anderen: »Nino: Du gibst Rocky Bescheid. Ihr anderen trommelt den Clan zusammen. Sofort. Ma und Pa brauchen vorerst noch nichts zu wissen. Wenn das hier unsere Leiche ist, dann hat sie irgendwo zwischen einem und sieben Einschusslöcher. Ich will, dass sie so weit freigelegt wird, bis wir Sicherheit haben.«

Im Handumdrehen sind alle verduftet – bis auf Nick, der die Klauen hinter dem Rücken verborgen hält, nervös zwinkert und permanent von einem Bein auf das andere tritt.

»Nick?«, frage ich.

»Ray?«

»Wo sind deine Geschwister?«

Er blickt sich um. »Weiß nicht.«

»Ich hab sie losgeschickt, um den Clan zusammenzutrommeln.«

Nicks Kopf zuckt hin und her. »Stimmt.«

»Warum bist du nicht mit ihnen gegangen?«, frage ich.

Im Licht von Rufus' Leuchtdiode sehe ich Nicks Pupillen tanzen. »Weiß nicht«, entgegnet er, »äh – alles klar … Ich geh dann mal …«

Rufus und ich verfolgen, wie Nick bei dem Versuch, im Rückwärtsgang den Ausgang zu treffen, dreimal gegen die Wand stößt. Danach hab ich genug.

»Gib's her«, sage ich.

Nick streift mit dem Hintern die Wand entlang. »Weiß nicht, was du meinst.«

Ich schneide ihm den Weg ab und halte die Klaue auf: »Du kannst es jetzt mir geben und mit einem gutgemeinten Rat davonkommen, oder wir warten hier, bis Rocky kommt, und lassen ihn die Sache klären.«

Nick weiß, was das bedeutet: Schmerzen. »Okay, Mann, okay …« Sichtlich gepeinigt führt er seine Klaue vor den Körper und gibt mir, woran er sich festkrallt: ein kleines Päckchen, das wie ein einzeln verpacktes Kaugummi aussieht. Eins.

Ich halte erst die Nase dran, dann meine andere Klaue hin: »Alles.«

Mit seiner zweiten Klaue kommt ein kleines Plastiktütchen zum Vorschein. In dem wohnen noch mehr von den Päckchen, ein halbes Dutzend, mindestens. Rufus nimmt es ihm aus der Hand und studiert den Aufdruck: »Fri-geo Ener-gy Pur Stra-ccia-tella«, stoppelt er die Worte zusammen. »Traubenzucker mit Schokoladen-Vanille-Coffein-Geschmack.« Er sieht Nick an, wie Pa sonst immer mich ansieht: Am Ende ist er nur eine Enttäuschung mehr.

»Pass auf, Nick.« Ich nehme Rufus die Tüte aus der Hand, stopfe das einzelne Päckchen zu den anderen und lasse alles zusammen in einer Ecke der Kammer verschwinden. »Wenn ich dich noch einmal mit diesem Zeug erwische, setzen wir dich auf Entzug. Klar?«

»Is klar, Mann. Is klar.«

»Gut. Und jetzt verkrümel dich, bevor Rocky hier auftaucht.«

»Jo, Mann. Cool.« Er vibriert auf der Stelle.

»Jetzt!«

Und weg ist er.

Am frühen Nachmittag haben wir Gewissheit. Es ist die Leiche, die wir suchen: ein Einschussloch, links, auf Brusthöhe. Rocky hat die Freilegung überwacht, als handele es sich bei dem Toten um sein persönliches Eigentum. Sieht unwirklich aus, so ein Einschussloch. Wie hingeschminkt. Bis man dranfasst. Dann erschrickt man, weil das Fleisch unter dem Hemd so weich ist. Arme Sau. Kein Mensch geht in den Zoo, um erschossen zu werden.

Bis Phil auftaucht, ist es später Nachmittag, und die meisten tagaktiven Tiere sind ganz schön groggy. Bald brechen die großen Ferien an. Doch bis es so weit ist, schleust man noch einmal sämtliche Schulklassen der Stadt durch den Zoo. »Alles nicht halb so schlimm wie das Oktoberfest«, sagt Bert immer. Bert ist der Blauara, und bevor er zu uns in den Zoo kam, hat er sein Dasein als Jahrmarktsattraktion in einer Jetonkabine verbracht. Sein alter Besitzer hat ihn dem Zoo vermacht, nachdem er sich geweigert hatte, länger »Einsteigen, bitte, einsteigen, bitte!« zu krähen.

Wie üblich trägt Phil sein Leinensakko und die Ray-Ban. Und wie üblich sieht er sagenhaft desillusioniert aus. Die Tüte, die er heute dabei hat, fällt ein bisschen kleiner aus als die blaue von gestern.

Ich sage Rufus, er soll am Osteingang auf mich warten, und schlendere zum Zaun runter. Als ich bei Phil angekommen bin, rufe ich: »Iiiihhhk, ik, ik ihhhjak!«

»Warte 'n Moment.« Phil blickt sich um und zieht seinen Flachmann aus der Innentasche. »Hab anscheinend noch nicht genug intus.«

»Lass stecken, Mann«, entgegne ich. »War 'n Scherz.«

Phil schraubt den Flachmann wieder zu und verstaut ihn an seinem Platz. »Nicht genug damit, dass ich ein Erdmännchen als Subunternehmer an der Backe habe«, überlegt er. »Das Erdmännchen ist auch noch ein Witzbold.«

»Reg dich ab, Mann. Bist du eigentlich immer so drauf?«

»Wie bin ich denn drauf?«

»Scheiße. Wenn ich so drauf wäre wie du, Mann, würde ich schon längst mit aufgeschlitzten Pulsadern im Sand liegen. Hast du keine Familie? Freunde, Bekannte, ein Haustier?«

»Alles Sachen, die du nicht wissen willst«, meint Phil. »Sag mir lieber, ob ihr etwas gefunden habt.«

»Ach so, ja.«

»Ach so, ja?«

Ich gebe zu: Es macht mir Spaß, ihn hinzuhalten. »Ja, wir haben etwas gefunden«, erkläre ich.

»Eine Leiche«, sagt er. Er meint es als Scherz. Ist aber keiner.

»Eine Leiche«, bestätige ich.

Er wartet einen Moment. Schließlich nimmt er seine Brille ab und fixiert mich mit seinen traurigen blauen Augen: »Isnwitz.«

»Iskeinwitz.« Und weil Phil es offenbar nicht glauben kann: »Das Opfer ist männlich, hat ein Einschussloch in der linken Brust und liegt seit höchstens drei Tagen unter der Erde.«

»Der alte von Sieversdorf …« Ich muss mit ansehen, wie Phils traurige Augen noch trauriger werden, er sich mit beiden Armen auf dem Zaun abstützt und durch mich hindurch ins Nichts blickt. »Tut mir leid, Constanze …«

Den Namen hat er gestern schon mal fallenlassen. »Die Tochter?«, unterbreche ich ihn in seinen Gedanken.

»Meine Auftraggeberin, ja.«

»Was ist mit ihr?«

»Was soll mit ihr sein? Sie hat ihren Vater verloren. Reicht das nicht?«

Ich könnte Phil jetzt sagen, dass ich die Vermutung habe, dass noch etwas anderes mit Constanze ist, aber ich verkneife es mir. Vielleicht, überlege ich, trägt jeder Mann am Ende des Tages nicht nur seine eigene Savanne, sondern auch seine eigene Elsa mit sich herum.

»Wo habt ihr ihn gefunden?«, will Phil wissen.

»Wie steht's mit unserer Bezahlung?«

Phil greift sich die Tüte, die er am Zaun abgestellt hat: »›Geschichte der Philosophie des Abendlandes‹«, murmelt er ungläubig, »in Leinen.« Unauffällig setzt er die Tüte im Gehege ab.

Kaum hat sie den Boden berührt, ist Rufus herbeigeeilt und darin verschwunden. »Alles klar«, sagte er. »Ich hatte zwar auf ein iPhone gehofft, aber Samsung ist auch okay.« Er pfeift Magnus und Mads aus dem fünften Wurf herbei, und gemeinsam schleifen sie die Tüte in den Bau.

»Du hattest recht, Phil«, sage ich, als wir wieder zu zweit sind, nur Phil und ich, zwei Schnüffler bei ihrer Arbeit. »Die Leiche liegt unter dem Blumenbeet zwischen Flamingohaus und Elefantengehege.«

Phil blickt zum Eiswagen hinüber, der seit inzwischen drei Tagen geschlossen ist. Und das, wo zurzeit jeden Tag Hundertschaften verwöhnter Schleckermäuler in den Zoo kommen. Bea lässt sich einen hübschen Umsatz entgehen. Aber den braucht sie anscheinend nicht mehr.

»Damit ist der Fall wohl klar«, sage ich.

»Ich weiß nicht«, überlegt Phil. »Irgendwie fällt es mir schwer zu glauben, dass diese Bea und ihr Mann den Alten erst ausgenommen, dann aus dem Weg geräumt und sich anschließend aus dem Staub gemacht haben sollen. Da ist mir zu viel Vorsatz im Spiel.«

»Zu den Kindern war sie immer total nett«, sage ich.

»Zu den Alten offenbar weniger.« Phil lässt sich die Tragödie des Menschseins einen Moment auf der Zunge zergehen, bevor er sie mit einem Schluck Whisky hinunterspült. »Ich werde einen guten Grund vorweisen müssen, wenn ich den Zoodirektor dazu bringen will, das Beet umzugraben«, überlegt er. »Kann ihm schließlich schlecht sagen, dass ich den Tipp von einem Erdmännchen habe.«

Ich strenge meine grauen Zellen an: »Wir könnten den alten von Sieversdorf so hinrücken, dass ein Stück von seinem Finger aus der Erde guckt. Das könntest du dann zufällig bemerken …« Und weil ich heute, von dem Zwischenspiel mit meiner Schwester abgesehen, einen echt rekordverdächtigen Tag hatte, ergänze ich: »Wär umsonst. Freundschaftsdienst.«

»Klingt toll«, sagt Phil mit unverhohlener Bitterkeit in der Stimme. »Bis morgen dann.«

Er wendet sich ab, geht mit hängenden Schultern zum unteren Waldschänkenteich hinüber und verschwindet in der Menge. Ich bleibe noch eine Weile am Zaun stehen, blicke ihm nach, lasse das Gekreische der vorbeiziehenden Kinder zu einem Klangbrei verschwimmen, warte, bis die Sonne sich auf dem See hinter dem Flamingohaus spiegelt, Elsa in ihrem Häuschen verschwindet und sich meine Geschwister nach und nach in den Bau zurückziehen. Irgendwann werde ich von einer leeren Zigarettenschachtel getroffen und verkrieche mich ebenfalls im Bau.

Bis Sonnenuntergang habe ich Zeit, eine Rede vorzubereiten. Vater hat eine Vollversammlung angeordnet, im großen Saal. Ich werde über den Stand der Dinge informieren und den Zusammenhalt der Familie beschwören. Wenn ich die Sache richtig anpacke, wird anschließend kaum noch einer an meinem Führungsanspruch zweifeln. Rufus macht sich derweil mit dem Smartphone vertraut. Er hat schon die Play List gecheckt. Sobald ich mit meiner Ansprache fertig bin, mache ich ihm ein Zeichen und »Gotta feeling« von den Black Eyed Peas wird den Raum in einen tanzenden Hexenkessel verwandeln – auch wenn der Sound ihn noch nicht zufriedenstellt. So jedenfalls ist der Plan.

Rufus hat mir mal gesagt, es gebe ein jüdisches Sprichwort: Willst du Gott zum Lachen bringen, mache einen Plan. Ich weiß nicht, ob ein Erdmännchen Gott zum Lachen bringen kann, aber als wir den Saal betreten, meine ich, den Allmächtigen zumindest kichern zu hören. Es ist gerammelt voll, meine Geschwister stehen Schulter an Schulter, die Luft ist besser zum Kauen als zum Atmen geeignet. Aus zwei Pizzaschachteln ist eine provisorische Bühne errichtet worden. Rufus hat seine Fahrradleuchte an ein dreibeiniges Minifotostativ getaped. Sie beleuchtet die Bühne wie ein Spot. Sobald die Musik einsetzt, will er sie auf »Strobo-Funktion« umstellen. Ich habe keine Ahnung, was das bedeutet, aber er klang sehr bedeutsam.

Bevor wir die Bühne erreichen, wird es plötzlich dunkel. Rocky hat sich vor uns aufgebaut. Man kann von ihm sagen, was man will, aber seine Brust ist tatsächlich so breit wie Rufus' und meine zusammen.

»Pa will, dass ich die Ansprache halte«, erklärt er.

Rufus verdreht sie Augen: »Willst du dir das wirklich antun?«

Rocky kapiert nicht genau, wie Rufus' Frage gemeint ist, aber er ahnt, dass eine Beleidigung darin lauert. Er betrachtet die zugegeben sehr imposanten Krallen seiner linken Klaue. »Willst du dir *das* wirklich antun?«, gibt er zurück.

»Billige Retourkutsche«, nuschelt Rufus. »Bitte, großer Bruder«, er tritt einen Schritt zurück und deutet zur Bühne. »Ich bin sicher, der Clan kann es kaum erwarten, deine Ansprache zu hören.«

Rocky scheint zufrieden und wendet sich an mich: »Hast du noch was zu sagen?«

»Nö.«

Rufus und ich sehen unserem Bruder nach, wie er seinen muskelbepackten Körper die Pizzaschachteln hinaufwuchtet. »Es hätte ein so erhebender Moment werden können«, kommentiert mein kleiner Bruder.

Rocky tritt in den Lichtkegel, hebt die Arme und nimmt befriedigt zur Kenntnis, dass die Menge augenblicklich verstummt. »Äh, Leute …«, setzt er an. »Ich hab euch was zu sagen!« Es folgt eine Denkpause, in der ein Flamingo bequem von Spanien nach Marokko fliegen könnte. Roxane, die direkt vor der Bühne steht, blickt huldvoll zu ihm auf.

»Vereint im geistigen Vakuum«, schnalzt Rufus.

»Ich hab gute Neuigkeiten«, nimmt Rocky den Faden wieder auf. »Sehr gute Neuigkeiten … *Sehr,* sehr gute Neuigkeiten …« Und langsam, *sehr,* sehr langsam, schwingt sich der Flamingo in die Luft auf und tritt seinen Rückweg nach Spanien an …

Rocky bemerkt die wachsende Unruhe und beschließt die Flucht nach vorn: »Die ›Operation Syphilis‹ war ein Erfolg!«, verkündet er, »ein *voller* Erfolg!«

Ich stoße Rufus ungläubig in die Seite: »›Operation *Syphilis*‹?«

»Die Lage ist hoffnungslos, aber nicht ernst«, gibt mein Bruder zurück.

Von hinten ertönt Ninos Stimme: »Endlich mal einer, der weiß, wovon er redet!«

Allgemeines Gelächter. Seit dem Leichenfund hat der vierte Wurf mächtig Oberwasser. Außerdem, fürchte ich, sind die Jungs immer noch auf Traubenzucker.

»Unter meiner Leitung ist es mir gelungen«, fährt Rocky fort, »dass wir die Leiche gefunden haben. Und deshalb haben wir jetzt – und auch in Zukunft werden wir ihn haben – diesen Breitbild… dieses Gerät, mit dem wir jetzt – und auch in Zukunft – allen möglichen Scheiß gucken können. Und hören. Rufus!«

»Du brauchst nicht zu schreien«, sagt mein kleiner Bruder gelangweilt vom Bühnenrand. »Ich stehe neben dir.«

»Gut. *Sehr* gut! Dann zeig den anderen mal, was unser neuer Wunderkasten so drauf hat!«

Ich habe Rockys Rede vom Rand der Pizzaschachtel aus verfolgt, auf der ich sitze und in der ich gerade einzusinken drohe, weil mein großer Bruder an mir vorbei von der Bühne stapft, jeder Schritt ein kleines Erdbeben. »Gute Rede, Rocky«, rufe ich ihm hinterher.

Er dreht sich zu mir um, ein breites Siegerlächeln im Gesicht. Ich korrigiere mich: ein breites Siegerlächeln *statt* eines Gesichts. »Und du hast gedacht, ich hab's nicht drauf, stimmt's?« Eigentlich ist es unmöglich, aber das Grinsen zieht sein Gesicht tatsächlich noch etwas mehr in die Breite.

Aus der Menge taucht Roxane auf und schlingt ihre Vorderbeine so weit um seine breite Brust, wie sie kann. »Wie cooool war das denn?!«, quietscht sie glücklich.

»Ich weiß.« Rocky legt ihr ein Vorderbein um die Schulter, unter dem sie praktisch begraben wird. »Ich weiß, Baby.«

Der Rest ihrer fraglos höchst angeregten Unterhaltung geht dankenswerterweise in den Bässen der Black Eyed Peas unter. Die Leuchte fängt an zu blinken. Das muss die vielbeschworene Strobo-Funktion sein. Die Menge fängt an zu wippen, und der vierte Wurf entert geschlossen die Bühne. Im abgehackten Licht wirken die ungelenken Tanzbewegungen von Nino und Nick noch ungelenker. Traubenzucker, jede Wette. Ich ziehe mich in eine Ecke zurück, denke an Phil, an seine traurigen Augen, an Elsa, an morgen und das, was danach kommt. Sie werden den alten von Sieversdorf ausgraben, Phil wird sich verabschieden. Und dann? Dann wird alles wieder so, wie es vorher war.

Der vierte und fünfte Wurf singt inzwischen geschlossen den Refrain mit.

I gotta feeling
That tonight's gonna be a good night …

Bevor das Lied zu Ende ist, ziehe ich mich unbemerkt in meine Schlafkammer zurück.

Kapitel 5

So, wie der gestrige Tag gute Chancen hatte, zum ruhmreichsten Tag meines Lebens zu werden, so hat der heutige gute Aussichten, zur größten Schlappe zu werden. Dabei verläuft zunächst alles nach Plan: Meine Geschwister dösen noch, verkatert von der Party, in ihren Kammern, als ich bereits auf den Beinen bin, durch unser Tunnelsystem zum Flamingogehege hinüberkrieche und von dort weiter bis zur Kammer mit der Leiche. Eigentlich mag ich das – wenn alles noch schläft, der Zoo noch geschlossen ist und der Tag eben erst anbricht. Heute allerdings … Ist ein komisches Gefühl, so alleine mit dem Tod in einem Raum zu sein. Kommt einem vor, als würde man stören. Insbesondere, wenn man noch nichts gefrühstückt hat.

Ich vermeide es, den alten von Sieversdorf anzusehen, und mache mich an die Arbeit. Erst grabe ich einen Gang bis ans Licht, dann stecke ich seinen Arm hindurch, bis oben, zwischen den fröhlich gelben Blüten der Sonnenhüte, seine Finger herausschauen. Irgendwie verfestigt sich dabei der Eindruck, als stimme etwas nicht – abgesehen von dem Umstand, dass ich gerade an einer menschlichen Leiche herumhantiere. Ich schenke meinem Bauchgefühl keine weitere Beachtung, verwische unsere Spuren und verschütte den Eingang. Als ich endlich hinter dem Flamingohaus aus unserem Geheimgang trete, um mich auf meinen morgendlichen Rundgang zu begeben, blendet mich das Tageslicht, ich bin hungrig und würde mich am liebsten gleich wieder hinlegen.

»Morgen, Ray«, begrüßt mich einer der Flamingos. »Spät dran, heute.«

»Morgen.«

Ich habe versucht, sie auseinanderzuhalten und mir ihre Namen einzuprägen, aber Flamingos können sich selbst nur so weit auseinanderhalten, dass sie wissen, wer Männchen und wer Weibchen ist. Und nicht einmal das gelingt ihnen zuverlässig. Wie immer schlafen einige von ihnen, während andere wach sind. Eine Spezies, bei der man die Männchen nicht von den Weibchen unterscheiden kann und die außerdem tag- *und* nachtaktiv ist. Klarer Beweis dafür, dass auch Gott manchmal schräge Tage hat.

Ich schlüpfe durch die Hecke und trete meinen Rundgang an. Bis hierher verläuft also alles nach Plan. In Kürze wird der Zoo seine Pforten öffnen, die Luft sich mit dem Gekreische zahlloser Kinder füllen und der ewig wiederkehrende Trott Einzug halten. Höchste Zeit, mich auf andere Gedanken zu bringen – wo ich schon den Morgen in Anwesenheit einer Leiche verbracht habe.

Vorübergehend funktioniert es: Bereits beim Nashorngehege finde ich wieder Gefallen an meinen täglichen, kleinen Späßen. »Hey, Ursula!«, rufe ich und lehne mich lässig gegen einen Zaunpfeiler.

Wie immer, wenn Ursula mich sieht, wendet sich die Nashornkuh demonstrativ ab und ignoriert mich. Oder versucht es zumindest. Und wie immer lasse ich mich davon natürlich nicht abhalten.

»Ich kann mich ja täuschen, Ursula«, sage ich, »aber ich habe ganz stark den Eindruck, dass dein Hintern seit gestern irgendwie … schlanker geworden ist. Machst du neuerdings Diät?«

»Justus«, fleht Ursula ihren Mann an. »Sag ihm, er darf das nicht.«

Justus, der ganz offensichtlich noch an den Folgen seines nächtlichen Frontalaufpralls herumlaboriert, stellt sich schützend vor seine Braut und senkt den Kopf. »Hau ab«, dröhnt er.

»Ich mein' es ernst!«, beharre ich. »Der Arsch von deiner Frau sieht heute wirklich viel schlanker aus. Findest du nicht, Justus?«

»Hau ab, sag ich!«, blökt er mühsam. Man kann ihm seine Kopfschmerzen förmlich ansehen.

»Überzeug dich selbst!« Ich knete mit meinen Klauen einen imaginären Hintern. »Ich weiß ja nicht, wie es dir geht, aber *ich* werd bei dem Anblick total scharf …«

Ursula lässt resigniert den Kopf hängen. Wenn sie könnte, würde sie sich die Hufe auf die Ohren halten. Justus' tonnenschwerer Körper schaukelt unwillkürlich hin und her – ein Tanker in Seenot.

Ich setze noch einen drauf: »Habt ihr beiden … länger keinen Sex mehr gehabt, oder so?«

Jetzt fängt auch noch Justus' linker Vorderfuß an zu stampfen. Ich hab ihn also so weit: Mit einer einzigen, wohlgesetzten Spitze könnte ich ihn in vollem Lauf gegen die Absperrung rennen und sich sein breites Maul plattdrücken lassen. Zu meiner eigenen Überraschung stelle ich jedoch fest, dass ich heute irgendwie … versöhnlich gestimmt bin. Liegt wahrscheinlich an der Leiche unter dem Blumenbeet. Das Leben ist so schamlos kurz und kostbar und … langweilig. Jeden Tag dieselben blöden Sprüche. Ich wende mich ab, murmele noch »sooo ein hübscher, kleiner Hintern« und kehre auf den Weg zurück.

Ich merke es zu diesem Zeitpunkt noch nicht, aber ungefähr in diesem Moment schlägt mein Leben einen Haken wie ein Präriehase. Die Zeit drängt, und ich will noch bei Elsa vorbei, also kürze ich ab, umrunde die Insel mit dem Hirschblockhaus, gehe am unteren Waldschänkenteich vorbei, biege in den kleinen Weg ein, der mich unweigerlich am Pavianfelsen vorbei zu Elsa führt – und kann mich im letzten Moment mit einem quiekenden Aufschrei in der Antilopenhecke in Sicherheit bringen.

Zwei Männer. In blauen Latzhosen. Durch die Zweige beobachte ich, wie sie sich an Elsas Gehege zu schaffen machen. Bevor der Zoo seine Pforten geöffnet hat! Und was noch schlimmer ist: Sie haben einen Käfig dabei. Jedenfalls nehme ich an, dass es ein Käfig ist. Ein Kasten, so groß wie ein Schulranzen, mit einer schwarzen Hülle drum herum, aus der oben ein Griff herausragt. Und sie verschaffen sich tatsächlich Zugang zu Elsas Gehege, gehen einfach so hinein! Die einzige Erklärung, die mir einfällt, ist, dass Elsa gerade entführt wird. Meine Elsa – entführt! Ich sprinte die Hecke entlang und nehme die Gefahr in Kauf, bemerkt zu werden, als ich die Wegseite wechsle und hinter einen Betonkübel hechte. Die Männer sind nicht allein. Auf dem Weg steht … der Zoodirektor! Ungeniert beobachtet er die beiden bei ihrem Treiben. Das kann nur eins bedeuten: Die Entführer machen gemeinsame Sache mit dem Direktor. Elsas Entführung ist eine abgekartete Sache!

»Ist das ein Übungsmanöver oder so was?«, kommt eine Stimme aus dem Gehege in meinem Rücken. Anita, das Pavianweibchen, sitzt auf ihrem Lieblingsfelsen und legt mäßig interessiert ihren Kopf auf die Seite.

»Elsa wird entführt!«, zische ich. »Wir müssen sofort etwas unternehmen!«

Anita steckt sich einen Finger ins Ohr, wo sie ihn offenbar vergisst. »Das Chinchillaweibchen?«, fragt sie gelangweilt.

»Schau doch – da sind zwei Männer in ihrem Käfig!«

Anita blickt träge zu Elsas Gehege hinüber. »Sehe ich.«

»Da hast du es: Wir müssen was unternehmen!«

Endlich nimmt Anita wieder ihren Finger aus dem Ohr. »Weshalb sollte die jemand entführen?«

»Was weiß ich – ihr Fell wahrscheinlich. Das ist Millionen wert!«

»Mach keine Witze, Ray. Das Fell von Elsa würde mir nicht mal für eine Mütze reichen.« Sie puhlt mit einem Zahnstocher das Ohrschmalz unter ihren Fingernägeln heraus, während vor meinem geistigen Auge eine Chinchillamütze Gestalt annimmt, die mich aus zwei unsagbar traurigen Augen ansieht. »Was sollte da ein Mensch mit ihr anfangen?«, spinnt Anita ihren Gedanken weiter. »Sich einen halben Handschuh nähen? Oder einen Pulswärmer?«

»Hör auf, so zu reden!«

Hätte ich bereits gefrühstückt, würde ich mich auf der Stelle übergeben. So aber kommt nur bitterer Magensaft. Ich will Anita anschreien, dass sie sich ihr Ohrschmalz sonstwohin schmieren kann und wir auf der Stelle etwas unternehmen müssen, weiß aber, dass es sinnlos wäre.

»Dämlicher Primat!«, fauche ich, nehme all meinen Mut zusammen und schiebe mich an der gläsernen Absperrung entlang Richtung Elsa.

Wenn mich jetzt der Direktor bemerkt, ist es aus. Dann weiß er, dass wir einen Weg gefunden haben, unser Gehege zu verlassen. Er wird unseren Bau ausheben und mit Beton ausgießen lassen – sofern er den Clan nicht gleich gesammelt an einen Wanderzirkus verscherbelt. Aber ich *muss* Elsa beistehen, muss ihr sagen, dass ich sie finden und befreien werde, egal, wo sie sie hinbringen, dass ich Kontakte nach draußen habe, dass Phil mir noch etwas schuldet, dass *nichts* auf der Welt mich davon abhalten wird, sie aufzuspüren und mich an ihren Entführern zu rächen.

Die beiden Männer haben inzwischen den mitgebrachten Käfig auf den Boden gestellt und sind im Begriff, die Hülle abzuziehen. Aus den Augenwinkeln sehe ich, dass der Direktor, den mein gerechter Zorn noch treffen wird, ein zufriedenes Grinsen aufgesetzt hat. Mit zwei kühn zu nennenden Sprüngen setze ich über den Graben, der die Paviane von den Gorillas trennt, kämpfe mich durch den Schilfgürtel und schleiche mich von hinten an Elsas Gehege heran. Keine Angst, Elsa, ich werde nicht zulassen, dass dir etwas zustößt, ich schwöre es. Das sind die Gedanken, die sich formen, während ich die letzten Meter des Abhangs überwinde, die mich noch von ihrem Käfig trennen. Mit Schläfen, die vor ohnmächtiger Wut zu explodieren drohen, drücke ich mich gegen eine Strebe, schiebe vorsichtig meine Nase um die Ecke und beobachte, wie sich einer der Männer neben den Käfig kniet. Ich bemerke noch, dass seine Latzhose über der Hüfte spannt und es nach Zigarette riecht, dann zieht er die Hülle ab.

Ich traue meinen Augen nicht. Ist wörtlich gemeint. Ich sehe, dass da ein Chinchilla im Käfig hockt. Ein Männchen. Doppelt so groß wie die zarte Elsa. Aber ich glaube es nicht. Als säße ich einem Zaubertrick auf. Gleich wird die rauchende Latzhosenwurst die Hülle über den Käfig stülpen, noch einmal abziehen, und der Käfig wird leer sein. Doch den Gefallen tut er mir nicht. Stattdessen krabbelt das Chinchillamännchen zum Gitter, richtet sich auf und legt die Vorderfüße um die Stangen.

Lange blicken Elsa und er einander nur an, dann sagt er irgendwann: »Hallöchen.«

Und Elsa antwortet: »Hi.«

»Isch bin …« Mit seiner Stimme könnte er mühelos Holz in Knete verwandeln. »Nun: Isch denke, du weißt, werr isch bin.« Zu allem Überfluss ist seine Knetstimme auch noch mit einem südländischen Akzent garniert.

Elsa geht zögerlich zwei Schritte auf ihn zu, richtet sich ebenfalls auf und biegt auf obszöne Weise den Rücken durch: »Giaccomo.«

»Giaccomo«, wiederholt er, als könne er selbst kaum glauben, dass er es ist.

»Was meinen Sie?«, ruft der neben dem Käfig kniende Mann dem Zoodirektor zu.

»Versuchen wir's!«, ruft der zurück.

»Also dann, Großer.« Offenbar ist Giaccomo gemeint. Der Mann öffnet die Käfigtür. »Viel Spaß in deinem neuen Zuhause!«

»Zuhause …«, stoße ich atemlos hervor, dann sehe ich nur noch den Himmel an mir vorbeifliegen, spüre kalten Stein an meiner Wange, und plötzlich ist alles grün. Schilf, denke ich noch, dann wird das Grün zu Schwarz.

Noch bevor ich wieder bei Bewusstsein bin, schmecke ich die lehmige Erde zwischen meinen Zähnen. Vom Zooeingang sind erste Kinderstimmen zu vernehmen. Ich bin den Hang hinabgestürzt, kombiniere ich. Und zwar, weil ich ohnmächtig geworden bin. Und ohnmächtig geworden bin ich, weil … Giaccomo. Fuck! Die Kinderstimmen nähern sich. In Sprintermanier rase ich am Gehege vorbei, tauche unter der Hecke durch, spurte über den Weg, so dass tatsächlich eine Staubwolke hinter mir aufsteigt, hechte durch die Absperrung hinter dem Flamingohaus und verschwinde in der Erde.

In meiner Kammer angekommen, breche ich praktisch zusammen. Die Morgengymnastik, ich bekomme das Bild einfach nicht aus dem Kopf: Elsa, wie sie sich an der Stange räkelt. Und ich Idiot habe mir allen Ernstes eingebildet, sie hätte es für *mich* getan! Dabei hat sie sich nur in Shape gebracht für … Giaccomo!

Es ist bereits Mittag, und ich bin kurz davor, meine in Tränen gebadeten Klauen abzukauen, als Rufus hereinkommt: »Phil ist da.«

»Was für ein Phil?«

Rufus richtet seine Leuchtdiode auf mich. »Ach du Scheiße: Was ist denn mit dir los?«

»Mach deine scheiß Funzel aus – das ist mit mir los.«

Rufus fingert an seinem Stirnband herum und dreht seine Diode nach hinten. »Was für ein Phil?«, wiederholt er meine Frage. »Der Privatdetektiv-Phil, für den wir gestern den Grünstreifen zwischen Flamingohaus und Elefantengehege in eine Tiefgarage verwandelt haben. Du erinnerst dich?«

Ich presse mir die Klauen auf die Schläfen. Phil. Das traurige Leinensakko. »Flüchtig«, knurre ich. Meine Gedanken sind woanders. Mein ganzes Selbst ist woanders. Elsa. Und Giaccomo. Meine Zunge fühlt sich an, als hätte ich einen Tampon im Maul. Nicht einmal schlucken kann ich mehr. »Wie heißt noch mal der Typ, der bei den Griechen goldene Pfeile verschießt und damit reihenweise Leute in den Wahnsinn treibt?«, frage ich.

»Meinst du Eros?«

»Eros, der war's. Verschlagener, niederträchtiger, heimtückischer, kleiner …« Mir gehen die Worte aus.

»Hundsfott?«, schlägt Rufus vor.

Ich blicke meinen Bruder an, als müsse einer von uns beiden den Verstand verloren haben, und als sei nicht ich derjenige.

»Ein veraltetes Schimpfwort«, erklärt Rufus, »bezeichnet einen Schuft. Wörtlich übersetzt meint es allerdings das Geschlechtsteil einer Hün…«

»Rufus!«

»Ray?«

»Keine Vorträge!«

»Okay.« Er vibriert auf der Stelle. Dann haut er sich wie gewohnt seine Klaue aufs Ohr.

»Und hör auf, dir ständig aufs Ohr zu hauen!«, schnauze ich ihn an.

Er klemmt sich die Vorderpfoten zwischen die Hinterbeine. »Okay.«

»Und jetzt lass mich allein.«

»Okay.« Er hat sich bereits umgedreht, weshalb mir seine

Leuchtdiode schon wieder volle Breitseite ins Gesicht funzelt, da fällt ihm ein, weshalb er gekommen ist: »Phil ist da!«

»Sagtest du bereits. Was will er?«

»Mit dir sprechen. Draußen ist die Hölle los. Sie haben die Leiche ausgegraben.«

»Und warum?«

»Warum sie die Leiche ausgegraben haben?«

»Warum Phil mit mir sprechen will?«

»Ach so – er will die Sachen wiederhaben. Das Smartphone, die Bücher ...«

Die Information lähmt mich wie der Biss einer Puffotter. Ja, ich weiß: Ich bin noch nie von einer gebissen worden. Aber wer mit meinem Vater groß wird, der muss sich so oft anhören, wie das ist, von einer Puffotter gebissen zu werden, dass es ihm irgendwann in Fleisch und Blut übergeht. Was für ein Tag, überlege ich: Erst verliere ich Elsa an einen italienischen Pelzbeutel, der auf den Namen Giaccomo hört, dann verliere ich meine Zukunft als Clanchef, weil Phil seine Bezahlung zurückfordert ... Als ich diesmal meinen Bruder anblicke, glaube ich selbst, dass doch ich derjenige bin, der den Verstand verloren hat.

Rufus sieht sich um, als sehe er meine Kammer zum ersten Mal. Der Lichtkegel seiner Diode gleitet nervös über die Wände. »Er sagt, wir hätten ihm die falsche Leiche geliefert«, zischt er schließlich.

Rufus hat ausnahmsweise mal nicht übertrieben. Draußen ist tatsächlich die Hölle los: Uns reichen ein paar Erdmännchen aus dem vierten Wurf, um eine Leiche zu finden, aber die Menschen brauchen offenbar zwei Dutzend Uniformierte, um sie auszubuddeln. Überall glänzen rot-weißgestreifte Bänder in der Sonne, der Zoo bleibt bis auf weiteres geschlossen. Menschen in Astronautenanzügen füllen Bodenproben in Reagenzgläser, fotografieren die Fundstelle und stecken nummerierte Schildchen ins Blumenbeet. Die Absperrbänder scheinen in erster Linie dem Zweck zu dienen, ignoriert zu werden. Jedenfalls tummeln sich mehr Menschen innerhalb der Absperrung als außerhalb.

Auch die Tiere sind ganz aus dem Häuschen: Die Affen hängen in Trauben am Käfiggitter, die Flamingos schnattern, was das Zeug hält, die Antilopen und Steinböcke wetzen vor Aufregung ihre Geweihe. In Hörweite steht der Zoodirektor mit einem Mann zusammen, der zu den wenigen gehört, die nicht verkleidet sind. Während er sich wiederholt die Schweißperlen aus der Stirn wischt, rechnet er seinem Gegenüber den Verlust vor, den jede Stunde ihm beschert, die sein Zoo geschlossen bleibt. Solange er sich Giaccomo leisten kann, denke ich, kann es dem Zoo so schlecht nicht gehen.

Phil erwartet mich am Zaun und begrüßt mich mit den Worten: »Mann, siehst du scheiße aus.«

»Sonst noch Neuigkeiten?«, entgegne ich.

»Ich fürchte ja.«

»Als da wären?«

Phil nimmt seine Brille ab. Und der Typ glaubt, *ich* sehe scheiße aus. »Seit ich dich kenne«, sagt er, »wird mein Leben von Tag zu Tag komplizierter.«

»Was soll ich sagen: Mir kommen die Tränen.«

»Die Leiche …« Phil blinzelt in die Sonne, als frage er sich, was er hier eigentlich zu suchen hat – in diesem Zoo, in dieser Stadt, auf diesem Planeten. »Es ist nicht Hanno von Sieversdorf.«

Ich sage nichts, sondern beobachte, wie drüben, auf der anderen Wegseite, ein großer Sack mit Reißverschluss auf eine vierfüßige Bahre gehievt wird. Ich erwähne das, weil mir in dem Moment, da die Trage angehoben wird, plötzlich klar wird, weshalb ich heute Morgen, als meine Welt noch in Ordnung war, in Gegenwart der Leiche das unbestimmte Gefühl hatte, da stimme etwas nicht.

»Das, was du gerade anstarrst«, fährt Phil fort, »ist die Leiche von Atze Neumann, dreiundvierzig Jahre alt, Raubtierpfleger und außerdem Lebensgefährte unserer hübschen Eisverkäuferin Bea.« Gemeinsam blicken wir der Bahre nach, die an Phil vorbei zur Absperrung getragen wird, wo sie bereits von einem Pulk aus Fotografen erwartet wird. »Weißt du, was ich glaube?«, fragt Phil.

»Das Blut«, antworte ich.

»Ich glaube, dass wir es hier mit zwei Fällen zu tun haben. Und dass mich einer davon überhaupt nichts angeht. Und jetzt hätte ich gerne mein Smartphone zurück. Die Bücher könnt ihr von mir aus behalten.«

»Sorry, aber du liegst falsch«, überlege ich. »Wenn du glaubst, dass die Fälle nichts miteinander zu tun haben, meine ich.«

Inzwischen ist die Bahre vom Pulk der Presseleute verschluckt worden, und Phil hat wieder seine Sonnenbrille auf. »Und wie kommt unser Erdmännchen-Schlaumeier zu diesem Schluss?«

»Heute Morgen – als ich die Leiche so präpariert habe, dass die Finger aus der Erde gucken –, da hatte ich die ganze Zeit das Gefühl, das etwas nicht stimmt. Eben ist es mir eingefallen: das Blut.«

»Das Blut.«

»Ja, Mann: Das Blut, das an den Servietten war, die du mir zum Beschnuppern gegeben hast. Es war nicht das von der Leiche.«

Phil legt die Stirn in Falten. Um ehrlich zu sein: Er macht ein Gebirge daraus. »Bisher hatte ich: einen verschwundenen Industriellen-Opa, eine verschwundene Eisverkäuferin und einen verschwundenen Raubtierpfleger.« Aus seinem Faltengebirge wächst eine Zugspitze heraus. »Bis heute Morgen sah es so aus, als hätten die Eisverkäuferin und ihr Raubtierpfleger den Industriellen geködert, ausgenommen und entsorgt und sich dann mit der Kohle aus dem Staub gemacht.«

Ich erspare mir einen Kommentar. Schließlich sah es bis heute Morgen auch noch so aus, als hätte ich eine rosige Zukunft vor mir.

»Jetzt«, redet Phil weiter, »sieht es auf einmal so aus, als sei nicht der Alte, sondern der Raubtierpfleger entsorgt worden … Das Blut, das ich im Eiswagen gefunden habe, stammt jedoch ganz sicher« – er wirft mir einen prüfenden Blick zu, und ich nicke bestätigend – »*nicht* von Atze. Da es aber, wie du gesagt hast, von einem Mann stammt, stammt es aller Wahrscheinlichkeit nach von Hanno von Sieversdorf.«

Ich ziehe die Schultern hoch. Schlauer bin ich jetzt auch nicht.

»Es ist, wie ich gesagt habe: Seit ich mit dir zu tun habe, wird mein Leben jeden Tag komplizierter. Es ergibt keinen Sinn, Ray. Außer …« Inzwischen sind seine Stirnfalten definitiv nur noch mit einem Dampfbügeleisen herauszubekommen. »Außer, Bea und Atze hatten unterschiedliche Pläne. Erst legen sie den alten Sieversdorf um und vergraben ihn. So weit, so klar. Doch dann, wo sie gerade dabei sind und Atze noch das Loch zuschaufelt, erkennt Bea ihre einmalige Chance, nicht nur ein neues Leben zu beginnen, sondern auch gleich noch ihren Typen loszuwerden. In dem Fall müsste die Leiche von Hanno von Sieversdorf …«

»… noch unter der Erde liegen«, kombiniere ich.

Von hinten nähert sich der Mann, dem der Zoodirektor vorhin seinen Verlust vorgerechnet hat. Aus der Nähe betrachtet, sieht er ganz gemütlich aus: zerbeultes Jackett, Bauchansatz, mehr Glatze als Haare auf dem Kopf, nicht aus der Ruhe zu bringen. Einer, der abends nach Hause kommt und sich freut, wenn seine Frau ihn fragt: »Wie war dein Tag, Schatz?«, und er antworten kann: »Wie immer: Ein paar Leichen und eine Menge Fragen.«

Er stellt sich als »Heinz Lossow, leitender Ermittler« vor und bittet Phil, mit ihm zu kommen – wegen seiner Aussage. Phil wirft mir einen letzten Blick zu und macht mit der Hand eine Ihr-müsst-weitergraben-Geste.

»Geht in Ordnung«, rufe ich ihm hinterher, »aber langsam wird's teuer!«

Kapitel 6

Der Clan ist gespalten. Auf der einen Seite: Rita, unsere Mutter. Ihre Angst vor dem Eintritt ins digitale Zeitalter hat aus ihrem Gesicht ein analoges Trauerspiel gemacht. Solange es nur um Lebendessen und die gemeinsame Sache ging, war sie noch ganz euphorisch. Jetzt aber, wo Stimmen nach einem Kino und tragbaren Mp3-Playern laut werden, wird sie von einer ruhelosen Sorge umgetrieben: Es war doch immer alles gut, so wie es war. Solange es all das Elektronikzeug noch nicht gab, hat es auch keiner vermisst. Wir haben doch uns, wozu brauchen wir da Spielkonsolen? Das also ist die eine Seite.

Die andere ist: alle anderen, wir, ihre Kinder. Rufus' Vision von einem Leben mit, wie er sagt, »extrem hohem Freizeit- und Bildungswert« hat insbesondere die Jüngeren in einen rauschhaften Taumel versetzt. Dass es dabei eher der extrem hohe Freizeit- als der Bildungswert ist, der besagten Taumel verursacht, bedarf, glaube ich, keiner weiteren Erklärung. Die Kinder aus dem fünften Wurf wollen eine Xbox, die aus dem vierten ein Kino, die aus dem dritten eine Techno-Lounge inklusive Darkroom. So viel zum Bildungswert. Mas Einwand, dass doch alle unsere Zimmer Darkrooms seien, interessiert keinen.

So stehen Rufus und ich an diesem Abend vor dem versammelten Clan auf der Bühne des großen Saals und haben leichtes Spiel. »Wir müssen tiefer graben«, rufe ich, »in größeren Dimensionen denken! Die Zukunft gehört uns – aber nur, wenn wir sie selbst bestimmen!«

Es sind hohle Worte, doch ich bringe sie mit solcher Überzeugungskraft vor, dass ich selbst ganz überwältigt bin. Anscheinend muss ich nur an Elsa und Giaccomo denken, und schon lodert in mir die brennende Leidenschaft auf, mit der ich bei meinen Zuhörern die notwendige Begeisterung entfachen kann. Es ist verlogen und falsch. Auf der anderen Seite ist es … professionell. Und das ist es, was ich sein will: ein Profi. Als ich geendet habe, kocht die Menge, und meine Geschwister können es gar nicht mehr abwarten, endlich mit dem zu beginnen, wozu uns die Natur ohnehin zwingt: zum Graben. Nur einer ist dabei, der nicht vor Begeisterung, sondern vor Neid, Missgunst und Vergeltungswut kocht: Rocky. Ich sehe es daran, wie seine Kiefer aufeinander reiben. Vor ihm werde ich mich in Acht nehmen müssen. Er ist einfältig, doch das heißt nicht, dass er mir nicht gefährlich werden könnte. Auf jeden Fall wird er nicht tatenlos zusehen, wie ich ihm weiter den Rang ablaufe und Roxane mich anhimmelt. Einen Moment lang koste ich den Applaus noch aus, dann übergebe ich das Wort an meinen künftigen Staatssekretär: Rufus.

Der hat natürlich längst einen Plan ausgearbeitet und Schautafeln vorbereitet. Die Idee ist folgende: Die Leiche, nach der wir suchen, ist am ehesten im Umkreis der Fundstelle zu vermuten. Daher werden die einzelnen Teams systematisch das bestehende Grabungsgebiet ausdehnen, und zwar in vertikaler sowie in horizontaler Ausrichtung.

Rocky sieht aus, als habe er sein eigenes Gehirn gefressen, also erklärt Rufus: »Wir werden uns in die Breite und in die Tiefe vorarbeiten. Systematisch. Das heißt: nach einem festgelegten Plan.« Er richtet seine Diode auf die Schautafel, die er mit roten und grünen Pommesgabeln an die Wand gepinnt hat und die wie ein Plan zum Knacken eines Hochsicherheitstresors anmutet. Ein Strohhalm in leuchtendem Pink dient ihm als Zeigestock. »Grabungsteam Drei beginnt mit der Minus-zwei-Ebene«, erklärt er und deutet auf ein Areal unterhalb der Fundstelle. Ich wusste ja, er würde alles, was sich nicht wehren kann, mit Nummern versehen. »Zunächst die Kammern zwei a bis d. Grabungsteam Vier erweitert währenddessen das bestehende Gebiet auf der Minus-eins-Ebene. Wir fangen an mit den Räumen f, h und k. Die zentrale Leitstelle wird unter dem Flamingohaus eingerichtet. Dort wird zu jeder Zeit ein Mitglied des Überwachungsteams anzutreffen sein. Jeder Fund ist unverzüglich zu melden. Dasselbe gilt für Störungen. Sämtliche Asservate werden in einer Kammer verwahrt, um deren Aushebung sich Team Zwei kümmern wird. Dieser Saal wird nach Beendigung der Mission in einen Kino- und Theatersaal umgewandelt werden, weshalb der Boden, wie hier zu sehen, schräg verläuft. Und jetzt: An die Arbeit!«

Im Handumdrehen verwandelt sich unser Bau in einen Hort emsiger Betriebsamkeit. Rufus' Logistik ist vorbildlich. Nahezu reibungslos wird eine unterirdische Großbaustelle eingerichtet. Zwar gräbt jeder in eine andere Richtung, weil der vierte Wurf, selbst wenn er zu lesen imstande wäre, niemals f, h und k auseinanderhalten könnte. Doch am Ende geht es auch nur darum, dass die einen in die Breite und die anderen in die Tiefe graben. Rufus und ich beziehen die Leitzentrale und koordinieren die Grabungsteams. Ein überschaubarer Job. Denke ich. Wie sich herausstellt, gibt es jedoch eine Menge für uns zu tun. Ständig kommt jemand mit einem vermeintlich wichtigen Fund herein: Kronkorken, das Zifferblatt einer Armbanduhr, ein Plastikfeuerzeug, das Rad eines Kinderwagen, etwas, das wie ein Plastik-U-Boot aussieht und von meinem Bruder als Unterschenkelprothese identifiziert wird. Rufus, der am liebsten sogar die in den

Käfig geworfenen Kaugummipapiere sammeln, sortieren und durchnummerieren würde, wächst über sich hinaus. Das Einzige, was ihm zu seinem Glück fehlt, sind: »Headsets. Wir brauchen drahtlose Kommunikation zu sämtlichen Grabungsteams. Wenn unsere Mission erfolgreich ist, wird Phil bluten müssen.«

Mein kleiner Bruder: Kann keiner Maus etwas zuleide tun und pinkelt sich voll, sobald eine Krähe über den Weg hüpft – und jetzt steht er da wie in seinem eigenen Western und sagt: »Dafür wird er bluten müssen.« Lass ihn, denke ich, solange er keinen Schaden anrichtet.

Das mit dem Schaden besorgen schließlich andere. Grabungsteam Drei – die Kinder aus dem vierten Wurf. Und ohne mich jetzt loben zu wollen, muss ich sagen, dass ich den ganzen Nachmittag über bereits das Gefühl habe: Wenn irgendetwas schiefläuft, dann bei Team Drei. Seit Nino, Nick, Nadja und Natalie die Leiche gefunden haben, scheinen sie entschlossen, ihren Ruf als Grabungshelden um jeden Preis zu verteidigen. Da sie in die Tiefe graben sollen, schleppen sie, je weiter der Tag voranschreitet, immer merkwürdigere Sachen an. Anfangs sind es noch ganz gewöhnliche Dinge: ein alter Toaster und eine blaue Plastikflasche mit der Aufschrift »Pril«, von der Rufus meint, da fehle das »A« am Anfang. Dann wird es zunehmend kurioser: ein altes Benzinfeuerzeug, Münzen mit komischen Kreuzen drauf, verschnürte Dokumente mit der Aufschrift »NSDAP«.

»Wie tief wollen die denn noch graben?«, überlegt Rufus.

Er will gerade losgehen, um Team Drei zurückzupfeifen, als Nino hereinstolpert und eine altertümliche Trainingshantel fallen lässt, unkontrolliert mit dem Kopf zuckt, kurz mit den Augen rollt und wieder verschwindet. Ich könnte schwören, Team Drei ist schon wieder gesammelt auf Traubenzucker.

Ich will die Hantel aus dem Weg räumen, als Rufus mich anschreit: »Nicht anfassen!« Er rennt an mir vorbei in den Gang.

»Nino!« Der ist schon weg. Traubenzucker macht schnelle Beine. »Wir haben einen Zehn-dreizehn!«, brüllt er den Gang hinunter. Dann, in die andere Richtung: »Wir haben einen Zehn-dreizehn!!«

»Wir haben was?«, frage ich.

Bang, bang, bang, bang, bang. So, wie Rufus sich auf die Ohren schlägt, müsste er eigentlich sofort k. o. gehen. »Einen Zehn-dreizehn!«, brüllt er mich an. »Und wir brauchen Headsets!«

»Was ist ein Zehn-dreizehn?«, frage ich.

Seine Augen treten aus den Höhlen: »Wozu hab ich eigentlich im Versammlungssaal die ›Rules and Regulations‹-Tafel aufgehängt!?«

»Weiß ich doch nicht. Außer dir kann hier keiner lesen.«

Bang, bang, bang! Aua. Noch so ein Ding, und er kann sich selber auszählen. »Ein Zehn-dreizehn«, trompetet er, dass mir die Ohrmuscheln flattern, »ist ein externer Angriff, der den Grundbestand der Sippe gefährdet!«

»Und das heißt?«

»Was das HEISST?« Bang, bang, ba-ba-bang! Rufus beginnt zu taumeln. Der Lichtkegel seiner Leuchtdiode tanzt über die Decke. Langsam tut er mir wirklich leid. »Der Bau ist vollständig zu evakuieren – unverzüglich«, stoßt er hervor.

Ich überlege, ihn zu fragen, weshalb wir eigentlich einen Zehn-dreizehn haben, aber ich fürchte, dann reißt er entweder mir oder sich selbst den Kopf ab. Also sage ich: »Ich sag Rocky Bescheid.«

Doch dazu kommt es nicht. Denn als ich mich zum Gehen wende, steht Nick im Eingang, mit Pupillen so groß wie Bowlingkugeln. »Scheiße Mann«, sagt er.

Ich zähle im Geiste von zehn rückwärts, doch als ich bei null ankomme, ist nichts weiter passiert. »Danke für die Info«, sage ich.

Damit setze ich bei Nick offenbar den nächsten Denkprozess in Gang: »Wir haben ein Problem.«

»Das kannst du laut sagen«, krächzt Rufus, der vorübergehend sein Gleichgewicht wiedergefunden hat, »einen Zehn-dreizehn nämlich!«

»Ähhh … Weiß ich nicht«, gibt Nick zu. »Auf jeden Fall haben wir Ratten im Bau, und so, wie es aussieht, haben sie Natalie entführt.«

»Ratten?«, frage ich.

»Natalie?«, fragt Rufus. Dabei scheinen vor Besorgnis seine Augen näher zusammenzurücken. Hat mich meine Ahnung also nicht getäuscht. Schon seit Wochen denke ich, dass Rufus ein heimliches Auge auf seine kleine Schwester geworfen hat.

»Wasnjetz zuerst?«, fragt Nick.

»Die Ratten«, sage ich.

»Natalie«, sagt Rufus.

Ich werfe meinem kleinen Bruder einen Seitenblick zu. Der Typ ist echt am Anschlag. »Also schön«, sage ich. »Natalie zuerst.«

»Na ja«, fängt Nick an, »wir haben da also gegraben. Nach unten. Wie du gesagt hast, Rufus. Und, also, da war dann plötzlich dieses Loch im Boden, und irgendwie sind da Ratten reingekommen … Und die haben dann Natalie mitgenommen …« Er schlenkert ziellos seine Vorderbeine umher. »Also, äh … Ich schätze, das war's.«

Bevor ich etwas erwidern kann, sind vier kurze, dumpfe, sehr schnell aufeinanderfolgende Schläge zu hören. Der Lichtkegel von Rufus' Lampe verlässt Nicks Gesicht, wandert die Wand empor über die Decke und bleibt in dem Moment stehen, da ein weiterer dumpfer Aufprall mir sagt, dass mein kleiner Bruder gerade der Länge nach auf den Boden geschlagen ist. Ich schicke Nick los, um den Bau zu evakuieren, rolle die Hantel in die Asservatenkammer hinüber und mache mich daran, den bewusstlosen Rufus nach oben zu schleifen.

Bis alle Familienmitglieder sich vollständig auf dem großen Hügel eingefunden haben, kann Rufus immerhin schon wieder aufrecht sitzen und mit beiden Augen in dieselbe Richtung gucken. Die Grabungsteams haben sich derweil zu Gruppen zusammengefunden und sind von mir inspiziert worden. Natalie ist die Einzige, die fehlt. Alle anderen sind unverletzt. Nadja befand sich zwar vorübergehend ebenfalls in der Gewalt der Entführer, wurde aber wieder laufengelassen, um die Forderungen zu überbringen, die sich an die Freilassung ihrer Schwester knüpfen. Diese lauten wie folgt: Die Ratten wollen kostenfreien Zugang zum Stromnetz, siebzehn Meter Verlängerungskabel sowie eine Carrera-Bahn mit Looping. Die Freilassung von Natalie erfolgt nach erfolgreichem Testlauf der Carrera-Bahn.

»Das ist alles nur so gekommen, weil wir nicht genug bekommen können«, nuschelt Ma.

Ganz unrecht hat sie nicht. Grabungsteam Drei konnte offenbar tatsächlich nicht genug bekommen: Sie haben sich so tief ins Erdreich gewühlt, dass sie in die Kanalisation durchgebrochen sind.

Wenn man den Schilderungen von Nadja und Nick glauben schenkt, handelt es sich bei den Entführern um »fette, glänzende, stinkende, sehr große Ratten«. Mit anderen Worten: Berliner Kanalratten. Diese Information ist wichtig. Als ich es wage, unseren neuen Feind beim Namen zu nennen, geht ein Raunen durch die Menge. Nur die Albaner-Ratten in Frankfurt / Oder und die sächsischen Neonazi-Ratten sollen noch gefährlicher und skrupelloser sein. Wobei über die Neonazi-Ratten kaum verlässliche Informationen vorliegen, da sie sich glücklicherweise praktisch nie aus ihren Löchern wagen. Die Frage ist: Was tun?

Ratlosigkeit macht sich breit. Die Gerüchte über unseren Gegner sind so zahlreich wie widersprüchlich. Manche wollen wissen, dass Berliner Kanalratten bereits kurz nach der Geburt mit asiatischen Kampftechniken vertraut gemacht werden, andere dagegen behaupten, dass sie über ein riesiges Arsenal aus Schlagringen und Fonduegabeln verfügen, mit dem sie sogar Einsatzteams der Stadtreinigung in die Flucht schlagen. Die Augen des Clans ruhen auf Pa, Rocky und mir. Danke für das Vertrauen, Freunde. Wenn ich jetzt noch eine Idee hätte …

Glücklicherweise werden wir alle kurzfristig abgelenkt, als Rufus, der sein geschwollenes Ohr betastet, murmelt: »Und einen Zehn-dreizehn haben wir außerdem.«

Nach einem kurzen Blick in die Runde ist klar, dass keiner, aber auch wirklich *keiner* aus dem Clan eine Ahnung hat, was ein Zehn-dreizehn ist.

Ich erkläre also: »Eine mögliche Gefahr für den Clan.«

»Ein externer Angriff, der den Grundbestand der Sippe gefährdet«, präzisiert Rufus. Etwas, das den Grundbestand der Sippe gefährdet, klingt nicht gut. Das kapiert sogar Roxane. »Erinnerst du dich an das Ding, das du vorhin aus dem Weg räumen wolltest?«, fragt mich Rufus.

»Die Trainingshantel? Ich bin froh, dass du dich noch daran erinnerst.«

»Das war keine Trainingshantel – das war eine Handgranate.«

Noch mehr Ratlosigkeit. Auf den ersten Gesichtern macht sich Angst breit. Handgranate. Das Wort haben die meisten schon mal gehört. Aber was genau so ein Ding macht, weiß keiner.

Pa scannt den Himmel: »Wir müssen etwas unternehmen«, verkündet er. »Bis Sonnenuntergang muss eine Lösung gefunden werden. Wir können nicht im Freien übernachten.«

Könnten wir natürlich schon. Schließlich ist das hier ein Zoo und nicht die Savanne. Aber das zu erklären würde uns vom eigentlichen Problem wegführen.

Schweigen.

Das hält Rocky nicht lange aus: rumstehen, während andere

nachdenken. »Ich mach das«, entscheidet er, prüft seinen Bizeps und steuert den Höhleneingang an.

»Rocky?«

Er dreht sich zu mir um: »Hm?«

»Könntest du dir vorstellen, uns noch kurz zu sagen, was genau das ist, was du machen willst – bevor du es machst?«

»Ich geh zu den Ratten und hole Natalie. Wieso – was hast du denn gedacht?«

»Ehrlich gesagt: Ich hab genau das gedacht. Nur weiß ich nicht, ob das wirklich so eine schlaue Idee ist. Es gibt möglicherweise *sehr viele* Ratten da unten. Mit möglicherweise *sehr vielen* Waffen …«

Diese Vorstellung scheint meinen Bruder nicht zu schrecken: »Hat jemand eine bessere Idee?«, fragt er.

Rufus hätte gerne eine. Oder würde sich Rocky wenigstens gerne anschließen und zurückkehren als Held, mit einer dankbar lächelnden Natalie über der Schulter, die er aus den Fängen der Berliner Kanalratten befreit hätte. Oder eben nicht zurückkehren und als Märtyrer in die Erdmännchen-Annalen eingehen. Doch er schafft es nicht. Zu viel Schiss. Bereits der Gedanke daran, in unbekanntes Territorium vorzustoßen und die Kanalisation zu betreten, lässt sein Blut gefrieren. Und da ist noch nicht einmal eine Ratte aufgetaucht.

»Also niemand«, schließt Rocky befriedigt.

»Warte.« Rufus stemmt sich auf die Beine. Ich glaube es nicht: Offenbar will er tatsächlich in die Erdmännchen-Annalen eingehen. Doch dann sagt er nur: »Ich gebe dir noch was mit.«

»Ich bin nicht sicher, ob es wirklich funktioniert«, erklärt Rufus und befestigt einen schwarzen Plastikknochen an dem Klettband, das sich um Rockys Brust spannt, »aber ich hab es mit neuen Batterien bestückt. Daran sollte es also nicht liegen.«

Wir befinden uns in den Tiefen des noch im Bau befindlichen Asservatensaals, über den niemals jemand anderer als Rufus den Überblick haben wird. Er hat für Rocky eine Stirnlampe zusammengebastelt, ihm einen Brustgürtel umgelegt und jetzt, wie erwähnt, dieses schwarze Ding daran befestigt.

Rocky legt seine Klauen um das Gerät und beäugt es. »Und wo stecken sich die Menschen das rein?«

»Gar nicht«, erwidert Rufus. »Das ist nicht das Ding aus ›Sado-Maso-Safari II‹, sondern …«

»Du hast schon Teil zwei gesehen?«, unterbricht ihn Rocky.

»Ist doch jetzt ganz egal«, wiegelt unser Schöngeist ab. »Das hier ist jedenfalls ein Elektroschocker. 200 000 Volt. Ruft bei Menschen vorübergehende Lähmungserscheinungen hervor und hat bei Ratten – und Erdmännchen! – ziemlich sicher den sofortigen Tod zur Folge. Was übrigens auch der Grund dafür ist, weshalb wir seine Funktionstüchtigkeit nicht vorab überprüfen können.«

Er erklärt Rocky, wie der Schocker funktioniert, wie er eingeschaltet wird, wie er ihn halten muss und vor allem, dass er wirklich sehr, sehr gefährlich ist. Rocky schaltet ihn ein und aus und ein und aus und ein und aus. Und ein. Und aus. Jedes Mal, wenn er den Kippschalter betätigt, fängt das Plastikgehäuse leise an zu summen. Rufus und ich treten unwillkürlich einen Schritt zurück.

»Verstehe«, sagt Rocky, schaltet den Schocker ein und besieht sich die beiden Metallspitzen, »und das da sind die Kontakte.«

»Rocky!«, ruft Rufus.

Unser Bruder schaltet den Schocker wieder aus: »Bin doch nicht bescheuert«, behauptet er.

Rufus und ich sehen einander an, sagen aber nichts. Ich erwähne das, weil wir uns denselben Blick gleich noch einmal zuwerfen werden. Gemeinsam wenden wir uns dem Ausgang zu.

Dabei bleibt der Lichtkegel von Rockys Lampe an der Hantel hängen, die ich vorhin hereingerollt habe und von der wir inzwischen wissen, dass es sich um eine Handgranate handelt.

»Was issn damit?«, fragt Rocky.

Und da ist er wieder: derselbe besorgte Blick.

Kapitel 7

Rufus und ich begleiten Rocky bis zum Einstieg in die Unterwelt. Vorsichtig neige ich mich über die Öffnung. Ein schwarzer Abgrund tut sich auf, ein biblisches Nichts, erfüllt von einem leisen Rauschen und dem Geruch nach menschlichen Exkrementen. Rocky muss komplett bescheuert sein, dass er sich freiwillig da hineinwagt. Ich blicke mich um. Mein großer Bruder schaltet die Stirnlampe ein und zieht den Klettgürtel nach, von dem der Elektroschocker und die Handgranate baumeln. Yep, isser – komplett bescheuert.

»Bist du sicher …«, setzt Rufus an, wird aber nach dem dritten Wort zärtlich gegen die Wand geschleudert.

»Lass ma«, donnert Rocky, »ich mach das schon. So eine Mission ist nix für Weicheier wie euch. Haltet einfach die Leiter.«

Rufus rappelt sich auf, rollt den Strick mit den geknoteten Schlaufen aus und lässt ihn ins Nichts hinabgleiten. Am Ende ist der Strick um den Teleskopfuß einer Krücke gebunden. Rufus und ich nehmen einander gegenüber Aufstellung, grätschen die Beine und legen uns die Stange auf die Schulter. Rufus nickt, ich nicke, Rocky nickt.

»Also dann …« Rocky greift sich den Strick und verschwindet bis zum Hals im Loch. Dann hält er noch einmal inne. »Was issn das fürn Rauschen?« Typisch, denke ich, den Geruch bemerkt er gar nicht.

»Wasser«, antwortet Rufus. »Ist nun einmal die Kanalisation.«

Die Information scheint Rocky nachdenklich zu stimmen. Für die Länge eines Wimpernschlages jedenfalls. »Wie sieht's aus«, fragt er, »kann ich schwimmen?«

»Alle Säugetiere können schwimmen«, antwortet Rufus.

Ich werfe meinem kleinen Bruder einen fragenden Blick zu. Er antwortet mit einem Gesicht, das übersetzt heißt: Hab ich irgendwo gelesen, glaube ich.

»Und ich *bin* ein Säuger«, vergewissert sich Rocky.

»Yep«, sage ich.

Rufus nickt bestätigend.

»Na dann …«

Mit bangen Blicken verfolgen wir, wie der Kopf unseres großen Bruders im Schwarz der Unterwelt verschwindet. Kurz darauf hört man ein Platschen, und Rockys Gewicht hängt nicht länger am Strick.

»Leiter einholen«, echot seine Stimme zu uns herauf.

Wir rollen den Strick auf den Krückenstutzen, legen uns an die Öffnung und spitzen die Ohren.

Rauschen. Ein Erdmännchen, das durch fließendes Wasser platscht. Krallen auf feuchtem Beton.

»Geil«, ruft Rocky, »ich kann schwimmen!« Von oben sehen wir, wie sich der Lichtstrahl seiner Stirnlampe über die schlierigen Wände tastet. »Alles voller Scheiße hier«, grummelt er. Kurz füllt ein bedeutungsvolles Schweigen den Tunnel. Dann ruft Rocky: »Ey, ihr Penner da vorne!«

Rufus und ich drehen einander die Köpfe zu. Sollten meine Augen gerade so aus den Höhlen treten wie seine, dann können wir sie gleich in der Kanalisation suchen.

»Hier stinkt's ganz schön!«, dröhnt die Stimme unseres Bruders aus dem Tunnel. »Seid ihr das, die hier so rumfurzen?« Am Ende hat er den Gestank also doch noch bemerkt.

Die knarzige Stimme einer Kanalratte schneidet durch die Dunkelheit: »Was will'n der hier?«

Eine zweite Stimme fragt: »Bist du irgendwie ... bescheuert oder so?«

Im Gegensatz zu den Ratten scheint Rocky nicht im mindesten irritiert zu sein. »Hab gehört, ihr habt meine Schwester ge... dingst – geklaut, meine ich.«

Seine Stimme entfernt sich langsam von uns. Wie auf ein vereinbartes Zeichen stecken Rufus und ich vorsichtig unsere Köpfe weiter durch das Loch und wagen einen Blick in die Unterwelt. Ratten. Große Ratten. Mit langen Schatten. Sehr große Ratten mit sehr langen Schatten. Von unserer Warte aus schätze ich, dass es fünf oder sechs sind. Ungefähr zehn Schritte vor Rocky hocken sie auf dem Begrenzungsstreifen, der neben dem Abwasserkanal entlangführt, und nagen an etwas herum. Der Gestank ist unerträglich.

»Und weiter?«, schnalzt eine besonders fette Ratte.

»Es gibt drei Möglichkeiten«, erklärt Rocky. »Ihr gebt sie freiwillig raus, oder ich hole sie mir.«

Die Ratten stecken ungläubig ihre Köpfe zusammen. Anschließend fragt die größte von ihnen: »Bist du da oben so was wie der Dorftrottel?«

Rocky geht so nah an die Ratte heran, dass er ihr auf die Pfoten spucken könnte. Das bringt Leben in den Pulk: Geräuschlos und wie von Geisterhand gesteuert, formieren sich die Ratten zu einem Dreieck – vorne der Stärkste, dahinter zwei, dahinter drei.

Rocky beeindruckt dieses Schauspiel nur mäßig. »Was issn das für ein Dreck?« Angeekelt hält er seine Nase über ihr Fressen. »Falafel?« Mit einer schwungvollen Bewegung kickt er die Teigtasche samt Inhalt in die stinkende Brühe, die unter uns entlangfließt. »Wisst ihr, was der Unterschied zwischen mir und euch ist?«

»Da bin ich aber gespannt«, flüstere ich.

»Ich«, brüllt Rocky, »bin Fleischfresser!«

Er hat das Wort noch nicht zu Ende gebracht, da hat sich bereits die erste Ratte auf ihn gestürzt, während die zwei hinter ihr Stehenden ihn von rechts und links anspringen. Für einen Moment ist im Widerschein Rockys Silhouette zu sehen: Wie in Stein gehauen steht er da und gibt ein urgewaltiges Brüllen von sich, wankt, fällt aber nicht, und schwört, dass er die Falafel gleich aus ihnen herausprügeln wird. Doch kaum hat er sich der ersten Ratte entledigt, wirft sich mit einem schrillen Schlachtruf die dritte Angriffsreihe auf ihn und bringt ihn zu Fall.

In dem brodelnden Knäuel aus sechs Ratten und einem Erdmännchen ist nicht viel zu erkennen. Ein Bein zuckt durch die Luft. Könnte zu Rocky gehören – oder gehört haben. Ist aber nicht sicher. Schreie und ein wildes Durcheinander fauchender Stimmen erfüllen den Tunnel. Der Lichtkegel von Rockys Stirnlampe fliegt umher. Eine der Ratten wird in den Kanal gestoßen, kriecht aber im nächsten Moment wieder heraus.

»Sieht nicht gut aus«, flüstere ich.

In dem Moment hören wir unseren Bruder brüllen: »Wieso funktioniert dieses Scheißding nicht?«

»Der Kippschalter, Rocky!«, ruft Rufus voller Verzweiflung. »Der Kipp …«

Fffapppp! Von einem finalen Quietschen begleitet, fliegt eine wie von innen erleuchtete Ratte in einem vollendeten Bogen durch den Tunnel und landet mit sanftem Platschen im Wasser. »Hab ihn!«, ruft Rocky, und fffapppp! folgt der ersten Ratte eine zweite. »Yiihaaa!« Fffapppp, ffffapppp – Nummer drei und vier. Die fünfte Ratte flieht, die sechste stürzt sich freiwillig in den Kanal.

Rocky kommt auf die Beine und schüttelt sich. Im schwachen Schein ihrer eigenen Glut treiben nacheinander vier Ratten mit dampfendem Fell, heraushängender Zunge und aufgeplatzten Augen unter uns vorbei, den Bauch nach oben. Kein schöner Anblick.

»Scheint noch funktionstüchtig zu sein«, bemerkt Rufus.

Rocky hat sich wieder gesammelt. »Dann kann's ja losgehen!«, ruft er der geflüchteten Ratte nach. Er folgt ihr bis zur nächsten Abzweigung, dann verschwindet sein Lichtkegel hinter der Biegung. Im nächsten Moment erschallt seine Stimme wie aus einer anderen Welt: »Hallo, Freunde – schön, dass ihr alle da seid!«

Was nun folgt, ist ein Inferno aus schrillen Schreien, gegrillten Ratten, Rockys wiederholtem Ruf: »Ich mach Ratten-Burger aus euch!« und – ffffapppp – aufzuckenden 200 000-Volt-Blitzen.

Ich bemerke etwas Feuchtes an meinem Bauch. »Hast du dich schon wieder eingepinkelt?«, frage ich Rufus, während wir gebannt zur Tunnelabzweigung hinüberstarren.

»Tut mir leid«, sagt Rufus.

»Macht nichts«, erwidere ich, »ich auch.«

»HOLLA!«, kommt Rockys Stimme um die Biegung, gefolgt von einem Schmerzensschrei – seinem eigenen diesmal.

Rufus kämpft mit den Tränen. Unser Bruder hat das Gehirn eines Einzellers. Mit ihm leben zu müssen würden sogar Wirbellose als göttliche Bestrafung empfinden. Und dennoch: Er ist unser Bruder. Blut, sagt Ma gerne, ist eben dicker als Wasser. »Rocky?«, ruft er.

»Batterie is alle!«

»Der Generator muss erst wieder Spannung aufbauen!«, brüllt Rufus, »warte einen Moment.«

»Habt ihr Penner gehört«, dröhnt Rocky, »ihr sollt warten!« Schreie, Quietschen, Fiepen, Platschen im Wasser. »Die wollen nicht!«

Am größer werdenden Lichtkegel erkenne ich, dass Rocky zurückkommt. Ein Keuchen ist zu hören. Dann erscheint er humpelnd am Tunnelknick. Im ersten Moment denke ich, dass ihm eine Ratte im Nacken sitzt, aber dann erkenne ich, dass es Natalie ist, unsere Schwester. Ich fasse es nicht. Er hat sie tatsächlich. Leider tauchen im nächsten Augenblick Ratten hinter Rocky auf, viele Ratten, unzählige. Sie verwandeln den Steg entlang des Kanals in ein waberndes, graues, furchtbares … Etwas. Das schafft er niemals, denke ich.

»Du schaffst es!«, rufe ich.

»Es sind zu viele«, schallt es zurück.

»Versuch noch mal den Schocker!«, ruft Rufus.

Rocky tritt, schlägt um sich, beißt, kratzt und probiert es mit dem Schocker. Der scheint jedoch seinen Geist aufgegeben zu haben. »Will nicht!«, stellt er fest. Inzwischen trennen ihn nur noch wenige Meter von uns.

Rufus und ich springen auf und lassen die Leiter runter. »Los!«, brüllen wir durch das Loch.

Im nächsten Moment hängt etwas Schweres am Strick und zappelt hin und her. »Hochziehen!«

Wir zerren mit aller Kraft, doch es bewegt sich nichts. Gar nichts. Ich blicke durch das Loch und sehe eine Traube aus Ratten, die an Rocky hängt, der wiederum am Seil hängt.

»Das schaffen wir nicht«, rufe ich hinunter. »Du musst Ballast loswerden! Versuch noch mal den Scho …«

Fffffapppp!

»Schon passiert!«

Wir ziehen. Es geht. Aber sehr langsam. Rocky ist verdammt schwer. Und unsere Schwester macht ihn nicht leichter. Unterdessen formieren sich die Ratten neu und beginnen damit, alte Gemüsekisten übereinanderzustapeln. Man mag von denen halten, was man will, aber sie sind verdammt gut organisiert. Alle ordnen sich dem gemeinsamen Ziel unter. Das Individuum zählt gar nichts. Sehr beeindruckend. Selbstlose Scheißer.

Endlich krallt sich Rockys blutige Klaue in den Kraterrand. Rufus und ich greifen uns Natalie und ziehen sie durchs Loch. Die Ratten haben ihr ein vergammeltes Schweißband über die Augen gezogen und die Vorderbeine hinter dem Rücken mit einem Kabelbinder verschnürt. Rocky hat sie sich einfach in seinen Klettgürtel geklemmt. Mit letzter Kraft ziehen wir auch Rocky in den Bau. Bereits ein flüchtiger Blick offenbart, dass er übel zugerichtet ist: Bisswunden, Schnitte, ein ausgekugeltes Hinterbein, die linke Gesichtshälfte vollständig zugeschwollen.

»Kann mir mal jemand die Binde abnehmen?«, bittet Natalie mit brüchiger Stimme.

»Später«, keuche ich und zerre sie Richtung Ausgang, »jetzt erst mal raus hier!«

Rufus und ich nehmen sie in unsere Mitte und hasten durch den Gang, als mir etwas auffällt.

»Rufus?«

»Was?«

»Wo ist Rocky?«

Mein Bruder und ich bleiben stehen, während Natalie brav weiterhastet, sich dann ihr zartes Gesicht an einer Baumwurzel platthaut und mit grazilem Stöhnen zusammenbricht.

Die Situation stresst Rufus derart, dass er zu für ihn äußersten Mitteln greift und tatsächlich »Scheiße!« sagt.

Wir eilen zur Kammer, in der wir unseren großen Bruder zurückgelassen haben, und erreichen sie gerade rechtzeitig, um zu sehen, wie sich der angeschwollene Kriegsheld Rocky breitbeinig über dem Loch aufbaut. Zwischen seinen Zähnen blitzt ein Metallstift, in den Klauen hält er die entsicherte Handgranate.

»Um Gottes willen …«, keucht Rufus. Und dann: »Natalie!«

»Keine gute Idee, Rocky«, sage ich.

Rocky blickt durch das Loch. »Gemüsekisten …« Er spuckt den Metallstift aus, schaut von mir zu Rufus und wieder zu mir – und lässt die Granate durch das Loch fallen. »Schätze, wir gehen besser.«

Als ich das Bewusstsein wiedererlange, steckt mein Kopf zwischen den Käfigstreben, und meinen Füßen fehlen gute zwei Meter zum Boden. Rufus und Natalie sind durch den Ostausgang geschleudert worden, ich durch den Westausgang. Jedenfalls legen das die Indizien nahe. Von der Detonation selbst ist mir nichts in Erinnerung. Rocky, auch das werden wir später rekonstruieren, hat es durch keinen unserer Ausgänge geschleudert. Die Explosion hat ihn einfach durchs Erdreich gedrückt – weshalb wir jetzt einen weiteren Zugang zu unserem Bau haben. Sofern dieser Bau noch existiert. Was zu prüfen sein wird. Sobald sich der Rauch verzogen hat.

Wie nach geschlagener Schlacht rotten wir uns nach und nach auf dem Hügel zusammen. Rocky hatte Glück im Unglück: Weil seine linke Gesichtshälfte zugeschwollen war, hat es ihm bei der Explosion nur das rechte Trommelfell zerrissen. Er hat Schmerzen. Wahrscheinlich käme er aus eigener Kraft nicht einmal mehr den Hügel hinauf, doch das muss er auch gar nicht, denn die anderen tragen ihn, nehmen ihn auf die Schulter, und der Clan jubelt ihm zu. Er ist der Held der Helden, das tapferste Erdmännchen seit Ururururgroßvater Chester, der mal im Alleingang eine Hundertschaft von Puffottern plattgemacht haben soll, die in seinen Bau eingefallen war. Und auch, wenn es Wochen dauern wird, bevor Rocky wieder normal laufen und gucken kann – in dem Moment, da der Clan ihn in seine Mitte nimmt und sich Natalie und Roxane gleichzeitig auf ihn stürzen, ist er glücklicher als je zuvor in seinem Leben. Und er hat recht: Im Grunde meines Herzens bin ich ein Weichei. Denn in diesem Augenblick freue ich mich tatsächlich für diesen – wie haben die Ratten ihn noch genannt? – Dorftrottel.

Leider kann Rocky seinen Triumph nicht so auskosten, wie er das gerne würde, denn noch während der Clan Natalies geglückte Rückkehr in den Schoß der Familie feiert, bemerke ich etwas, das mir sehr sonderbar vorkommt. Eine Halluzination, denke ich. Die Explosion, der Stress, der Hormoncocktail in meinem Kopf … Alles mögliche Erklärungen. Nur: Wenn das da drüben wirklich eine Halluzination ist, dann fühlt sie sich verdammt echt an.

»Seht ihr das auch?«, frage ich.

Die anderen folgen meinem Blick. Dann passiert sehr lange sehr wenig.

Schließlich sagt Rufus: »Die Apokalypse …«

Und Ma meint: »Das gibt Ärger.«

Was passiert, ist, dass Nicole und Benjamin, die Elefantenkuh und ihr frisch geborener Filius, langsam aber unaufhaltsam im Boden versinken. Daran ändert auch nichts, dass Nicole schützend den Rüssel um ihren Nachwuchs legt. Papa Heiner steht am Rand und muss hilflos mit ansehen, wie sich ein Krater vor ihm auftut und seine Geliebte und seinen Sohn verschlingt, Stück für Stück, erst nur die Zehen, dann die Knie, die gesamten Beine, den Oberkörper. Am Ende schauen nur noch Nicoles Stirnhöcker aus dem Boden und, wenn sie ihn nach oben reckt, ihr Rüssel.

Während alles um mich herum im Chaos versinkt, die Besucher des Zoos panisch die Flucht ergreifen und in den Gehegen die von Rufus diagnostizierte Apokalypse losbricht, betrachte ich wie durch ein Fernglas den Krater, der sich im Elefantengehege gebildet hat, studiere die Erdschichten, die dadurch sichtbar geworden sind, und bemerke schon wieder etwas Seltsames.

»Rufus?«, sage ich.

Mein kleiner Bruder ist noch vollständig in den Ereignissen

der letzten Minuten gefangen. Außerdem hat er, genau wie ich, ein Explosionstrauma und kann mich nicht hören.

Ich bringe meine Schnauze direkt an sein Ohr: »Rufus!«

Er fuchtelt sich hektisch im Gesicht herum. »Hier.«

»Ich glaube, da guckt eine Hand aus der Erde.«

Als am Abend Phil auftaucht, ist der Bereich um das Elefantengehege weiträumig abgesperrt. Die Stadtverwaltung versucht gerade, einen Hebekran aufzubauen, mit dem man hofft, Nicole und ihren Sohn bergen zu können. Das Unterfangen erweist sich jedoch als einigermaßen schwierig, weil niemand weiß, wie tragfähig das Erdreich im Umkreis des Kraters ist, und außerdem seit der Explosion im gesamten Zoo der Strom ausgefallen ist. Auch die S-Bahn musste vorübergehend ihren Dienst einstellen, fährt aber inzwischen wieder.

Die Hand, die aus der Erde ragt, hat übrigens noch immer niemand bemerkt. Nicole und der kläglich jammernde Benjamin haben alle vollständig in Anspruch genommen. Wir dagegen wissen inzwischen, dass an der Hand eine Leiche dranhängt. Und dass es noch eine zweite und eine dritte Leiche gibt. Kaum hatte sich heute Mittag der Rauch verzogen, legte der unersättliche vierte Wurf die noch intakten Tunnelsysteme frei und arbeitete sich bis unter das Elefantengehege vor. Und siehe da: Da drüben gibt es drei Leichen. Das Problem ist: Alle drei zeigen Spuren fortgeschrittener Verwesung. Der alte Hanno von Sieversdorf scheint spurlos verschwunden zu sein.

Noch etwas anderes bereitet mir Sorgen. Ich fürchte, dass der Zoodirektor langsam Verdacht schöpft. Bestimmt eine halbe Stunde lang ist er vor unserem Gehege auf und ab patrouilliert und hat uns stirnzerfurchte Blicke zugeworfen. Wir haben versucht, Normalität vorzutäuschen, doch wem gelingt das unter diesen Umständen schon?

Phil quatscht eine ganze Weile mit dem Direktor, bevor er zu unserem Gehege rüberkommt. Wie üblich stützt er sich auf das Geländer und tut so, als betrachte er den Sonnenuntergang.

»Hallo«, sagt Phil.

»Hi«, antworte ich, noch immer ein Fiepen im Ohr.

»Habt ihr irgendwas damit zu tun?«

»Womit?«

Phil blickt sich um: »Was könnte ich wohl meinen?«

»Das Loch im Elefantengehege?«, schlage ich vor.

»Nett von dir, dass du es als Loch bezeichnest – wo es doch aus der Warte eines dreißig Zentimeter großen Erdmännchens wie ein Meteoriteneinschlag wirken muss.«

Ich antworte nicht.

»Also?«, fragt Phil.

»Also was?«

»Habt ihr etwas damit zu tun?«

»Ich glaube nicht, dass ich mit dir darüber reden möchte.«

Phil stößt geräuschvoll seinen Atem aus: »Die Sache läuft langsam aus dem Ruder.«

Was soll ich da sagen?

»Wie sieht's mit meiner Leiche aus?«, fragt er irgendwann. »Habt ihr sie gefunden?«

»War nicht dabei«, antworte ich zögerlich.

Jetzt nimmt er doch die Brille ab: »War nicht *wo*bei?«

»Bei denen, die wir gefunden haben«, sage ich entschuldigend.

Kapitel 8

Spätestens von jetzt an ist nichts mehr so, wie es mal war. Ich weiß nicht, ob ich das gut finden oder bedauern soll. Aber letztlich spielt es keine Rolle. Wir können das Rad nicht zurückdrehen. Der unbestreitbare Vorteil ist: Wir sind endlich wer. Hier ist etwas Großes im Gange, und wir sind ein Teil davon. Außerdem bin *ich* endlich wer. Seit ich die Xbox klargemacht habe, werde ich von den jüngeren Clanmitgliedern wie ein Popstar verehrt. Auch die anderen Tiere im Zoo begegnen mir neuerdings mit Respekt. Bisher war ich für viele das spleenige Erdmännchen, das einen Weg aus seinem Gehege gefunden hatte, morgens seine Runde drehte und einen auf dicke Hose machte. Inzwischen aber haben sogar die Pinguine mitgeschnitten, dass ich nicht irgendwer bin, sondern ein krasser Checker.

Das einzige Tier im gesamten Zoo, das sich so wenig für mich interessiert wie zuvor, ist Elsa. Schätze, das ist es, was man Ironie des Schicksals nennt. Giaccomo hat ihr erzählt, dass er sie hier rausholen wird und dass ihnen eine gemeinsame Zukunft in Freiheit bevorsteht. Er hätte Kontakte und sei da an was dran. Wahrscheinlich würde er ihr sogar erzählen, er sei Undercover-Agent des FBI, wenn er glaubte, dass er sie so schneller flachlegen könnte. Wie gerne ich diesem Fettsack den Elektroschocker in seinen

Hintern rammen und eine Grillwurst im Pelzmantel aus ihm machen würde! Aber so etwas bringe ich natürlich nicht. Bin schließlich nicht Rocky. Außerdem will ich, dass Elsa auch so kapiert, dass dieser Poser ein wichtigtuerischer Windbeutel ist und ich die bessere Wahl bin.

Der unbestreitbare Nachteil ist: Seit der Sache mit der Handgranate stehen wir unter permanenter Beobachtung – des Direktors. Mann, ist der sauer. Vier Leichen in einer Woche. Das bedeutet nicht nur, dass der Zoo bis auf weiteres geschlossen bleibt. Außerdem muss er sich mit einem Krater im Elefantengehege herumschlagen, der Bauaufsicht, dem Tiefbauamt, dem Innensenator, der Polizei und einer Presse, wie sie sich ein Zoodirektor für seinen Tierpark eher nicht wünscht. Auch das Fernsehen war schon da. Und wird wiederkommen. Wir haben unseren eigenen Direktor in den Nachrichten gesehen, auf dem Smartphone. Die dunklen Kreise unter seinen Achseln waren so groß wie Autoreifen. Angstschweiß, Mann. Ich kann ihn riechen bis in unser Gehege – jedes Mal, wenn der Direktor rüberkommt. Und das passiert derzeit öfter, als mir lieb ist. Erst vorhin war er wieder da, hat mich minutenlang gemustert und schließlich gesagt: »Wenn ich es nicht besser wüsste …«

»Einen Scheiß weißt du«, habe ich geantwortet, ihm meinen Hintern gezeigt und mich für einen Moment ziemlich gut gefühlt.

Aber eins ist allen klar: Sollte der Direktor irgendwann auf die Idee kommen, unseren Bau ausheben zu lassen, gehört der »extrem hohe Freizeit- und Bildungswert« der Vergangenheit an, bevor er richtig Einzug gehalten hat.

»Was gibt's Neues?«, frage ich Phil.

»Du meinst, außer dass ich dem Verschwinden eines alten Industriellen nachspüren sollte und jetzt in einem Berg aus Leichen stehe?«

»Genau.«

Phil sieht so aus, als würde er sich seit einiger Zeit mit der großen Warum-und-weshalb-und-was-soll-das-eigentlich-alles-Frage herumschlagen und keine Antwort finden. Wie alle. Das Leben. Wozu? Weshalb? Fragen, die sich ein Erdmännchen nicht stellt. Zumindest nicht, wenn es Rocky heißt. Am Ende des Tages sollten uns die Menschen leidtun, schätze ich.

»Es besteht immer noch die Möglichkeit, dass die beiden Fälle gar nichts miteinander zu tun haben«, überlegt er. »Aber es gibt auch Übereinstimmungen ... Bei den Leichen handelt es sich in allen Fällen um ältere Männer.«

»Wie bei von Sieversdorf.«

»Wie bei von Sieversdorf«, bestätigt Phil. »Alle sind erschossen worden, und alle innerhalb der letzten achtzehn Monate. Ich hab mal ein bisschen recherchiert: Nichts. Keiner weiß, wer die drei sind.«

»Anders als bei von Sieversdorf«, werfe ich ein.

»Tja, da passt es wieder nicht ...« Er blickt zum Elefantengehege hinüber, wo man damit beschäftigt ist, den Bergungskran in seine Einzelteile zu zerlegen und abzutransportieren. Hinten am Zaun stehen Heiner, Nicole und Benjamin dicht zusammengedrängt und freuen sich darüber, dass sie sich wiederhaben. »Offensichtlich gibt es ein Muster: Alte Männer, die im Zoo ermordet und anschließend entsorgt werden. Und wir haben dieses Pärchen – die Eisverkäuferin und den Raubtierpfleger –, von dem der weibliche Teil verschwunden und der männliche ebenfalls ermordet worden ist. Was ich von der Eisverkäuferin weiß, ist, dass sie von allen gemocht wurde. Sogar der Direktor schwärmt von ihrem ›freundlichen Wesen‹. Ihr Lebensgefährte, der Raubtierpfleger, wurde dagegen von allen gemieden. Leicht reizbar, aggressiv ...«

»Bei den Tieren war er auch nicht sonderlich beliebt«, ergänze ich.

»Hm … Was folgern wir daraus?«

Klingt, als wäre die Frage an mich gerichtet. Also antworte ich: »Bea und Atze haben alte Männer umgelegt, und bei von Sieversdorf ist etwas schiefgelaufen?«

Phil stützt die Arme auf das Geländer und lässt den Kopf zwischen die Schultern sinken. »Ich wüsste ja gerne, ob alle vier mit derselben Waffe erschossen wurden …«

»Du suchst die Tatwaffe?«

Manchmal sieht Phil mich an, als sei ich der größte lebende Erdmännchen-Trottel. Wie jetzt zum Beispiel. »Nö«, sagt er, »bei einer Mordserie ist die Tatwaffe grundsätzlich völlig uninteressant.«

»Das war jetzt ironisch gemeint, oder?«

»Ray«, schnauft Phil, »sag mir jetzt nicht, dass ihr die Tatwaffe gefunden habt.«

»Nee, haben wir nicht. Aber wenn sie hier im Zoo deponiert wurde und irgendwer außer uns sie in die Finger bekommen hat, dann ist sie jetzt bei Kong.«

»Kong?«

Ich lege eine Pfote ans Maul. »Der Gorilla-Chef.«

»Ich dachte immer, der Löwe sei der König der Tiere«, erwidert Phil.

»Nicht hier im Zoo, Mann. Das ist Disney-Schnickschnack.«

»Wie kann ein Gorilla, der in einen Käfig gesperrt ist, der heimliche Herrscher des Zoos sein?«, fragt er.

»Genau weiß das niemand. Aber eins ist klar: Ohne sein Okay läuft hier gar nichts.«

Phil reibt sich mal wieder die Stirn, als wolle er sagen: Oh, Mann, ich rede doch hier nicht mit einem *Erd*männchen? Könnte er sich langsam mal abgewöhnen. Schließlich sind wir Partner.

»Nehmen wir an«, überlegt er, »Kong, der King, hat tatsächlich die Waffe … Könntest du …?«

»Möglicherweise …«

»Verstehe schon: Es wird was kosten.«

Ich warte, bis die Sonne untergegangen ist, die meisten tagaktiven Tiere schlafen und Opa Reinhard seine Runde gedreht hat, bevor ich unseren Geheimgang zum Flamingohaus hinüberschleiche und mich auf den Weg zu den Gorillas mache. Bis zu Kong vorzudringen ist ebenso schwierig, wie etwas aus ihm herauszubekommen. Man muss an zwei Türstehern vorbei. Der eine heißt Bobby und ist ein westlicher Flachlandgorilla, der andere heißt Robby und ist ein, na? – richtig: östlicher Flachlandgorilla. Westliche Flachlandgorillas sind relativ dämlich, halten sich aber für schlau und sind latent gewaltbereit.

»Hi, Bobby«, versuche ich mein Glück. »Ich müsste mal zu Kong.«

Er sitzt auf dem unteren Felsen, hat einen halben Apfel vor sich, popelt die Kerne aus dem Gehäuse und beäugt mich, als fürchte er, ich könne mir jeden Moment meine Erdmännchenverkleidung vom Leib reißen und meine wahre Wildjäger-Gestalt offenbaren.

»Zu wem wollen Sie?«

Wie ich bereits sagte: Sie *halten* sich für schlau. »Hallo, Bobby«, ich zeige meine Krallen vor, »ich bin's – Ray. Du siehst mich jeden Morgen, wenn ich am Gehege vorbeikomme. Ich müsste mal mit Kong reden. Ist wichtig …«

»Ray, hm?«

Da haben wir den Mist. Ich bin noch nicht einmal am ersten Türsteher vorbei und schon mit meiner Geduld am Ende. »Hör zu, Bobby«, sage ich, »ich mach dir einen Vorschlag: Ich gehe noch mal raus, komme wieder rein, sage dir, dass ich zu Kong möchte, und du antwortest: ›Klar, Ray, kein Problem.‹«

In Zeitlupe legt Bobby seinen Apfel neben sich ab, stützt sich auf, und beugt sich zu mir herab, bis ich den Atem des Kamerunner Flachlands schmecke. Als er mich mit seinem Zeigefinger anstupst, taumele ich drei Schritte rückwärts. Immerhin scheint ihn das davon zu überzeugen, dass sich kein Wildjäger in meinem Erdmännchenkostüm versteckt hält.

»Rühr dich nicht von der Stelle«, nuschelt er.

»Geht klar.«

Er hangelt sich ebenso behände wie langsam die Felsen empor, schiebt sich bis zum Eingang des Gorillahauses, spricht mit Robby, klettert wieder herunter, setzt sich, nimmt seinen Apfel und beginnt, am Gehäuse herumzupopeln.

»Bobby?«, frage ich genervt.

»Hm?«

»Ich bin immer noch da.«

»Kannst durch.«

Der Unterschied zwischen den westlichen und östlichen Flachlandgorillas besteht im Wesentlichen darin, dass die östlichen Flachlandgorillas noch dümmer und noch gewaltbereiter sind als ihre Kollegen aus dem Westen und dass sie noch undeutlicher sprechen. Sich mit Robby auf eine Diskussion einzulassen ist demnach wenig aussichtsreich. Wenn ich eine realistische Chance haben will, bis ins Allerheiligste vorzudringen, muss ich versuchen, sein ugandisches Flachlandhirn mit den eigenen Waffen zu schlagen.

»Ey, Robby«, herrsche ich ihn an, »Kong lässt dir ausrichten, du sollst mich sofort zu ihm bringen.«

Robby sieht verdutzt aus: »Jetzt gleich?«

»Sofort, Mann!«

Ich treffe Kong in seinem Privatgemach an. Wenn man ihm so direkt gegenübertritt, wirkt er noch furchteinflößender als sonst. Selbst jetzt – sitzend im Dämmerlicht – ist er riesig. Und schwarz. Sein Brustumfang würde mir ausreichen, um einen netten kleinen Bungalow samt Pool reinzubauen. Wenn er furzt, denke ich, fallen hier wahrscheinlich die Fliesen von den Wänden. Lässig lehnt er in einer Ecke, den einen Arm um einen Baumstumpf gelegt, den anderen um ein Gorillaflittchen mit auftoupierten Haaren, das schmatzend das Mark aus einem Holunderzweig lutscht, es mit ihrem eigenen Speichel vermischt, dann ihre Lippen auf Kongs stülpt und ihm den Brei mit einem wohligen Grunzen in sein Maul schiebt. Ekliger geht's kaum. Nicht einmal im Halbdunkel. In meinem Rücken, neben der Tür, steht Rudy, Kongs Bodyguard.

»Hallo, Kong«, sage ich.

»Hmmchrmmhm«, kommt es aus der Ecke.

Berggorillas sind eine Unterart der östlichen Gorillas, und ja, sie sprechen noch unverständlicher als ihre Freunde aus dem Flachland. Kong kriegt seine Zähne praktisch gar nicht auseinander, und oft weiß man nicht, ob er einem etwas sagt oder ob einfach nur seine Lunge rasselt.

»Danke, dass du mich empfängst, Kong«, schleime ich mich ein. »Ich muss mit dir sprechen – unter vier Augen.«

Kong grunzt etwas und löst den Arm von seinem Flittchen, das daraufhin den Raum verlässt, allerdings nicht ohne mich vorher noch mit einem abfälligen Blick zu bedenken. Was die sich einbildet! Mit so einer würde ich im Leben nichts anfangen. Ich stehe auf Frauen mit Klasse! Auf Frauen wie Elsa.

Ich blicke mich um. Rudy steht neben der Tür wie festgeschraubt. »Was ist mit dem da?«, frage ich.

Kong gibt ein paar Laute von sich, die ich in meinem Kopf zu folgendem Satz zusammenpuzzle: »Seine Augen sind meine Augen.«

»Verstehe«, entgegne ich. »Also: Die Sache ist die, …«

Ich erkläre Kong, dass wir da an etwas dran sind und eine Waffe suchen, eine Pistole, vermutlich Kaliber .22, und dass, falls ihm so eine Pistole über den Weg gelaufen sein sollte, es echt wahnsinnig knorke von ihm wäre, wenn er sie mir … Also, weil sie doch ein wichtiges Beweisstück sei, und der Typ, der sie suche, wäre auch durchaus bereit, etwas springen zu lassen, und überhaupt: Berggorillas waren mir schon immer die liebsten von allen.

Als ich fertig bin, ist es dunkel, und ich sehe nur noch Kongs Silhouette. Seine Augen liegen so tief, dass ich sie nur erahnen kann. Die gesamte Zeit über hat er nicht die kleinste Regung erkennen lassen. Unter uns: Ich glaube, dass ist das Geheimnis seiner Macht: Er lässt sich nicht in die Karten gucken. Nie. Keiner weiß jemals, was er denkt oder fühlt – ob er vorhat, dich umzubringen oder dich laufenzulassen. Mit Erschrecken stelle ich fest, dass der kahl geflieste Raum zu zittern beginnt, die Fugen zwischen den Fliesen verschwimmen. Fast bin ich beruhigt, als ich den Grund dafür erkenne: meine Knie. Weich wie Marshmallows.

Mit zwei Fingern seiner linken Hand winkt Kong Rudy zu sich. Sonst bewegt sich gar nichts an ihm. Nur diese beiden Finger. Von dem kann ich echt noch was lernen. Rudy durchquert den Raum wie ein schwarzer SUV und beugt sich zu Kong hinab, so dass dessen Maul sein Ohr gerade so nicht berührt. Kurz darauf fährt der SUV aus dem Raum. Als er eine gefühlte halbe Stunde später zurückkommt, zieht er einen quietschenden Alu-Rollkoffer hinter sich her, der matt im Halbdunkel glänzt. Mit geübtem Schwung stellt er ihn vor Kong ab und nimmt seinen Platz neben der Tür wieder ein. Kong lässt die Scharniere aufschnappen. Als er den Deckel aufstellt, erhasche ich einen Blick ins Innere. Offenbar landet alles, was im Zoo an Waffen in Umlauf ist, früher oder später in diesem Koffer: Nagelclipper, Lötkolben, Zangen, batteriebetriebene Laserschwerter, Schnappmesser … Kong zieht eine Karte aus dem Deckel und hält sie hoch.

Beim zweiten Hinsehen erkenne ich, dass darauf ein Fußballspieler abgebildet ist.

»Voodookarte«, knarzt er und steckt sie vorsichtig zurück. »Sehr gefährlich.«

Zum ersten Mal bewegt sich mehr von ihm als zwei Finger oder ein Arm. Er richtet seine fünf Zentner Muskeln auf, stützt sich auf alle viere und beginnt, im Koffer zu kramen. Ganz schönes Chaos da drin. Rufus würde erst einmal ein vernünftiges Ablagesystem einrichten. Plötzlich hält Kong etwas in der Hand, und ich blicke in die Mündung eines stählernen Pistolenlaufs. Mit aller mir zu Gebote stehenden Kraft kneife ich meine Hinterbacken zusammen.

»Schätze, du meinst die hier«, glaube ich ihn sagen zu hören.

Er dreht sie um und reicht sie mir, Griff voran. Erst, als ich sie an mich presse, setzt mein Atem wieder ein.

»Danke, Mann. Was kriegst'n dafür?«, frage ich. Als würde ich jeden Morgen in einen Pistolenlauf starren, nur so, zum Spaß.

Kong lehnt sich in seine Ecke und legt seinen Arm um den Baumstumpf. Scheinen ganz dufte Kumpels zu sein – er und sein Baumstumpf.

»Was issnjetz mit dem Preis?«, frage ich.

Kong macht eine Handbewegung, als störe ich ihn beim Nachdenken. »Möglich«, kriecht seine zähe Stimme über die Fliesen, »dass ich dich eines Tages um einen Gefallen bitten muss …«

»Äh … cool«, entgegne ich. »Klar, Mann. Kein Problem. Einen Gefallen … Und das war's jetzt? Ich kann gehen – einfach so?«

»Du *solltest* jetzt gehen.«

»Okay.« Ich presse die Pistole an mich, die Arschbacken zusammen und drehe mich um. »Danke noch mal.«

»Moment noch.«

Es ist, als würde mich seine Stimme im Genick packen und über die Fliesen schleifen. Seine zwei Finger winken mich zu sich.

Als ich neben ihm stehe, beugt er sich noch einmal vor, zieht etwas aus dem Kofferdeckel und reicht es mir. Es ist … ein Kästchen, ein rotes Kästchen zum Aufklappen. Und in dem Kästchen liegt – ich lasse den Deckel aufschnappen – eine Glitzerhaarspange! Und sie ist mit Diamanten oder so was besetzt. Sie glitzert wie der Sternenhimmel! Die ist garantiert ein Vermögen wert, denke ich, und genau als ich diesen Gedanken denke, rutscht mir das Herz in meine kurzen Beinchen. Ist das jetzt so etwas wie eine Liebeserklärung? Kong? Und ich? Ich stelle mir vor, wie ich das Mark aus den Ästen knabbere, für ihn einspeichele und es ihm dann in den Mund …

»Ist echt lieb von dir«, sage ich, »aber … Also, ich kann das echt nicht annehmen, ich bin sicher, du hast …«

Meine Lunge wird von den Fingern eines schwarzbehaarten Schraubstocks zerdrückt.

»Würde Elsa sicher gut stehen, meinst du nicht?«, nuschelt Kong. Der Schraubstock tätschelt mir den Kopf und staucht mir liebevoll das Rückgrat zusammen.

»Elsa«, bringe ich mühsam hervor.

»Wie ich höre«, setzt Kong an, während seine Zunge nach eingespeichelten Markresten in seinen Zahnzwischenräumen sucht, »befindest du dich gerade auf dem aufstrebenden Ast.«

»Tja, schätze, so was spricht sich rum. Du weißt ja, wie …« Ich spüre, wie sich unter dem Druck seiner Finger meine Wirbelkörper voneinander verabschieden.

»Lass gut, sein, Erdmännchen«, schnalzt Kong. Offenbar hat seine Zunge noch einen hübschen Nachtisch aufgestöbert. »Sagen wir einfach, du schuldest mir einen Gefallen.«

Er löst seinen Griff, und meine Wirbelkörper freuen sich wie Bolle, dass sie wieder beisammen sind. »Cool«, sage ich, »also, wenn ich mal was für dich tun kann, brauchst du nur …«

»Ist besprochen.«

»Stimmt, hast recht, ist besprochen. Also dann …« Ich strecke ihm meine Klaue hin.

Seine Hand rollt auf mich zu wie ein schwarzbehaartes Donnergrollen. Doch statt meine Klaue zu schütteln, lässt mich Kong mit einem Schnipsen seiner Finger samt Pistole und Kästchen zärtlich über den Fliesenboden rutschen und gegen den Türstock schlagen.

»Alles klar«, keuche ich zum Abschied, »bis dann, Kong.«

Kapitel 9

Phil wartet die Pause zwischen zwei durchziehenden Schulklassen ab, bevor er unauffällig die Tupperdose aus dem Mülleimer zieht, in der ich die Pistole deponiert habe. Die Bereiche um das Elefantenhaus und das Blumenbeet sind noch gesperrt, der Zoo aber hat seine Pforten wieder geöffnet. Ziemlich schlau von mir – die Pistole in der Tupperdose. So sieht es aus, als würde Phil einfach seine Stulle essen. Er schlägt das Brotpapier zurück.

»Browning, Buck Mark, Kaliber .22«, stellt er fest. »Wurzelholzgriff. Totale Angeberknarre. Mit so etwas rennen Leute rum, die früher zu viel James Bond gesehen haben.«

Er schlägt sie wieder ins Brotpapier ein, nimmt sie aus der Dose und lässt sie in seiner Sakkotasche verschwinden. Die Dose legt er in den Eimer zurück. Wie wär's mit ›Gute Arbeit, Ray‹, denke ich, oder ›Danke, Mann‹?

Stattdessen wischt sich Phil die Finger an einem Taschentuch sauber: »Bisschen weniger Mayonnaise hätte es auch getan.«

Er holt ein Päckchen aus seiner Umhängetasche, blickt sich um und stellt es ins Gehege. Bevor ich Gelegenheit habe, mich auch nur umzusehen, sind Nino und Nick da und bugsieren den Karton in Richtung Höhleneingang, wo Rufus sie bereits erwartet.

»Aktivboxen«, erklärt Phil, »damit könnt ihr aus dem Smartphone wahlweise ein Kino oder eine Disco machen.«

Ich bin mit meinen Gedanken woanders. »Klingt nach Atze«, bemerke ich, »die Knarre. Der Typ wollte mehr sein, als er war.«

»Ach ja?«

»Ja, Mann. Die Pumas haben mir erzählt, dass er Futter unterschlagen und sie auf Zwangsdiät gesetzt hat. Fanden die gar nicht lustig. Das Fleisch soll er unter der Hand an einen Dönerladen verhökert haben. Ich meine – wer macht denn *so* was?«

»Hat auch mal achtzehn Monate wegen gefährlicher Körperverletzung gesessen«, klärt Phil mich auf. »Eine Schlägerei in einem Nachtclub.«

Wir hängen unseren Gedanken nach. Die nächste Schulklasse kommt und geht. Auf dem verwaisten Eiswagen sitzen zwei Tauben. Die Luft ist schwer von dem Geruch nach Currywurst und Sonnencreme.

»Weißt du, was ich nicht zusammenkriege?«, denkt Phil vor sich hin.

Klar weiß ich das: »Atze und Bea – der Raubtierpfleger und die Eisverkäuferin.«

»Gibt es ja oft: dass sich Frauen Typen suchen, die nicht gut für sie sind …« So, wie Phil das sagt, klingt es, als sei es bei ihm andersherum – als suche *er* sich immer *Frauen*, die nicht gut für *ihn* sind. »Aber einen dreifachen Mord? Die herzensgute Mittvierzigerin Bea mit dem freundlichen Wesen soll drei alte Herren auf dem Gewissen haben – und ihren Typen?«

»Vielleicht steckt der alte von Sieversdorf dahinter«, schlage ich vor.

»Ein dreiundsiebzigjähriger Unternehmer mit einer blendend laufenden Firma soll drei andere Männer seines Alters aus dem Weg geräumt haben? Wo ist denn da das Motiv?«

Vor meinem inneren Auge flackert Giaccomos pelziges Doppelkinn auf: »Eifersucht?«, frage ich.

Phil blinzelt mich an. »Na schön, probieren wir's: Hanno von Sieversdorf hat sich unsterblich in Bea verliebt, erst drei Nebenbuhler und anschließend ihren Lebensgefährten aus dem Weg geräumt? Wahrscheinlich noch, weil Bea ihn dazu angestiftet hat? Oder andersherum: Sieversdorf hat Atze damit beauftragt, die drei aus dem Weg zu räumen und anschließend seinen Auftragskiller beseitigt?«

»Klingt nicht sehr überzeugend«, gebe ich zu.

»Hinzu kommt, dass Atze aus nächster Nähe erschossen wurde. Selbst wenn von Sieversdorf oder, noch unglaublicher, Bea ihn auf dem Gewissen haben sollte: Wer von denen hat das Zeug dazu, Atze die Pistole auf die Brust zu setzen und abzudrücken? Logisch wäre, wenn er sich selbst erschossen hätte. Der Tape-Lift-Test hat an seinen Händen jede Menge Schmauchspuren nachgewiesen. Abgedrückt hat er also auf jeden Fall. Aber einer wie Atze … Der würde auf alles schießen, nur nicht auf sich selbst. Auf die Idee käme der gar nicht.«

Inzwischen dreht Giaccomo mir vor meinem inneren Auge seinen Hintern zu und grinst mich über die Schulter hinweg an. Ein fieses Grinsen, die hässliche Fratze desjenigen, der sich seiner überlegenen Position sicher ist.

»Aus enttäuschter Liebe vielleicht«, überlege ich.

»Eifersucht würde ich Atze noch durchgehen lassen, aber enttäuschte Liebe? Was ist denn überhaupt los mit dir?«

»Nichts – ich dachte nur.«

»Na schön: Atze bringt aus Eifersucht drei alte Männer um, weil sie seiner Freundin schöne Augen machen. Drei Männer, die außerdem zufällig niemand vermisst, nachdem sie verschwunden sind. Als Hanno dann auftaucht, ist Atze so beeindruckt, dass er sich selbst umbringt? Mal abgesehen davon, dass das alles keinen

Sinn ergibt – eine Erklärung für die Blutspuren an den Servietten haben wir damit auch noch nicht. Und wo zum Teufel sind Bea und von Sieversdorf hin? Dass keiner von denen irgendwo auftaucht, kann doch nur bedeuten, dass entweder mindestens einer von ihnen tot ist oder beide etwas zu verbergen haben.«

Endlich gelingt es mir, das Bild von Giaccomo durch das von Elsa zu ersetzen: Selig lächelnd läuft sie auf mich zu, ihre zarten Vorderpfoten von sich gestreckt, während der Wind zärtlich durch die feinen Härchen ihres Silberfells streicht. Wir wissen beide: Es wird nicht einfach. Erdmännchen und Chinchillas sind verschieden. Doch so verschieden nun auch wieder nicht. Beide Spezies haben Pfoten mit vier Zehen. Es ist nur eine Frage der Sichtweise: Die einen werden immer nur die Unterschiede sehen. Nicht aber Elsa und ich. Wir sehen die Gemeinsamkeiten. Und unsere größte Gemeinsamkeit ist unsere Liebe füreinander.

»Sie haben Atze umgelegt und sind gemeinsam geflohen«, sage ich mit fester Stimme.

Phil runzelt die Stirn. »Die nicht mehr ganz Schöne und das zahnlose Biest?« Jetzt macht er, was er die ganze Zeit über vermieden hat: Er greift zu seinem Flachmann und genehmigt sich einen Schluck. Scheint nicht zu helfen. »Ich sag dir was, Ray. Seit ich dich kenne, reite ich mich jeden Tag ein Stück tiefer in die Scheiße. Das alles führt zu nichts. Ich gebe uns noch genau vierundzwanzig Stunden, dann gehe ich zu Constanze und sage ihr, dass ich die Polizei einschalte. Von dem alten von Sieversdorf weiß die Kripo nämlich noch gar nichts. Und mir wird langsam der Boden unter den Füßen zu heiß. Was ich bis jetzt an Beweismitteln unterschlagen habe, reicht bereits, um mich für zwei Jahre in den Knast zu bringen. Und jeden Tag kommt etwas Neues dazu.«

Constanze, denke ich. So, so. Constanze also. Dann ist auch der Rest dessen eingesickert, was Phil gerade gesagt hat – das mit der Kripo. Wenn die noch eine weitere Leiche im Zoo vermutet, noch dazu eine, die einigermaßen prominent ist, dann graben die wahrscheinlich den gesamten Laden um. Und wir fliegen auf.

»Okay«, sage ich. »Wonach suchen wir?«

Phil sieht sich um. Dreht sich um die eigene Achse. Als sei er gerade aufgewacht und habe keine Ahnung, wie er ausgerechnet hierher gekommen ist. »Ich weiß es nicht, Ray. Hanno von Sieversdorf und Bea Schmidts. In dieser Reihenfolge. Von mir aus auch nur Hanno von Sieversdorf. Und ich habe nicht die leiseste Ahnung, wo wir noch suchen sollen.« Er steckt eine Hand in die Tasche, wo sie sich um den eingepackten Revolver schließt. »Vierundzwanzig Stunden, Ray. Danach bin ich raus. Bis morgen.«

Vierundzwanzig Stunden. Danach bin ich wieder der alte Ray, der morgens seine Runden dreht, einen auf lässig macht, am Ende aber von den meisten Tieren belächelt und nicht respektiert wird. Es sei denn, wir finden vorher Hanno von Sieversdorf.

Seit Phil gegangen ist, liege ich in meiner Kammer und versuche, eine Position zu finden, in der ich nicht ständig daran denken muss, dass morgen mein so plötzlich aufgegangener Stern bereits wieder verblassen könnte. Ich wälze mich von einer Seite auf die andere, grabe mich zur Hälfte in die Erde ein, klemme den Kopf zwischen die Hinterbeine, verschränke die Krallen vor meinem Gesicht, verknote die Vorder- mit den Hinterbeinen, krümme mich zu einer lebenden Schaukel und wippe hin und her.

Die Vorstellung, nicht der nächste Clanchef zu werden, ist wie einer von Rockys Sidekicks in die Leiste: ist echt unangenehm und zieht dir die Beine weg, doch bald darauf lässt der Schmerz nach, und kurze Zeit später humpelst du schon wieder ganz anständig durch die Gegend. Der Gedanke an Elsa dagegen schmerzt wie eine schleichende Vergiftung: Du kannst sie nicht lokalisieren, und statt in ihrer Wirkung nachzulassen, befällt sie nach und nach immer mehr Organe deines Körpers. Seit Giaccomo, dieser blasierte Italo-Schwabbelchinchilla, sich in ihrem Käfig fläzt, nimmt Elsa ohnehin kaum noch Notiz von mir. Und wenn ich erst wieder in die Bedeutungslosigkeit zurückgesunken bin, wird auch unsere Beziehung sein wie früher: nicht existent.

Das Beben setzt ein, als ich die Edelstein-Haarspange, die Kong mir gegeben hat, an meinem Fell reibe. Zugegeben: Ich bin schon eine ganze Weile damit beschäftigt, die Diamanten zu polieren. Inzwischen funkeln sie wie von innen heraus – wie Sehnsüchte in einem Traum. Dann spüre ich die Erschütterung. Panisch drücke ich die Spange an die Brust und will aus dem Bau stürmen, als mir klar wird, dass es rhythmisch wiederkehrende Erschütterungen sind, begleitet von einem dumpfen, dunklen Dröhnen: Hmpf, hmpf, hmpf … Das ist kein Erdbeben. Die Ratten, denke ich als Nächstes. Brechen mit einer Dampframme in unseren Bau ein. Doch dann erinnere ich mich an Rocky, wie er breitbeinig über dem Loch stand und die Granate hineinfallen ließ, und ich weiß: Selbst wenn es bei den Ratten Überlebende gegeben haben sollte, werden sie Besseres zu tun haben, als unseren Bau anzugreifen.

Behutsam bette ich die Spange auf ihr rotes Samtkisschen, lasse sanft den Deckel zuschnappen, klemme mir das Kästchen unter die Achsel und taste mich zum Eingang meiner Kammer vor. Das dumpfe Dröhnen kommt aus der Richtung des Versammlungssaals. Das bedeutet, U- und S-Bahn kommen als mögliche Erklärungen nicht in Betracht. Ich spitze die Ohren und folge dem Geräusch durch die Gänge. Einige Ecken weiter vermischt sich das dumpfe HMPF mit dem Kreischen junger Erdmännchen, und mir wird klar: Das Dröhnen ist Musik und kommt aus dem Versammlungssaal.

Die Aktivboxen machen ihrem Namen alle Ehre. Der Laden ist gerammelt voll und steht kopf. Im Blitzlichtgewitter versuche ich auszumachen, wer alles da ist. Das Zentrum der Tanzfläche wird von Rocky beherrscht, einem Fellmonolith mit Krücke, das freie Vorderbein in einer Halsschlinge. Roxane umtanzt ihn wie eine notgeile Fledermaus. Rufus hat sich eine Mischpult-App runtergeladen und steht hinter dem Smartphone wie ein DJ auf seiner Kanzel. Nirgendwo auf der Welt könnte ich mich in diesem Moment stärker fehl am Platz fühlen als hier.

Ich will in meine Kammer zurückgehen, als ich Nino und Nick entdecke. Sie haben sich in eine Ecke zurückgezogen und sitzen konspirativ um eine Zigarettenschachtel. Nick hält den Stumpf eines lila Neonstrohhalms in der Klaue. Nino entdeckt mich als Erster, entreißt Nick den Strohhalm, setzt sich drauf und wischt mit einer Bewegung, von der er glaubt, sie sei unauffällig, den Traubenzucker von der Zigarettenschachtel. Als ich zu ihnen gehe, wippen sie geschäftig mit den Köpfen, und die Krallen ihrer Hinterbeine klopfen den Takt mit. Die Aktivboxen lassen den Staub über den Boden tanzen und meine tinnitusgeplagten Trommelfelle zucken.

If you only have love for your own race
Then you only leave space to discriminate …

Ich könnte Nino jetzt den Strohhalm unterm Hintern wegziehen, den Traubenzucker einkassieren und dafür sorgen, dass die beiden ab sofort Hausarrest kriegen. Auf der anderen Seite: Ist es nicht das Privileg der Jugend, sich an sich selbst zu berauschen?

»Was hast 'n da unterm Arm?«, brüllt Nino gegen den Druck des Basswoofers an.

»Was hast'n da unterm Arsch?«, frage ich zurück.

»Ich?«, fragt Nino. »Nix.«

Ich mache ein Gesicht, als sei der Rest selbsterklärend.

»Ahhh ...« Nick sieht aus wie ein Bagger mit leerem Führerhäuschen, bei Nino aber ist der Groschen gefallen. »Verstehe, Mann ... Du hast *nix* unterm Arm, stimmt's?«

Ich mache eine Zeigefingerpistole und schieße ihn damit ab: schlaues Kerlchen.

»Alles klar, Mann«, sagt er und beginnt wieder, mit dem Kopf zu wippen.

»Wir sehen uns«, sage ich im Gehen.

Noch drei Gänge weiter werde ich vom Refrain des Songs begleitet:

Where is the love
Where is the love
Where is the love
Where is the love
Where is the love ...

Bis ich wieder in meiner Kammer bin, sind alle Gewissheiten meines Lebens zerstoben – bis auf eine: Solange diese Diamantspange unter meiner Achsel klemmt, werde ich niemals Schlaf finden, ob mit oder ohne Erdbeben.

»'n Abend, Ray.«

»'n Abend«, antworte ich. Wie bereits erwähnt: Ich habe mich ehrlich bemüht, sie auseinanderzuhalten, aber Flamingos kommen alle irgendwie aus demselben Ei.

»So spät noch unterwegs?«, fragt er. Oder sie.

»So spät noch unterwegs«, bestätige ich.

Ich hab mir vorgenommen, direkt zu Elsa zu gehen, aber irgendwie bring ich das nicht. Also mache ich einen kleinen Umweg: am Steinbockfelsen und dem Kamelhaus vorbei, hinüber zum Kinderzoo und dem Vogelhaus, am Kanal entlang zum Wildhundgehege und der Kondorvoliere und zwischen Esel- und Pferdehaus hindurch. Anschließend drehe ich eine kleine Schleife um das Okapigehege und schleiche über die Terrasse des Restaurants, dann nur noch schnell am Teich und dem großen Raubtierhaus vorbei, und schon erreiche ich den Weg, der mich nach weiteren zehn Minuten zu Elsas Gehege führt. Die Nacht ist lau. Der Mond flutet die Wege mit flüssigem Silber. Warm streicht die Luft durch mein Fell, und nach nur einer oder zwei Stunden hat mir das gleichmäßige Rauschen der Stadt sämtliche Gedanken aus dem Kopf gespült.

Ich höre Elsa, bevor ich sie in ihrem Käfig ausmachen kann. Sie … Wie soll ich das beschreiben: Ist es ein Glucksen? Oder eher ein zartes Quieken? Ein gehauchtes Jaulen? Ich weigere mich, zu glauben, dass es das ist, wovon ich eigentlich längst weiß, dass es das ist, und folge Elsas kehligen Lauten wie dem Ruf der Sirene. Das Kästchen unter mein Vorderbein geklemmt, schlüpfe ich durch die Hecke und arbeite mich die Böschung hinauf, die zu ihrem Käfig führt. Bereits jetzt habe ich Tränen in den Augen. Und dennoch: Ich kann nicht umkehren. Als könne es nichts Schöneres geben, als sich selbst das Herz herauszuschneiden und es Elsa durch die Gitterstäbe zu schieben, auf dass sie Hackfleisch daraus mache …

Vorsichtig schleiche ich mich an den Käfig heran und umklammere das Gitter. Elsas zartes, liebliches, quiekendes Glucksen wird inzwischen immer häufiger von einem keuchenden Stöhnen unterbrochen. Sie haben sich in den hintersten Winkel des Käfigs zurückgezogen. Doch der Mond scheint hell heute Nacht. Schamlos hell. Immer wieder schält sich sekundenweise Giaccomos pelziger Pferdehintern aus dem Schatten, taucht ins diffuse Mondlicht ein und stößt wieder in den Schatten hinab. Unfähig, mich zu bewegen oder auch nur zu atmen, wohne ich diesem peinigenden Schauspiel bei, während meine Krallen sich um die Gitterstäbe legen und sich in das Fleisch meiner Klauen bohren.

Elsas Keuchen steigert sich zu einem Schreien, das sich in einer finalen Blase sammelt, die schließlich zerplatzt und wie ein Regen ätzender Stacheln auf mein wehrloses Fleisch niederprasselt. Bestimmt spielt sie ihm den Orgasmus nur vor, denke ich. Doch dieser Gedanke entfaltet nicht für einen Moment die Wirkung, die ich ersehne. Kurz darauf ist nur noch keuchender Atem zu hören.

Als ich einen letzten, tränenverschleierten Blick in den Käfig werfe, trifft er auf einen funkelnden Punkt. Ein Auge. Mein Blick wird erwidert. Von Elsa! Sie hat mich gesehen. Und ich habe sie gesehen. Reglos liegt sie unter zwei Zentnern Giaccomo und macht keinerlei Anstalten, sich auch nur auf die Seite zu drehen.

Benommen finde ich mich auf dem Weg wieder. Ich spüre nichts. Mein Herz ist wie abgestorben. Hackfleisch. Sogar meine Beine sind taub. Erst als ich beim Nashorngehege ankomme, werde ich mir der Schachtel bewusst, die noch immer unter meinem Vorderbein eingeklemmt ist. Ursula und Justus stehen eng aneinandergeschmiegt und schlafen einträchtig im milchigen Mondlicht. Zwei, die sich gefunden haben. Für immer. Im nächsten Moment fliegt die Schachtel mit der Haarspange in ihr Gehege, und da außer mir niemand hier ist, muss ich sie wohl geworfen haben. Ich sehe ihr nach, wie sie im unwirklichen Licht ihre Kreise dreht, bevor sie zu Füßen Ursulas im Sand landet.

»Hallo, Ray«, begrüßt mich ein Flamingo.

Könnte der von vorhin sein. Oder auch nicht. Ist mir so was von egal. Ich will mich gerade in den Geheimgang zwängen, um mich in meine Kammer zu verdrücken und mich dort unbemerkt vom Rest der Welt langsam und qualvoll dem Tod zu ergeben, als ich sehe, dass vor dem Flamingo, im Gras, eine Klarsichthülle liegt. In der Hülle steckt etwas, das nach, hm, Telefonkarten und Vokabelheftchen aussieht?

»Was hast'n da?«, frage ich.

»Weiß nicht.« Der Flamingo zupft ein paarmal lustlos mit dem Schnabel an der Hülle herum. »Lag unter dem großen Stein da vorne.«

Kapitel 10

Rufus findet mich da, wo er mich am wenigsten erwartet: In mei-
ner Kammer. Wie soll er auch wissen, dass mein Leben letzte Nacht
seinen Sinn verloren hat? Da oben gibt es nichts mehr, was einen
Gang ans Tageslicht noch wert wäre. Ich könnte Elsa und Giac-
como zu ihrem jungen Liebesglück gratulieren und den letzten
Rest Galle herauswürgen, der mir geblieben ist. Oder ich könnte
versuchen, einmal mehr der Woge von Roxanes und Rockys geball-
ter Geistlosigkeit standzuhalten, mit der die beiden jeden Tag aufs
Neue unser Gehege fluten. Auch könnte ich auf Phil warten und
mich einen Tag länger mit der Illusion trösten, ein echt gefragter
Erdmännchen-Ermittler zu sein. Nein. Mein altes Leben schmeckt
abgestanden, schal und sinnlos. Und ein neues wird es nicht geben.

Die Gedanken, die meinen Geist vernebeln, sind von einem
solch undurchdringlichen Schwarz, dass ich meinen kleinen Bru-
der erst bemerke, als er mir praktisch auf die in die Erde gegrabe-
nen Krallen tritt: »Willst du nicht langsam … Mon Dieu! Bist du
vergiftet worden?«

»Allerdings.« Ich lache das Lachen dessen, den das Schafott er-
wartet. »Mein Herz …«

Rufus zuckt nervös mit einem Auge. Immerhin schafft er es,
sich nicht auf die Ohren zu schlagen. »Eros …«

»Keiner seiner Pfeile war je mit einem stärkeren Gift getränkt.«

Pathos. I love it. Wie Cola. Rufus sucht nach einer Erwiderung, doch Eros lacht sich tot über jeden, der ihm etwas entgegenzusetzen versucht. Dann fällt meinem Bruder ein, weshalb er mich gesucht hat: »Vollversammlung. Pa hat eine Vollversammlung einberufen. Er will seinen Nachfolger bekanntgeben!«

»Und?«

»Hä?« Bamm. Jetzt haut er sich doch wieder aufs Ohr. »Was soll das heißen: Und? Er will seinen Nachfolger bekanntgeben!«

»Soll er doch.«

»Bist du verrückt? Du kommst jetzt mit, und zwar auf der Stelle.« Rufus will meine Krallen aus dem Boden ziehen, hält aber inne, als ich mit Grabesstimme sage: »Rühr' mich an, und ich kratze dir erst die Augen aus und reiße dir anschließend die Ohren ab.«

Er versucht es noch ein paarmal mit Zureden, bis ich ihm sage, dass er mich gleich gar nicht mehr anrühren muss, um künftig als blindes Erdmännchen sein Dasein zu fristen. Weiterreden würde schon reichen. Dann gibt er es auf und verschwindet.

Während sich also der Clan versammelt und Pa das Schicksal unserer Sippe besiegelt, indem er Rocky zu seinem Nachfolger ernennt, rolle ich mich zu einer Kugel zusammen und versuche, nicht mehr zu sein, nichts mehr zu spüren, keinen Gedanken mehr zu denken.

Funktioniert.

Nicht.

Ich stecke meinen Kopf zwischen die Hinterbeine, verschnüre mich mit den Vorderbeinen zu einem Päckchen und halte die Luft an. Vergeblich. Jedes Mal, wenn ein ICE über die Bahntrasse rauscht, ist unter der Erde eine leichte Vibration zu spüren. Ich kann machen, was ich will: Ich kann sie nicht *nicht* fühlen. Auch gelingt es mir nicht, nichts zu denken. Da kann ich mich noch so sehr anstrengen. Zum ersten Mal in meinem Leben beneide ich Roxi und Rocky. Die müssen echt alles geben, damit sich überhaupt auch nur *ein* Gedanke aus dem Vakuum stülpt, das Ma nicht müde wird, ihr Gehirn zu nennen. Mütter. Reden sich alles ein, um nicht den Glauben an die eigenen Kinder zu verlieren. Da: schon wieder Gedanken.

Doch ich gebe nicht auf. Mit dem Rest selbstzerstörerischer Energie, die mir geblieben ist, grabe ich ein Loch in den Boden meiner Kammer. Es ist gerade groß genug, um ein Überraschungsei darin zu versenken, ich jedoch versuche mit aller Gewalt, gleichzeitig alle vier Klauen und meinen Kopf hineinzustecken.

Und schaffe es. Was mich selbst überrascht. Das mit dem Atmen hat sich auch erledigt. Geht nämlich nicht mehr. Keine Luft. Und auch kein Zurück. Es dauert – ich tue jetzt mal so, als wüsste ich, wie lang eine Sekunde ist – ziemlich genau zwölf Sekunden, bis mir klar wird, dass ich mir tatsächlich mein eigenes Grab geschaufelt habe. Als Nächstes stelle ich fest, dass mein Überlebensinstinkt offenbar größer ist, als mein Wille zu sterben.

Reflexartig versuchen meine Hinterbeine, sich aus dem Loch zu stemmen. Guter Witz. Da bewegt sich gar nichts. Inzwischen schlägt mein Herz so wild, dass mir gleich die Ohren platzen. Was für ein … makaberer Scherz, in dieser Position zu sterben. Mein Atemreflex spielt verrückt. Elsa, denke ich. Mehr nicht. Nur ihren Namen. Immer wieder wollen meine Lungen sich mit Luft füllen. Wie ein Fisch auf dem Trockenen. Mein Herz – Drum 'n' Bass ist Kinderkram dagegen, echt Mann. Rufus – mein letzter Gedanke. Mein kleiner Bruder, der in meine Kammer kommt und meine Leiche findet, ein Fellknäuel, das aus dem Boden ragt, Kopf und Klauen in der Erde. Was für ein armseliger Tod. Dann höre und spüre ich tatsächlich nichts mehr – nicht einmal mehr den ICE.

»Hast du versucht, dich umzubringen?«

Da ist ein Rauschen.

»Heißt das, ich lebe noch?«, antworte ich.

Ich halte die Augen geschlossen. Das Rauschen: Es ist das Blut, das aus meinem Kopf in den Körper zurückfließt. Mein Brustkorb weitet sich. Luft. Ich atme. Jede einzelne Faser meines Körpers wird von Nadeln perforiert. Mein Kopf brennt, meine Augen tränen, sinken aber langsam in ihre Höhlen zurück. Ich liege auf dem Rücken, spüre den Boden unter mir. Leichte Vibrationen. Ein ICE. Willkommen zurück im fucking Diesseits, Ray.

Rufus sitzt neben mir und keucht. War offenbar nicht einfach, mich aus dem Loch zu befreien. Die Innenseiten meiner Lider färben sich grellorange.

»Mach deine scheiß Funzel aus«, krächze ich.

Rufus schaltet die Lampe aus. »Was sollte *das* denn?«

»Weißt du, was komisch ist?«, erwidere ich.

»Sag jetzt nicht: dass du versucht hast, dir das Leben zu nehmen.«

»Komisch ist, dass du das Letzte warst, woran ich gedacht habe – bevor ich gestorben bin. Und jetzt bist du das Erste, was mir begegnet.«

»Du bist nicht gestorben, Ray. Und ich bin nicht etwas, ich bin dein Bruder. Es ist also nicht wirklich verwunderlich, dass ich es bin, der jetzt hier sitzt – statistisch gesehen.«

Ich antworte nicht. Da stecken immer noch mindestens sechs- bis achthundert Nadeln in meiner Brust.

»Rocky ist unser neuer Clanführer«, sagt Rufus in die Dunkelheit hinein.

»Weiß ich schon«, sage ich. Dann überlege ich: »Oder denke ich nur, dass ich es schon weiß?«

»Na, jetzt brauchst du jedenfalls nicht mehr zu denken, dass du es weißt.«

Ich setze mich auf. Geht. Alles noch intakt.

»Es werden harte Zeiten für uns anbrechen«, bemerkt Rufus.

Ich denke an Elsa und Giaccomo und daran, dass ich das alles nicht mehr erleben müsste, wenn Rufus nur einen kleinen Moment später gekommen wäre.

»Mon Dieu!«, ruft mein Bruder aus.

Scheint sein neues It-Wort zu sein. Ich erspare mir nachzufragen. Das hätte er zwar gerne, aber ich weiß, die Erklärung kommt auch so.

Und da ist sie auch schon: »Phil steht draußen!«

»Schön.«

»Er sagt, die Waffe, die du ihm besorgt hast, sei nicht registriert gewesen.«

»Ah.«

»Und dass jetzt endgültig klar ist, dass alle vier mit derselben Waffe ermordet wurden – auch Atze. Ein Freund von der Spurensicherung hat das herausgefunden.«

»Phil hat einen Freund?«

»Das spielt doch jetzt keine Rolle, Ray. Jedenfalls ist klar, dass alle vier Morde zusammenhängen. Vier Morde, ein Fall. Du hattest recht!«

»Hab ich verstanden.«

»Das Problem ist nur: Niemand weiß, wer die drei Alten sind. Die Kripo hat nichts über sie herausgefunden. Phil sagt, er schätze, hier sei unsere gemeinsame Story zu Ende.«

»Schön.«

Bam, bam, bam. Ich bin froh, dass ich nur hören und nicht sehen muss, wie sich mein Bruder aufs Ohr haut. »Kannst du nicht mal hochgehen und mit ihm reden?«, fragt er. »Bitte, Ray.«

Inzwischen bin ich so weit wiederhergestellt, dass ich mich fortbewegen kann. Rufus scheint daraus den Schluss abzuleiten, dass ich mit ihm nach draußen gehen werde. Armer Tropf. Ich stöbere in einer Ecke nach der Klarsichthülle, die ich dem Flamingo letzte Nacht abgeschwatzt habe.

»Gib Phil das und sag ihm, dass ich unsere Zusammenarbeit hiermit als beendet ansehe.«

Rufus knipst seine Lampe an. Der Lichtstrahl dringt direkt in mein Gehirn. »Personalausweise, Führerscheine, Bibliotheksausweis … Wo hast du das her?«

»Nicht wichtig.«

»Glaubst du, es handelt sich um … die Papiere der Ermordeten?«

»Sehen auf jeden Fall ziemlich alt aus auf den Fotos.«

»Hast du dir mal die Geburtsdaten angesehen?«

»Schätze schon.«

»Und?«

»Kann ich lesen?«

»Okay, Mann. Ich meine: Wow! Ist ja echt … wow!«

»Ja, Mann, ist echt wow! Und jetzt raus hier.«

Der Lichtkegel tastet sich über den Boden und bleibt an dem Loch hängen, das ich vorhin gegraben habe. »Du machst aber jetzt nicht irgendetwas … Fatales, wenn ich dich hier allein lasse«, vergewissert sich Rufus.

»Keine Sorge. Das nächste Mal suche ich mir einen Ort, an dem garantiert nicht die Gefahr besteht, von dir gerettet zu werden.«

Nie war mein Wunsch, alleine und zusammengerollt in einer Ecke zu liegen und in Ruhe gelassen zu werden, größer als jetzt. Wo wir gerade dabei sind: Ich war auch noch nie so müde. Deshalb freue ich mich auch ganz besonders darüber, dass Rocky hereinstürmt, kaum dass Rufus meine Kammer verlassen hat. Ich spüre seine Schritte, als er noch im Gang ist. Eine Erschütterung, gegen die sich ein ICE wie eine Spielzeugeisenbahn ausnimmt.

Er humpelt herein, stützt sich auf seine Gehhilfe, richtet sich auf und stößt sich, wie immer, den Kopf an meiner Decke. »Ray?«

»Ist nicht zu sprechen.«

»Was soll das heißen?«

»Verfatz dich, Rocky.«

»Hör zu, Ray!« Ich kann praktisch sehen, wie die drei Gedanken in seinem Kopf sich gesteinsplattenartig ineinanderschieben. So etwas kann gerne mal ein paar Jahrtausende in Anspruch nehmen. Heute aber geht es in Zeitraffer. »Ab jetzt laufen die Dinge anders, hier. Ich bin nämlich jetzt der Clanchef.«

Ich drehe mich zur Wand.

»Und das bedeutet«, fährt Rocky fort, »ab sofort werde ich die Grabungen koordi… Also, ab jetzt hab ich hier die Chefmütze auf. Und du …« Wo solche geologischen Kräfte wüten, ist ein gewisser Abrieb zwischen den Gesteinsplatten unvermeidlich. »Du wirst mitgraben.«

Sagte ich eben, meine Müdigkeit sei nicht mehr steigerbar? War gelogen. »Es gibt nichts mehr zu graben«, seufze ich.

»Was soll 'n das jetzt schon wieder heißen?«

»Okay, Clanchef, Sir«, sage ich, »versuchen wir es andersherum: Wonach willst du, dass ich graben soll?«

»Ähm … Brauchen wir nicht noch eine Leiche?

»Da ist keine Leiche mehr, Rocky.«

»Nicht?«

»Nein. Leichen sind alle.«

Offenbar ist er wild entschlossen, sich nicht von seinem Vorhaben abbringen zu lassen. »Ist egal«, entscheidet er. »Wenn ich sage, dass du gräbst, dann gräbst du.«

»Leck mich, Rocky.«

Eine Millisekunde, bevor mich seine Kralle am Ohr trifft und gegen die Wand schleudert, höre ich die Luft sirren. Aber es hilft nichts mehr. Ist genau wie mit den Schritten im Flur. Wenn du sie hörst, ist es zu spät. Kopfschmerzen zu haben ist keine schöne Sache, aber Kopfschmerzen, die bereits vorhandene Kopfschmerzen zu einer riesigen Glocke anschwellen lassen, die wie Big Ben in deinem Schädel dröhnt, sind ganz und gar unfein.

»Danke, Chef«, sage ich und rücke meinen Kopf in die alte Position zurück.

»Wir sehen uns«, meint Rocky.

Dann ist es still.

Endlich.

Bis zwei Minuten später Rufus von seiner Unterredung zurückkommt: »Phil lässt dir ausrichten, dass er die Papiere checken und sich dann bei dir melden wird. Ich soll dir außerdem danke sagen.« Rufus hält inne. Da kommt noch was. »Und dass das Leben weitergeht – ob man will oder nicht. Dass jeder Tag ein neuer Anfang ist, ob es dir nun in den Kram passt oder nicht.«

Alles, was mir zu meinem Glück noch gefehlt hat: die Lebensweisheiten eines traurigen Trinkers. Und bedanken tut er sich neuerdings auch noch.

»Elsa?«

Sie schläft. Meine unerreichbare Geliebte schläft so fest, wie eine Frau nur schläft, nachdem sie guten Sex hatte. Ich kann es riechen. Jeder Atemzug fährt mir in die Brust wie ein Skalpell.

Es ist Nacht. Die wärmste Nacht des Jahres. Eine Wärme, die eine Sehnsucht in einem entfacht, ein Fernweh einpflanzt. Sag ich jetzt mal so. Kann natürlich auch nur Einbildung sein. Schließlich teile ich das klassische Immigrantenschicksal: Du trägst die Wurzeln deines Landes in dir, auch wenn du es noch nie gesehen hast. Kannst du nichts gegen machen. Ist etwas, das durch Vererbung weitergegeben wird.

»Elsa?«, flüstere ich.

Sie liegt dicht am Gitter, kaum mehr als eine Beinlänge entfernt, auf dem Rücken, den Körper wollüstig gekrümmt, die Pfoten abgespreizt, den langen, zarten Schwanz so gebogen, dass er notdürftig ihre Scham bedeckt. Ihr weißes Bauchfell schimmert im Mondlicht. Bei jeder anderen Gelegenheit würde dieser Anblick eine leidenschaftliche, fleischliche Gier von apokalyptischen Ausmaßen in mir entfachen. Heute Nacht jedoch spüre ich nur ein selbstmitleidiges Bedauern. Hardcore. Ich bin gekommen, um mich zu verabschieden. In diesem Zoo ist kein Platz mehr für mich.

Aus Angst, den schnarchenden Fellberg zu wecken, der neben ihr liegt, wage ich nicht, sie noch einmal anzusprechen. Stattdessen recke ich mein Vorderbein durch das Gitter und versuche, sie zu berühren, nur einmal ihr seidiges Fell zu streicheln, in der Hoffnung ... Mein Bein ist zu kurz. Es fehlt nicht viel, ein Zweig würde schon reichen. Ich suche den Hügel ab, finde eine abgeknickte Kugelschreibermine, schleiche mich zu Elsas Käfig zurück, schiebe vorsichtig mein Vorderbein durch die Gitterstäbe, recke mich und bin kurz davor, Elsa zu wecken, als ... Giaccomos Vorderpfote mein Bein unter sich zerquetscht.

Eigentlich sollte ich einem Kurzschwanzchinchilla in der Zeit zwischen zwei Atemzügen das Fell über die Ohren ziehen können – schließlich habe ich messerscharfe Krallen, während er den ganzen Tag seine Samtpfötchen leckt. Doch Giaccomo ist die Ursula unter den Chinchillas, weshalb ich jetzt zwischen den Gitterstäben klemme, weder vor noch zurückkann, und mein Vorderbein, sollte Giaccomo es je wieder freigeben, einen Abdruck im Beton hinterlassen wird. Wie kommt einer wie der überhaupt vom Fleck? Hat der irgendwo einen Dieselmotor stecken?

»Was hatten *wir* denn vor?«, fragt Giaccomo, und obwohl mir gerade die Pfote abstirbt, stellt sich das Gefühl ein, dass etwas an dieser Frage nicht stimmt.

»Was *du* vorhattest, weiß ich nicht«, zische ich. »Und was den

Rest von uns beiden betrifft: Das geht nur Elsa und mich etwas an.«

Er verlagert sein Gewicht nach vorne, und ich verabschiede mich im Geiste von einem halben Vorderbein. »Nichts«, sagt er gedehnt, und langsam geht mir ein Licht auf, was hier nicht stimmt, »nichts, was in diesem Käfig geschieht, geht nur Elsa etwas an.«

»Sag ich ja«, entgegne ich, »es geht nur Elsa *und mich* etwas an.«

Inzwischen kauert Giaccomo auf meinem Vorderbein, als wolle er es ausbrüten. Was soll's, denke ich. Elsa ein halbes Bein zu opfern erscheint mir spärlich bemessen.

»Hör zu, Mister Caterpillar«, stöhne ich, »ich hab nicht vor, dir die Suppe zu versalzen. Ich wollte mich nur – aargh, kannst du das mal lassen, bitte? – von Elsa verabschieden.«

Seine tonnenschwere Stirnwulst schiebt sich nach oben. Und siehe da: Da sind tatsächlich Augen drunter verborgen.

»Ich werde gehen«, erkläre ich, »den Zoo verlassen. Und ich werde nicht zurückkommen.«

Giaccomo überlegt. Ich sollte ihn mal mit Rocky bekannt machen. Die beiden würden sich prächtig verstehen. »Sie schläft«, stellt er fest.

»Weshalb hätte ich sonst versuchen sollen, sie zu wecken?«

»Sie wird nicht geweckt«, entscheidet Giaccomo.

»Okay, Mann, ist angekommen.« Ich gebe es auf. Am Ende ist sowieso jeder mit sich allein. »Sag ihr einfach, dass ich da war und nicht mehr wiederkommen werde. Und dass ich ihr alles Gute wünsche. Kriegst du das hin?«

»Werd's mir überlegen«, entscheidet Giaccomo nebulös.

Und nur, um mir zu zeigen, dass er im wahrsten Sinne des Wortes noch *viel* mehr drauf hat, lehnt er sich mit seinem gesamten Gewicht auf mein Vorderbein, so dass meine Knochen praktisch zu Mehl zerrieben werden. Als er es schließlich freigibt und ich den Felllappen mit der Klaue vorne dran aus dem Gehege ziehe, weiß ich endlich, was hier nicht stimmt. Sein Akzent: weg. Der Typ spricht, na ja, Hochdeutsch würde ich es nicht nennen. Aber auf jeden Fall kein Italienisch.

»Wie heißt du eigentlich mit bürgerlichem Namen?«, frage ich.

Da sind nicht nur Augen unter seinen Fellbeuteln, sie können auch noch aufblitzen.

»Weiß Elsa«, fahre ich fort, »dass diese ganze Giaccomo-Nummer nur Show ist?«

Es ist erstaunlich, wirklich erstaunlich, wie schnell er sich bewegen kann, wenn es darauf ankommt. Aber natürlich nicht halb so schnell wie ich. Da hockt er jetzt, fett und feist, und umklammert die Gitterstäbe. Seine Bauchringe überlappen sich.

»Wann hast du eigentlich das letzte Mal deinen Schwanz gesehen?«, frage ich.

Vor Wut presst sich sein Bauchspeck durch die Stäbe. Ich spreize zwei Krallen ab, deute erst auf meine Augen, dann auf seine: Wir sehen uns.

»Mach's gut – *Giaccomo.*«

Kapitel 11

Ich verlasse den Bau im ersten Licht des Tages – bevor eins meiner Geschwister Gelegenheit hat, mir zu sagen, dass eigentlich *ich* der neue Clanchef hätte werden sollen, aber dass ich es nicht so schwer nehmen solle, weil doch schließlich jeder Tag ein neuer Anfang sei. Ich will mich nicht verabschieden, von niemandem. Und wenn es auf dieser Welt irgendetwas gibt, das geeignet wäre, mich heute Morgen noch zusätzlich zu deprimieren, dann das Mitleid meiner bekloppten Geschwister.

Die ganze Nacht über habe ich kein Auge zugetan. Was weniger an meiner tragisch zu nennenden Verfassung lag als an unserem neuen Anführer und seiner Gemahlin. Die Ernennung zum Clanchef scheint Rocky das letzte bisschen Resthirn aus dem Schädel geblasen zu haben. So jedenfalls würde ich es bezeichnen. Rufus nennt es Hybris. Doch wie man es nennt, ist belanglos, gemeint ist: Hormonchaos im Kopf.

Kaum hatte Pa seinem Erstgeborenen gestern Abend in der rituellen Zeremonie den geheiligten Stab überreicht und so die Verantwortung für das Schicksal des Clans symbolisch auf Rocky übertragen, war in dessen Kopf nur noch Platz für einen Gedanken: Ficken. Der geheiligte Stab ist übrigens ein knorriges Stück Wurzelholz, das Chester, unser sagenhafter Stammesvater, aus der

Savanne gerettet haben soll. Die Legende will es, dass er es beim Auszug aus dem geheiligten Land aus dem Affenbrotbaum herausgenagt hat, in dem die Geister unseres Clans wohnten, und dass sie jetzt in diesem Stecken weiterleben. Ich für meinen Teil fand ja immer, dass das Holz eher nach deutscher Buche aussieht, aber das gehört zu den Dingen, die man in unserem Clan besser nicht laut ausspricht.

Um auf Rocky zurückzukommen: Roxi hat die ganze Nacht über gequiekt wie ein Meerschweinchen, während Rocky gegrunzt hat wie ein Hängebauchschwein. So hab ich sie denn auch vor mir gesehen: Ein Meerschweinchen mit dem Gesicht meiner Schwester, dass von einem Hängebauchschwein mit dem Gesicht meines älteren Bruders gebumst wird. In den kurzen Pausen hat Rocky sein Meerschweinchen dann losgeschickt, um beim vierten Wurf Nachschub in Sachen Traubenzucker zu besorgen. Und als die beiden dann endlich, endlich, endlich vor Erschöpfung eingeschlafen waren, wurde der gesamte Bau augenblicklich von Rockys Schnarchen erfüllt.

»Morgen, Ray. Früh dran, heute.«

Ich antworte ihm nicht. Oder ihr. Es gibt keinen Grund mehr, länger Freundlichkeit zu heucheln. Und diesen chronisch unterbelichteten Flamingos gegenüber schon gar nicht. Außerdem habe ich nicht vor, jemals zurückzukommen.

»Fick dich, Flamingo.«

Der Flamingo reckt stolz seinen Hals und wendet pikiert den Kopf ab. »Was man sich hier bieten lassen muss«, zischelt er. Oder sie. Dann spreizt er seine Flügel ab, als trüge er eine Federboa. »Noch dazu von einem, der in der Erde wühlt …«

Bei den Tieren ist es wie bei den Menschen: Oft ist der Dünkel dort am größten, wo am wenigsten Anlass dazu besteht. Die Flamingos sind das beste Beispiel. Nur weil sie tagelang auf einem

Bein stehen können und dieses ordinär gefärbte Gefieder haben, bilden sie sich ein, Gott habe sie dem Tierreich als Krone der Schöpfung aufgesetzt. Obwohl sie allesamt Wendehälse sind. Und obwohl selbst die Pinguine wissen, dass die Flamingos ihre Färbung einzig dem Carotin verdanken, das man ihnen hier zentnerweise zu fressen gibt. Ich sag es ja: Ist genau wie bei den Menschen. Da sind die Frauen stolz auf Möpse, die ihre Männer ihnen gekauft haben.

Ich drehe meine letzte Runde. Ciao Ursula, ciao Justus, ciao Heiner, Nicole und Benjamin, ciao ihr debilen Flach- und Hochlandgorillas, ciao ihr hirnverbrannten Gnus und ciao ihr behämmerten Pinguine. Den Rückweg erspare ich mir. Spätestens vor Elsas Gehege würde mein Herz stehenbleiben. Nicht dass ich etwas dagegen hätte, wenn mein Herz stehenbliebe. Aber ich entscheide, wo und wann. Und es wird nicht vor Elsas Gehege sein. Das wird dieser schmierige Fettsack, der sich Giaccomo nennt, nicht erleben. Außerdem – schon vergessen? – gehe ich nicht zurück. Stattdessen werde ich dem Zoo endgültig den Rücken kehren.

Ist ein Schock, ich weiß. Keins der Sippenmitglieder hat es je gewagt, die Grenzen dieser Welt hinter sich zu lassen. Aber, wie sagt Rufus: Egal, wie weit der Weg ist, man muss den ersten Schritt tun. Apropos Sippenmitglieder: Ich bin kein Mitglied mehr. Von gar nichts. Rocky und sein Clan sind nicht länger meine Sippe, und unser bescheuertes Gehege ist nicht länger mein Zuhause. Wenn ich es recht bedenke, hatte ich nie wirklich ein Zuhause. Vor dem Gehege der Schabrackentapire drehe ich mich ein letztes Mal um, rufe allen im Geiste ein letztes, mitfühlendes, zärtliches »Leckt mich!« zu, zwänge mich zwischen zwei Stäben des Löwentores hindurch und bin in Freiheit. Oder wie immer man das nennen will.

Autos. So weit das Auge reicht. Autos und Busse. Als hätten auch die Menschen kein Zuhause.

»Ey, Kleiner, haste mal 'n Euro?«

Neben dem Löwentor kauert zwischen zwei Pappkartons eine Gestalt, die meiner Aufmerksamkeit unerklärlicherweise entgangen ist, weil sie nämlich … stinkt. Nach Rotwein. Im Tetrapack.

»Hast du mich gerade ›Kleiner‹ genannt?«, frage ich.

»'tschuldigung«, brummelt die Gestalt und scheint darüber ihre Frage zu vergessen.

So. Jetzt bin ich also in Freiheit. Da, wo sich kein Zootier jemals hingewagt hat. Wildwest. Großstadtsavanne. Fressen oder gefressen werden.

Was für ein Trauerspiel.

Ein Bus dröhnt an mir vorbei, bläst mir erst meine empfindlichen Ohren mit Motorgejaule voll, um meine empfindliche Nase anschließend mit Dieselgestank zu versiegeln. Die Euphorie des Aufbruchs bröckelt ein wenig. Ich weiß, ich sollte mich fühlen wie Clint Eastwood in ›Erbarmungslos‹, aber, ganz ehrlich: Am liebsten würde ich vor Verlassensein auf der Stelle anfangen zu heulen.

Glücklicherweise habe ich dazu keine Gelegenheit, denn kaum habe ich mir die Dieselschmiere aus den Nüstern geniest, bohrt sich mir ein Turnschuh in die Rippen und lässt mich über den Bürgersteig schlittern. Meine Rutschpartie endet, als ich gegen einen Pfahl schlage und mich inmitten einer Menschenmenge wiederfinde, die einen Fahrplan studiert.

»Eine Ratte«, schreit eine Frau aufgebracht. »Tu das weg, Norbert!«

Ich habe mich so weit gesammelt, dass ich ihr ein »Seh ich etwa aus wie eine Ratte?« entgegenschleudern kann, da bohrt sich mir bereits die Spitze von Norberts schwarzrotgoldenem Regenschirm in die Leiste. Touristen, denke ich. Selbst bei vierzig Grad im Schatten haben die einen Regenschirm dabei. Als würden … »Aua!« Der Regenschirm steckt mir praktisch im Rücken. Ich winde mich, fauche, strecke meine gespreizten Krallen vor. Und stürze davon. Im nächsten Moment stülpt sich mir die Hupe eines Mercedes über den Kopf, saugt mich in sich ein und reinigt mit einem »MÖÖÖÖÖÖP« sämtliche meiner Gehirnwindungen wie mit Chlorbleiche. Mit einem zirkusreifen Flickflack rette ich mich zurück auf den Bordstein, wo ich freundlich von drei rollschuhfahrenden Jugendlichen empfangen werde, die mich gerne als Lebendpuck für ihre Hockeyschläger verwenden möchten, zwänge mich in letzter Sekunde unter der Glaswand eines Wartehäuschens hindurch und lande direkt vor den Füßen von zwei hilfsbereiten Streifenpolizisten, die mit mir im Zickzack um die Wette rennen, bis es mir gelingt, durch eine hollywoodreife Stunteinlage in den Korb eines vorbeiradelnden Fensterputzers zu hechten, der dadurch leider so aus der Fassung gerät, dass wir beide auf der Motorhaube eines schwarzen Audis landen, dessen Fahrer alles andere als beglückt aussieht. Schön warm, denke ich, die Haube, sehe die Klinge eines Fensterschabers auf mich zurasen, lasse mich rückwärts über den Kotflügel rollen, sprinte zu einer Bank und zwischen den orthopädischen Schuhen einer älteren Dame hindurch und verschwinde im Gebüsch.

Atemlos blicke ich durch die Zweige. Die Polizisten würden gerne weiter mit mir um die Wette laufen, haben aber jetzt erst einmal den Unfall des Fensterputzers aufzunehmen. Ich habe also ein paar Minuten Zeit, meinen Pulsschlag zu beruhigen und mir zu überlegen, wo ich mich fürs Erste in Sicherheit bringen kann. Viele Möglichkeiten habe ich nicht. Eigentlich gar keine. Ich stecke im einzigen Gebüsch eines winzigen begrünten Quadrates, das zu allen Seiten von Betonplatten eingeschlossen ist. Sobald ich auch nur ein Bein raussetze, bin ich Freiwild. Dann haben die beiden Uniformierten da drüben leichteres Spiel mit mir als ein Savannenadler auf offenem Feld. Aber ich bin schließlich nicht irgendwer. Ich bin Ray. Wenn's einfach wäre, könnte es jeder.

Als die beiden Beamten zur Bank rüberkommen und die alte Dame mit den orthopädischen Schuhen fragen, ob ihr ein »ungewöhnliches« Tier aufgefallen sei, stecke ich bereits in ihrem Einkaufstrolley zwischen zwölf Tafeln Schokolade, sechzehn Rollen Klopapier und zwei Flaschen Hochprozentigem.

»Nein, danke«, höre ich die Dame mit brüchiger Stimme antworten. »Ich komme sehr gut alleine zurecht.«

Wenig später setzt sich der Trolley in Bewegung, ruckelt über die Platten und schiebt sich in Zeitlupe über den Gehweg. Ich blinzele unter dem Deckel hervor, warte, bis wir auf Höhe einer Bushaltestelle sind, die an den Tiergarten grenzt, schlüpfe aus dem Trolley, verschwinde unbemerkt im Gebüsch und klettere auf eine Linde, deren Äste über den Bürgersteig ragen. Dort hocke ich, verfolge, wie langsam die Sonne über den Dächern aufzieht, und denke über mein Leben nach.

Kein guter Moment. Sollte man nicht machen: Über sein Leben nachdenken, wenn man gerade ganz unten aufgeschlagen ist. Da ist die Wahrscheinlichkeit ziemlich groß, dass man zu dem Schluss kommt, dass es keinen Sinn mehr hat, noch länger daran festzuhalten. Und genau das passiert mir. Ich finde, ich habe gute Argumente auf meiner Seite: In den Zoo kann ich nicht zurück, so viel ist klar. Mich zu Rockys Handlanger degradieren lassen? Niemals. Elsa? Wird für mich auf immer unerreichbar bleiben. Und hier draußen? Gibt es niemanden, der auf mich wartet. Und selbst, wenn es mir gelänge, Fuß zu fassen – ich würde doch nur ein Fremder in der Fremde bleiben.

Auf meinem Ast hockend, zwischen Blättern, die das Sonnenlicht in tausend leuchtenden Scherben auf mich herabregnen lassen, verabschiede ich mich von meiner Familie. Pa: Nimm es nicht so schwer. Am Ende ist auch das nur wieder eine Enttäuschung mehr. Ma: Nein. Pa hat mich nicht geliebt. Auch nicht auf seine Weise. Und auch nicht, wenn du das gerne gehabt hättest. Rufus: Sorry. Rocky: Du würdest es nicht verstehen. Roxy: Du erst recht nicht. Ihr anderen: Ebenfalls nicht.

Ist es normal, dass man seine eigene Spezies verachtet? Ich weiß, bei den Menschen ist das weit verbreitet. Aber im Tierreich? Bin ich der Einzige? Und es ist nicht nur meine eigene Spezies, die ich verachte. Die Flamingos: Wie blöd kann man sein? Die Nashörner: Ich brauche nur an Sag-ihm-er-darf-das-nicht-Ursula zu denken, und mir kommt die Galle hoch. Die Elefanten: Fressen, fressen, fressen. Wenn ich es recht bedenke, gibt es eigentlich kaum eine Spezies, die mir nicht auf die Eier geht. Rufus hat mir erzählt, die Menschen würden jeder Tierart, die sie ausrotten, nachtrauern. Erst rotten sie sie aus, dann tut es ihnen leid. Ich finde, man sollte ihnen für jede ausgerottete Spezies dankbar sein. Von mir aus könnten sie sich gerne als Nächstes die Erdmännchen vornehmen. Und bei Rocky anfangen. Oder bei mir.

Bei diesem Gedanken angekommen, spüre ich, es ist so weit. Ich bin bereit zu gehen. Theatralisch lasse ich mich von meinem Ast mitten in eine Gruppe Japaner fallen, die entsetzt zurückweichen, einen Haufen merkwürdiger Laute ausstoßen und ihre Kameras in Anschlag bringen. Ich gebe ihnen, was sie haben wollen, richte mich auf, spreize meine Krallen und strecke die Vorderbeine von mir. »BUH!«, rufe ich, drehe mich um die eigene Achse und nehme eine japanische Brillenschlange ins Visier, die sich gerade verzückt ihrer Angst hingibt: »Rroooaaarrrr!« Mein Abschiedsgruß an die Welt. Ungefähr die Hälfte von ihnen beginnt zu applaudieren. Ganz unter uns: Glauben Japaner wirklich, sie seien schlauer als zum Beispiel Gnus?

Wie auch immer: Der Zeitpunkt ist gekommen, um Schluss zu machen. Endgültig. Als ich merke, wie mir die Tränen in die Augen schießen, breche ich meine Show ab, marschiere zwischen zwei Japanern hindurch Richtung Straße und schließe die Augen.

Das Nächste, was ich weiß, ist, dass meine Hinterpfote keinen Halt findet, ins Leere tritt und ich im Rinnstein zwischen Zigarettenstummeln und einer aufgeplatzten Tamponpackung liege. Die Reisegruppe freut es.

Vor mir verläuft die Busspur. Ich warte, bis der nächste Doppeldecker-Bus seine Pforten schließt, sich schwerfällig vom Bordstein löst und mit aufheulendem Motor direkt auf mich zusteuert. Was immer mich jetzt erwartet: Ich bin bereit, es anzunehmen. Ich springe auf die Straße, breite die Vorderbeine aus, blicke auf ein weißes Schild mit schwarzen Buchstaben und Zahlen, die sehr schnell sehr groß werden – sorry, Rufus, ich könnte dir noch nicht einmal sagen, welches Nummernschild mich überfahren hat –, schließe die Augen und werde in die Luft geschleudert.

Genau genommen werde ich nicht geschleudert, sondern gerissen. Und zwar an einer Kralle. Zurück auf den Bordstein. Bremsen quietschen. Der Bus öffnet seine Türen, und ein Mann brüllt: »Ick glob, dir brennt der Helm, Alter!«

Die japanische Reisegruppe applaudiert geschlossen.

»Alles in Ordnung?«, fragt mich eine Stimme, und das ist der Moment, da ich einsehen muss, dass meine Zeit zu gehen offenbar noch nicht gekommen ist. Ob ich will oder nicht.

Ich öffne die Augen und sage: »Hast du deine Brille verloren?«

Sie liegt auf der Busspur, in drei Teilen und mit geborstenen Gläsern. Phil hat mir das Leben gerettet. Und seine Brille geopfert.

»Hast du gerade versucht, dich umzubringen?«, fragt er mich.

Dieselbe Frage – zweimal in zwei Tagen. Wir sitzen in Phils Wagen. Er am Steuer, ich auf dem Beifahrersitz. Zum ersten Mal befinde ich mich im Inneren eines Autos. Ein Volvo, wie Phil mir erklärt. Es mufft, die Bezüge sind speckig, und der Boden ist mit Einwegbechern übersät.

»Du quatschst denselben Scheiß wie mein Bruder«, antworte ich.

»Verstehe.« Er zieht eine Ersatzsonnenbrille aus dem Handschuhfach, die exakt so aussieht wie die, die der Doppeldeckerbus zermalmt hat. »Bist ein echt harter Typ.«

Ich erspare mir eine Antwort und mache mich stattdessen mit dem elektrischen Fensterheber vertraut.

Schweigen. Männer unter sich. Ssssst – Fenster runter. Sssssst – Fenster rauf. Sssst …

»Was hast'n jetzt vor«, fragt Phil, »mit deinem Leben?«

»Verrückt, oder?« Ssssst. »Ich hab doch tatsächlich glatt vergessen, mir Gedanken über die Zeit nach meinem Tod zu machen.«

Phil legt den Gang ein. Ich meine, ein Schmunzeln zu sehen. »Soll ich dich irgendwo absetzen?«, fragt er.

»Ich gehe nicht mehr zurück.«

»Gut«, erwidert er. Und weil er mich inzwischen gut genug kennt, um zu wissen, dass ich mir eher die Zunge abbeißen würde, als ihn zu fragen, was er damit meint, lächelt er und fügt hinzu: »Dann können wir ja die Identität von drei Leichen klären.«

»Wie meinst 'n das?«

»Herausfinden, wer die drei alten Herren waren, die ihr ausgebuddelt habt. Nennt man Nachforschungen. Gehört zum Tagesgeschäft eines Schnüfflers.«

»Du und ich?«

»Wir beide.«

»Ich als dein Angestellter?«

»Ich dachte eher an eine Partnerschaft.«

Ich überlege. Ein abgehalfterter, versoffener Schnüffler und ein lebensmüdes Erdmännchen. Klingt nach einem echten Dream-Team. »Na, dann lass mal sehen, was deine Blechschüssel so unter der Haube hat.«

Kapitel 12

Wer glaubt, in Phils Auto rieche es schlecht, der wird sich beim Betreten des »Senioren-Wohnparks Blumengarten« wünschen, zwischen den muffigen Rosshaar-Sitzpolstern seines altersschwachen Volvos wohnen zu dürfen. Dabei ist mir von der vielen Kurverei ohnehin schon übel. Die Fahrt hat ewig gedauert. Allerdings habe ich durch meinen Fensterausschnitt ein paar abgefahrene Sachen gesehen: Weite, Raum, mehr Menschen als irgendjemand zählen kann, Autos, tausendfach. Und trotzdem ein Gefühl wie Savanne. Jetzt sind wir in Lichtenberg, sitzen im Büro der Heimleiterin Susanne Hirschmann, und ich versuche alles, um mich nicht in Phils Umhängetasche zu übergeben.

Phil hat die Tasche auf den Stuhl neben sich gestellt, damit ich durch den Spalt an der Seite Frau Hirschmann und ihren schlecht gefärbten Haaransatz beobachten und das Gespräch verfolgen kann. Sie sieht unglaublich müde aus. Alles an ihrem Gesicht will irgendwie nach unten. Als könne sie es kaum erwarten, endlich selbst eines ihrer Zimmer beziehen zu dürfen und sich nicht länger mit dem Papierkram herumschlagen zu müssen, der die Ablagen auf ihrem Schreibtisch in die Knie zwingt.

Derweil läuft mein Gehirn Amok. Seit sich die gläsernen Eingangstüren des Heims hinter uns zusammengeschoben haben, befinden wir uns auf einem olfaktorischen Kriegsschauplatz. Desinfektionsmittel, die einem die Gehirnwindungen ausfräsen, Düfte, die sie einem verkleben. Von dem Rest will ich gar nicht reden. Unter »Blumengarten« hab ich mir ganz klar etwas anderes vorgestellt. Ich nehme an, wenn ein Mensch simulieren wollte, was sich gerade in meinem Kopf abspielt, müsste er zwölf unterschiedliche Drogen auf einmal schlucken.

»Jürgen Becker«, sagt Frau Hirschmann mit einer Verbindlichkeit und Anteilnahme, die alles an ihr auf den Kopf stellt. Ihre Stimme ist die eines kleinen Mädchens mit rosa Blumenkleid. »Einer von den Einfachen ...« Sie faltet die Hände auf dem Tisch. »Was genau möchten Sie wissen?«

»Eigentlich wollte ich wissen, wie jemand, der in Lichtenberg in einem Pflegeheim lebt ...«

»... Wir sind ein Senioren-Wohnpark«, hakt Frau Hirschmann freundlich ein. Ich könnte wetten, dass macht sie immer, sobald jemand in ihrer Gegenwart das böse Wort in den Mund nimmt. »Pflegeheim klingt ein bisschen nach Verwahrungsanstalt, finden Sie nicht?«

»Was ich eigentlich fragen wollte ...«, sagt Phil. »Was meinen Sie, wenn Sie sagen, Herr Becker sei ›einer von den Einfachen‹ gewesen?«

Frau Hirschmann atmet hörbar aus. Die Gravitation zerrt an ihrem Gesicht wie ein Schimpansenbaby an seiner Mutter. »Sehen Sie, Herr Mahlow: Viele Bewohner verbittern mit zunehmendem Alter, werden depressiv, aggressiv oder einfach nur unglücklich ... Vereinsamung, einsetzende Demenz, Verlust der körperlichen Fähigkeiten – das bereitet vielen Menschen große Probleme.«

Ich rufe mir den Geruch auf dem Flur in Erinnerung und denke, dass der Verlust von körperlichen *Flüssig*keiten es wohl eher trifft.

»Und das sind dann die Schwierigen«, sagt Phil. »Im Gegensatz zu den Einfachen wie Herrn Becker.«

Frau Hirschmanns Mundwinkel machen etwas, das ihr die Tränen in die Augen treibt und übersetzt so viel heißt wie: So ist das Leben. »Wenn alle unsere Bewohner so wären wie Herr Becker, dann wäre hier manches einfacher. Er war immer freundlich, immer höflich, nie nachlässig gekleidet, beschwerte sich nicht über das Essen, beschwerte sich nicht über die Behandlung … Und dann ist er plötzlich verschwunden.«

»Wie kommt es, dass niemand ihn nach seinem Verschwinden vermisst hat?«

»*Wir* haben ihn vermisst. Aber es scheint so, als wären wir die Einzigen gewesen. Auf die Vermisstenanzeige hat sich niemand gemeldet. Sie würden staunen, wenn Sie wüssten, wie viele unserer Bewohner sterben, ohne dass irgendjemand Notiz davon nimmt.«

Wir erfahren noch, dass Jürgen Becker eine Frau und eine Tochter hatte, die allerdings beide schon vor langer Zeit bei einem Autounfall ums Leben gekommen sind, und dass sein Zimmer bereits seit über einem halben Jahr neu vermietet ist. Seine Habseligkeiten wurden, wie in »solchen Fällen« üblich, nach sechs Monaten einer gemeinnützigen Einrichtung zugeführt.

Kurz bevor Frau Hirschmann endgültig von dem Gewicht ihrer Gesichtsfalten ins Linoleum gedrückt wird, stützt sie sich schwerfällig auf der Tischplatte ab, stemmt sich aus ihrem Stuhl und sagt mit ihrer verträumten Mädchenstimme: »Kommen Sie, ich zeig Ihnen was.«

Phil schwingt sich unsanft die Tasche über die Schulter, in der ich mich versteckt halte, dann folgt er Frau Hirschmann in den Flur. Die Geruchsschlacht strebt einem neuen Höhepunkt zu. Bis zum Ende des Flures kann ich den Brechreiz noch unterdrücken, dann werde ich eine Treppe hinabgeschaukelt, denke noch schnell »oh, oh«, überlege fieberhaft, wie ich Phils Tasche möglichst wenig in Mitleidenschaft ziehen kann, und übergebe mich in die Plastikfolie mit den Dokumenten.

Nach zwei Treppen hinunter ins Erdreich und einem Flur voller Neonlicht erreichen wir eine Metalltür, die Frau Hirschmann mit einem Schlüssel öffnet, der Rocky mühelos als Trainingshantel dienen könnte. Kurz darauf befinden wir uns im vermutlich traurigsten Raum dieses Planeten. Ich werde auf einem grauen Tisch mit ermüdungsbrüchigen Kanten abgestellt und erblicke Reihen graugestrichener Metallregale, in denen Hunderte grauer Pappschachteln lagern. Frau Hirschmann verschwindet im Halbdunkel, kehrt mit einer der Pappschachteln zurück und legt sie auf den Tisch. Zweiundsiebzig Jahre, und am Ende bleibt eine graue Pappschachtel, die vergessen in einem Kellerregal vor sich hingammelt.

»Bitte«, fordert sie Phil auf.

Die Schachtel ist praktisch leer: eine Lesebrille, ein altes Foto, auf dem Becker mit Frau und Tochter zu sehen ist, stolz, in den besten Jahren, vor sich eine pastellfarbene Zukunft, die bald darauf verblasst sein dürfte. Ein Füller mit verbogener Feder, eine bunte Plastikblume – »die hat er immer im Knopfloch getragen« –, eine Medaille: 3. Platz, 200 Meter Freistil, 1963.

»Wissen Sie, was er beruflich gemacht hat?«, fragt Phil.

»Taxifahrer.«

Der Deckel schließt sich, die Schachtel kommt zurück ins Regal, das Licht erlischt, die Tür fällt ins Schloss.

»Alles klar?«, fragt Phil auf dem Weg zurück zum Parkplatz.

Ich betrachte die ausgebeulte Folie, in der mein Erbrochenes fröhlich hin- und herschwappt. »Ich fürchte, wir haben ein kleines Problemchen.«

»Ein Taxifahrer, der seine Familie bei einem Autounfall verliert und trotzdem nicht verbittert …«, überlegt Phil.

Wir sitzen in seinem Volvo, der noch immer auf dem Besucherparkplatz des Pflegeheim-Senioren-Wohnpark-Dings steht, haben die Türen geöffnet, genießen die warme Sommerluft und warten darauf, dass die von meinem Erbrochenen gereinigten Dokumente trocknen, die auf der Motorhaube ausgebreitet liegen.

Ich führe Phils Gedanken fort: »Ein freundlicher älterer Herr, ohne Angehörige, ohne Feinde, tierlieb …«

»Warum wird so einer erschossen und im Zoo verscharrt?«

»Weil er zu viel wusste?«, überlege ich.

»Zu viel worüber?«

»Illegale Machenschaften im Senioren-Wohnpark: Organhandel, Versicherungsbetrug, Drogenmissbrauch …«

Phil dreht mir seine Brille zu: »Nicht schlecht, Schnüffler«, sagt er. »Nur: Was Jürgen Becker gewusst hat, müssten auch die anderen gewusst haben. Es muss eine Verbindung geben. Irgendeine Ahnung, was das sein könnte?«

Ich überlege, scanne den Parkplatz, überlege noch ein bisschen, kraule mir die Eier, überlege, drücke am Fensterheber herum, der nicht reagiert, weil der Zündschlüssel nicht steckt. »Keinen Schimmer«, sage ich.

Phil steigt aus, sammelt die Dokumente von der Motorhaube, steigt ein, schließt die Türen. »Alois Schirrmacher«, liest er den Namen auf einem Personalausweis. »Pflügerstraße.«

»Dann mal los«, sage ich, als würde ich in der Pflügerstraße seit Jahren mein Tierfutter besorgen.

Phil dreht den Zündschlüssel, und der Wagen füllt sich mit dieser Musik, die mir schon die ganze Herfahrt über auf die Nerven gegangen ist. Eine mumienhafte Männerstimme mit Klavierbegleitung – alles gesehen, alles erlebt, traurig, macht aber trotzdem einen auf dicke Hose. Ich bin froh, dass ich die Sprache von dem Jammerlappen nicht verstehe. Könnte wetten, er singt über eine vergangene Liebe.

»Wer issn das?«, frage ich.

»Paolo Conte«, antwortet Phil, »der ›singende Anwalt‹. Italiener …«

Das erklärt natürlich alles.

»Wieso«, fragt Phil, »gefällt's dir nicht?«

»Kann Italiener nicht ausstehen.«

Die Pflügerstraße ist eine nette, gepflasterte Seitenstraße mit Bäumen zu beiden Seiten. In dem Haus, das wir suchen, befinden sich ein Tattoo- und Piercingstudio sowie ein Backgammon Klub e. V., zu dem Phil nur das Wort »Geldwäsche« einfällt. Die meisten Klingelschilder sind verkokelt, zerkratzt, unleserlich oder gar nicht beschriftet. Mit Ausnahme des Schildes, auf dem »Schirrmacher« steht. Das gepflegteste Klingelschild gehört zu einem Mann, der seit mindestens vier Monaten tot ist. Phil drückt den oberen Klingelknopf auf der Leiste.

»Hallo?«, knarzt eine blecherne Frauenstimme aus dem Kasten.

»Hausverwaltung«, entgegnet Phil, »wir müssten mal einen Blick in den Hof werfen.«

»Das wird aber auch Zeit«, bläkt die Stimme.

Danach ist Ruhe.

»Aufmachen wär' nicht schlecht«, bemerkt Phil.

Der Türsummer geht.

Phil sieht sich im Hausflur um. Es gibt einen Briefkasten mit der Aufschrift »Schirrmacher«, der offenbar regelmäßig geleert wird, außerdem klebt ein Zettel an der Wand, eine Bekanntmachung, wie Phil mir erklärt. Nächste Woche wird für zwei Tage das Gas abgesperrt.

»Na, dann wollen wir mal«, sagt Phil und steigt die Stufen empor.

A. Schirrmacher, der Mann, der seit geschätzten vier Monaten tot ist, wohnt im zweiten Stock. Besagt jedenfalls das Namensschild neben der Tür. Sagt Phil. Er klingelt, wartet, klopft, wartet, klingelt wieder. Hinter der Tür schlurft es.

»Was gibt's denn?«, grollt eine Stimme, die durch jahrzehntelangen, extensiven Zigarettenkonsum geformt wurde.

»Herr Schirrmacher?«, fragt Phil.

»Geht Sie das was an?«

»Wir sind von der Hausverwaltung. Es geht u…«

»Wir ziehen nich aus – und wenn Sie sich uffn Kopp stellen!«

»Hat der gerade ›wir‹ gesagt?«, flüstert Phil mir zu.

»Hat er«, gebe ich zur Antwort.

Phil erhebt wieder seine Stimme: »Es geht um die Gassperrung nächste Woche … Herr Schirrmacher? Können Sie nicht mal die Tür aufmachen, bitte – dann muss ich hier nicht das gesamte Treppenhaus zusammenbrüllen.«

Die Tür wird geöffnet – gerade so weit, wie die Vorhängekette reicht. Der Teil des Gesichts, der im Spalt erscheint, ist vermutlich Ende vierzig, sieht aus wie siebzig und riecht nach … blauen Gauloises.

»Sind Sie Alois Schirrmacher?«, fragt Phil.

»Ich lass hier keinen rein.«

»Nach unseren Unterlagen wohnt hier ein Herr Alois Schirrmacher. Sollten Sie nicht dieser Alois Schirrmacher sein, dann …«

»Ich hab's doch der Hauswartstussi am Telefon schon erklärt: Mein Vater ist verreist, und jetzt wohn' ich hier mit meiner Familie. Ich hab mich erkundigt: Wenn mein Vater nicht zurückkommt, können wir den Mietvertrag übernehmen – das is unser Recht!«

»Wo ist denn Ihr Vater?«

»Das sollten sie besser die kleine Schlampe fragen, die ihn ausgenommen hat.«

»Welche kleine Schl…?«

»Seh ich aus wie 'n Informationsschalter?«

»Sie wissen nicht, wo Ihr Vater ist, sind aber schon mal vorsorglich in seine Wohnung gezogen?«

»Hörnse: Mein Vater ist verreist, und bis er zurückkommt, wohnen wir hier. Wenn Sie sonst noch was aufm Herzen haben« – er macht eine Bewegung, als halte er einen Stift in der Hand und kritzele irgendwas – »schriftlich.«

»*Sie* können lesen?«, fragt Phil, doch bevor er mit der Frage fertig ist, kracht die Tür bereits ins Schloss.

Wir stehen auf dem Treppenabsatz, als warteten wir auf etwas. Es passiert aber nichts. Gar nichts.

»Hätten wir ihm nicht sagen sollen, dass sein Vater tot ist?«, frage ich zaghaft.

»Hat mir nicht den Eindruck gemacht, als interessiere ihn das«, entgegnet Phil.

Ich überlege: »Ein Typ, der sich mit seiner Familie in der Wohnung seines Vaters einzeckt, ohne zu wissen, wo der hin ist.«

»Das erklärt jedenfalls, warum niemand den guten Alois vermisst hat.«

»Glaubst du, der Sohn hat …?«

Stufe für Stufe beginnt Phil, die Treppe hinabzusteigen.

»… seinen Vater ermordet und im Zoo vergraben, um an dessen Wohnung zu kommen? So scharf, wie er auf die Wohnung ist …«

Phil antwortet nicht.

»Hat er wohl nicht«, beantworte ich meine eigene Frage.

»Nein.«

»Okay«, sage ich kleinlaut.

Auf dem Bild seines Führerscheins sieht Rüdiger Rohloff aus wie der traurige, liebenswerte Opa, der am Ende des Films garantiert alles verloren hat und den Zuschauer zu Tränen rührt. Als letzte Adresse ist die Friedbergstraße in Charlottenburg angegeben.

»Wenigstens mal einer, der in Zoonähe gewohnt hat«, bemerkt Phil.

An dem Tag, als in der Friedbergstraße die Zeit stehengeblieben ist, war die Welt noch in Ordnung. Die Autos haben ausnahmslos Metallic-Lackierung, sind gepflegt und parken wie mit dem Lineal gezogen. Das Haus, in dem Rüdiger Rohloff gewohnt hat, schreit einem seine Sauberkeit praktisch entgegen, die Balkone sind adrett bepflanzt, penibel konservierte Stuckornamente bewachen die Fenstersimse, vom ersten Stock an aufwärts setzen geblümte Sonnenschirme dem Weiß der Fassade sommerlich freundliche Farbtupfer auf. Das Klingelbrett ist aus massivem Messing, die Namen sind eingraviert. Wer hier einmal einzieht, zieht offenbar so schnell nicht wieder aus.

Phil deutet auf die Messingleiste: »Seitenflügel, dritter Stock. Wenn da jetzt auch der Sohn mit seiner Familie eingezogen ist, werde ich langsam stutzig.«

Er versucht wieder den Trick mit der Hausverwaltung, der in der Friedbergstraße allerdings weniger gut ankommt als in Neukölln.

»Und weshalb haben Sie keinen Schlüssel dabei?«, fragt die Messingleiste, nachdem Phil ihr erklärt hat, dass er von der Hausverwaltung sei und einen Blick in den Hof werfen müsse.

»Den hab ich dummerweise im Büro vergessen. Könnten Sie jetzt b…«

»Und warum wollen Sie einen Blick in den Hof werfen?«

Phil zeigt mir seine Sonnenbrille. Ich nehme an, hinter den Gläsern rollt er mit den Augen. Der Preis für eine Welt, in der noch alles in Ordnung ist, scheint grundsätzliches Misstrauen zu sein.

»Wegen des Fahrstuhls«, antwortet er.

»Wegen welches Fahrstuhls?«, erwidert das Messingschild.

»Wegen des Fahrstuhls, den wir einzubauen gedenken. Könnten Sie je…«

»Wird dann die Miete nicht teurer?«

»Nur marginal. Könnten Sie jetzt nicht bitte end…«

»Das heißt es ja am Anfang immer – dass die Erhöhung nur marginal ausfällt, und am Ende sind es dann doch fünf oder sechs Euro mehr im Monat, und ich muss wieder den Anwalt bemühen!«

Phil nimmt die Brille ab und nähert sein Gesicht den Schlitzen, als könne er so die Frau dahinter erkennen. Dann spreizt er an beiden Händen die Finger, wie um sie zu erwürgen. »Sie schalten wegen fünf Euro im Monat den Anwalt ein?«

»Ja was denken *Sie* denn? Rechnen Sie das doch mal hoch – da kommt ganz schön was zusammen.«

Phil wischt sich mit dem Handrücken den Schweiß von der Stirn und beginnt sich die Schläfen zu massieren. Frauen wie die, die sich hinter den Messingschlitzen versteckt hält, sind es, die ihn im Zeitraffer altern lassen. Glücklicherweise öffnet sich in diesem Moment die Haustür, und ein Mann mit perfekt ergrauten Schläfen und farblich darauf abgestimmtem Anzug tritt über die Schwelle, gefolgt von einem etwa fünfjährigen Jungen, der offenbar gerade die Ausbildung zum Schiffsoffizier antritt.

»Vielen Dank«, flötet Phil in die Gegensprechanlage, »nicht mehr nötig.« Und schon werden wir von der aristokratischen Kühle eines marmornen Treppenhauses empfangen.

Im dritten Stock des Seitenflügels herrscht eine Ruhe, wie ich sie im Zoo noch nie erlebt habe. Auf Phils Klingeln antwortet niemand. Wir warten. Nichts. Ich höre das Blut in meinen Adern rauschen. Phil blickt sich um und besieht sich den Schließzylinder.

»Abus, XP2 S.« Er stellt die Tasche auf den Boden und klappt den Deckel zurück. Ich sehe zu ihm auf. »Zwölf unabhängige Schließelemente in drei Ebenen«, erklärt er.

Natürlich hab ich nicht die geringste Ahnung, was mir das sagen soll. Also entgegne ich: »Kinderspiel für einen wie dich.«

Damit entlocke ich ihm tatsächlich ein Lächeln. Er hockt sich neben die Tasche, schubst mich zur Seite und fördert aus einer Reißverschlusstasche etwas zutage, dass tatsächlich wie ein Kinderspielzeug aussieht und mich entfernt an den Elektroschocker erinnert, außer dass es nur eine Spitze hat.

»EZ-IO G3«, stellt mir Phil seine Geheimwaffe vor, während er sich ein paar Latexhandschuhe überstreift. »Ist eigentlich ein notfallmedizinisches Gerät, um Schädel zu punktieren. Klein, fein und nahezu« – er drückt den Schalter, und die Bohrnadel beginnt, kaum hörbar zu sirren – »lautlos.«

»Lass mich raten«, sage ich, »du machst so etwas heute zum ersten Mal.«

»Aber sicher.«

»Letzte Frage: Ist das nicht …«

Phil zieht eine Augenbraue in die Höhe. Die linke, glaube ich. Mit rechts und links hab ich es nicht so. Sieht echt verdammt lässig aus. Vielleicht, wenn ich regelmäßig übe …

»… verboten?«, bringe ich meine Frage zu Ende.

»Yep.«

»Das heißt, wenn wir dabei erwischt werden, kriegen wir Ärger, richtig?«

Phil schmunzelt und wendet sich dem Schließzylinder zu. »Da sagt der kleine Scheißer tatsächlich *wir* …«, brabbelt er. Dann beginnt sein Schädelpunktierer zu sirren.

Nach kürzester Zeit hat Abus XP2 S vor seinem Widersacher EZ-IO G3 kapituliert, und Phil zieht die Wohnungstür hinter uns zu.

Wir sind beide irgendwie … ergriffen. Es sieht aus, als sei Rüdiger Rohloff nur mal eben zum Einkaufen raus. Neben dem Sessel mit dem Nierentisch und der stoffbespannten Stehlampe liegt ein aufgeschlagenes Heft mit zur Hälfte gelösten Kreuzworträtseln und Sudokus. An der Garderobe hängen auf Kleiderbügeln ein Regen- und ein Wintermantel, darunter zwei Paar Schuhe, deren Hacken sich berühren. Die Daunendecke im Schlafzimmer ist zurückgeschlagen, der Pyjama sorgfältig über das Fußteil gelegt. In der Küche stehen ein Teller und ein Glas auf der Abtropffläche der Spüle, daneben ragt ein Messer aus einem Drahtkorb.

Phil findet mich auf der Anrichte, wo mein Blick sich in den Borsten des Pinsels verliert, mit dem Rüdiger Rohloff offenbar seine elektrische Kaffeemühle gereinigt hat. Ich drehe ihn geistesabwesend in den Klauen.

»Alles in Ordnung?«, fragt Phil, während er Schubladen aufzieht und Teller und Tassen beiseiteschiebt.

»Monatelang lag Rüdiger Rohloff unter der Erde …«

Phil stöbert zwischen den Konserven in der Speisekammer herum. »Und?«

»Und keiner hat es gemerkt.«

Er kommt aus der Speisekammer, stellt zwei Dosen neben mir ab und legt den Kopf schief. »Kriegst du gerade den Blues?«

Ich deute mit dem Kaffeepinsel auf die Dosen: »Was ist das?«

»Thunfisch. Wär schade drum.«

»Du willst den Thunfisch von Rüdiger Rohloff essen?«

»Glaubst du, er hat was dagegen?« Phil nimmt mir vorsichtig den Pinsel aus der Hand und lässt ihn in die aufgezogene Schublade fallen. »Du kriegst gerade den Blues, stimmt's?«

»Im Altenheim …«, setze ich an.

»Senioren-Wohnpark«, verbessert mich Phil.

»Scheißegal, Mann. Da haben sie jedenfalls eine Vermisstenanzeige aufgegeben. Und der Schirrmacher hat wenigstens einen

Sohn gehabt, der sich seine Wohnung unter den Nagel gerissen hat. Hier aber …«

Phil nimmt die Thunfischdosen, verstaut sie in seiner Tasche und öffnet den Kühlschrank.

»Hier gibt es nicht mal jemanden, dem wir sagen *könnten*, dass er tot ist.«

Als Phil sich zu mir umdreht, hat er eine Flasche in der Hand. Bevor er auch die in seiner Tasche verschwinden lässt, sagt er: »Kannst du mir verraten, weshalb jemand wie Rüdiger Rohloff einen Veuve Clicquot Rosé im Kühlschrank hat?«

Die Antwort darauf finden wir später, zufällig, als keiner von uns mehr daran glaubt, dass wir in dieser Wohnung noch irgendeinen nützlichen Hinweis zutage fördern werden. Sie ist auf einem Foto verborgen, das an einer Glasschale im Bücherregal lehnt. Die Aufnahme stammt von einem Automaten. Einem Automaten, den ich kenne. Er steht im Zoo, gegenüber des Antilopenhauses. Für zwei Euro können sich die Besucher vor dem Vierwaldstätter See fotografieren lassen. Und genau da steht er, Rüdiger Rohloff, alt, aber trotzdem irgendwie jung, und lächelt in die Kamera. Entfernt, im Hintergrund, sieht man zwei Flamingos und Beas Eiswagen. Das Bild wurde vor etwa einem Jahr aufgenommen, letzten Sommer. Das weiß ich, weil Bea ihren Eiswagen letzten Sommer mit lauter bunten Plastikblumen dekoriert hat – von denen ich heute schon einmal eine gesehen habe: Im Karton mit den letzten Habseligkeiten von Jürgen Becker, im Keller des Senioren-Wohnparks Blumengarten.

»Phil!«, rufe ich.

Er kommt aus dem Schlafzimmer herübergeschlurft.

»Ich glaube, ich hab so eine Ahnung, wer die kleine Schlampe sein könnte, von der Schirrmachers Sohn vorhin gesprochen hat.«

Phil nimmt das Foto und betrachtet es nachdenklich: »Vielleicht ist die nette, freundliche, sympathische Eisverkäuferin Bea nicht ganz so sympathisch, wie alle denken.« In dem Moment klingelt sein Handy. Er checkt das Display, zieht wieder eine Augenbraue in die Höhe, die andere diesmal, und nimmt das Gespräch entgegen: »Constanze.« Mit seiner Stimme könnte man eine Buttercremetorte bestreichen. »Ich wollte dich auch gerade anrufen. Wir sollten uns sehen …« Er wendet sich von mir ab. »Ist gut. Bis nachher.« Er verstaut sein Handy im Jackett, steckt das Foto von Rüdiger Rohloff ein und tut so, als wäre alles wie immer.

»Ist das so üblich?«, frage ich.

»Was?«

»Du weißt schon – dass Privatdetektive sich mit ihren Auftraggeberinnen duzen und so.«

Er stellt die Tasche neben den Fernseher und bedeutet mir, hineinzuklettern. »Du stellst zu viele Fragen.«

Kapitel 13

Phils Bau ist beeindruckend. Als wir eintreten, würde ich gerne anerkennend durch die Zähne pfeifen. Leider kann ich ebenso wenig pfeifen wie erstaunt die Augenbrauen heben. Ich könnte fiepen, aber das ist ja nicht dasselbe wie pfeifen. Wer schon mal Roxane gehört hat, wenn sie mit Rocky rummacht, der weiß, was ich meine. Jedenfalls finde ich Phils Behausung beeindruckend. Sie besteht im Grunde aus nur einem Raum, der bestimmt so groß ist wie unser komplettes Gehege. Die Wände sind in einem schmutzigen Grau gehalten, was ich ebenso geschmackvoll finde wie den angestaubten Holzfußboden. Einzig die deckenhohen Fenster machen mich nervös.

»Fühlst du dich hier nicht beobachtet?«

Phil weiß offenbar nicht, was ich meine. Erstaunt schaut er hinaus auf die Dächer der Stadt. »Beobachtet? Von wem denn?«

»Von … Feinden?«, versuche ich ihm auf die Sprünge zu helfen.

Er sieht mich an. »Was denn für Feinde?«

Mir fällt ein, dass die genetisch veranlagte Angst vor Adlerangriffen keine typisch menschliche Eigenschaft ist. »Vergiss es«, sage ich.

Dann will ich mich möglichst locker aufs Sofa fallen lassen.

Dazu nehme ich Anlauf, nutze einen Zeitungsstapel, um auf ein Tischchen zu gelangen und hechte von dort in hohem Bogen auf eine riesige, alte, dunkelblaue Couch. Dass ich zu viel Schwung drauf habe, merke ich erst, als mich die Sprungfedern des Möbelstücks quer durch den Raum katapultieren. Unsanft pralle ich gegen eine Wand, bleibe dort kurz kleben und stürze dann zu Boden wie ein Albatros auf Traubenzucker. Zum Glück fängt eine Yuccapalme meinen Aufprall ab. Ich berappele mich und tue so, als sei nichts geschehen. »Hübsch hast du es hier.«

»Danke«, erwidert Phil und reibt sich die Schläfen. Er sieht müde aus. Eigentlich sieht er ständig müde aus.

»Willst du was trinken?«, fragt er und nimmt eine halbvolle Flasche aus dem Regal. Daneben stehen noch mehrere volle Flaschen, die sich gleichen wie ein Flamingo dem anderen.

»Gern. Was hast du denn so?« Ich erklimme einen Sessel und fläze mich lässig auf der Armlehne.

»Kaffee, Scotch und Leitungswasser.«

»Aha. Und was trinkst du so?«

»Scotch. Und später vielleicht Kaffee.«

»Nehm ich auch«, entgegne ich und spähe zum Kühlschrank, wo ein einziges Foto hängt. Es zeigt einen Mann und eine Frau, die freundlich winkend in die Kamera schauen. Die Aufnahme muss uralt sein, die Farben sind bereits verblasst.

Phil hat ein kleines Glas auf den Küchentresen gestellt und mit Scotch gefüllt. Jetzt hebt er mich hoch und setzt mich dort ab. Er füllt für sich ein wesentlich größeres Glas und nickt mir zu. »Cheers!«

Ich interessiere mich immer noch für das Foto und laufe über den Tresen zum Kühlschrank. Dazu muss ich an meinem Drink vorbei. Wow! Allein der Geruch bringt mich zum Torkeln. Dieses Zeug kippt Phil also ständig in sich hinein. Er muss die Konstitution eines Nashorns haben. Obendrein dürfte er sich auch jeden Morgen so fühlen wie Justus, wenn der wieder mal Bekanntschaft mit dem Stahlgeländer gemacht hat.

»Pass auf!«, warnt Phil, aber zu spät.

Auf meinem Weg zum Kühlschrank höre ich ein gefährliches Blubbern, fast gleichzeitig wird mir infernalisch heißer Dampf auf den Arsch geblasen. Erschrocken springe ich zur Seite und rutsche dabei fast vom Tresen.

»Die Kaffeemaschine ist kaputt«, erklärt Phil.

Ich winke ab. Schon gut. Ich habe in den letzten Tagen ziemlich abgefahrenen Kram erlebt. Eine fauchende Kaffeemaschine kann mich deshalb, wenn überhaupt, nur ganz kurz aus der Ruhe bringen.

»Sind das deine Eltern?«, frage ich, als ich vor dem Kühlschrank stehe.

Phil zieht erstaunt die Stirn kraus. »Wie kommst du darauf?«

Ich könnte ihm erklären, dass Erdmännchen aufgrund ihrer Lebensweise einen guten Blick für familiäre Zusammenhänge haben, sage aber: »Du hast die Augenfarbe deiner Mutter geerbt.«

Phil scheint zu überlegen, dann nickt er, zuckt mit den Schultern und kippt einen weiteren Drink. »Stimmt. Das sind meine Eltern.«

»Da waren Sie noch sehr jung, oder?«

Wieder überlegt Phil einen Moment. Vermutlich denkt er, dass mich das alles nichts angeht. Stimmt ja auch. Andererseits kennt er meine ganze peinliche Sippe. Da ist es nur fair, wenn auch ich ein bisschen über ihn erfahre, finde ich. Außerdem sind wir doch inzwischen Partner.

Ich warte. Er gießt sich erneut ein, dann gibt er sich einen Ruck. »Das Foto ist vor über dreißig Jahren entstanden …«

»Wie lange sind dreißig Jahre?«, will ich wissen.

»Verdammt lang«, erwidert Phil.

Ich nicke, als könnte ich mit dieser Antwort tatsächlich etwas anfangen.

»Das Foto wurde in Südamerika gemacht. Meine Eltern waren Wissenschaftler. Wenn sie Forschungsreisen machten, dann ließen sie mich bei meiner Großmutter. Manchmal für ein paar Tage, manchmal für Wochen. Das Foto haben sie mir von ihrer letzten Reise geschickt, weil Großmutter ihnen geschrieben hatte, dass ich die beiden diesmal besonders vermisse.«

Phil nippt an seinem Drink. Seine ohnehin traurigen Augen sehen nun noch etwas trauriger aus als gewöhnlich.

»Ihre … letzte Reise?«, wiederhole ich ahnungsvoll.

Phil nickt. »Sie sind nicht wiedergekommen. Ich war noch sehr klein und konnte deshalb nicht verstehen, was es bedeutet, wenn jemand verschollen ist. Großmutter hatte zuerst noch Hoffnung, dass die beiden bald wieder auftauchen würden. Deswegen erzählte sie mir, meine Eltern hätten ihren Aufenthalt verlängern müssen. Später erfand sie dann immer neue Geschichten, um mich zu vertrösten. Irgendwann glaubte sie bestimmt selbst nicht mehr an eine Rückkehr meiner Eltern, brachte es aber nicht übers Herz, mir die Wahrheit zu sagen.«

»Tut mir echt leid, Mann«, sage ich.

Phil nimmt einen Schluck und hängt ein paar Momente seinen Gedanken nach. »Ist lange her. Inzwischen weiß ich, dass meine Eltern bei einem Autounfall ums Leben gekommen sind. Als junger Mann bin ich nach Südamerika geflogen und habe Nachforschungen angestellt.«

»Krass. Das ist dann ja bestimmt hundert Jahre später gewesen, oder?«

Phil sieht mich irritiert an.

»Fünfzig?«, rate ich ins Blaue hinein. »Siebzig? Achtzig?«

»Lass das mal mit dem Rechnen, Ray. Zumindest vorerst. Tatsächlich waren es so etwa fünfzehn Jahre später …«

»Was ja auch verdammt viel ist«, werfe ich kompetent ein.

Phil nickt amüsiert. »Jedenfalls ist mir nach dieser Reise aufgegangen, dass ich offenbar ein Talent dazu habe, Dinge herauszufinden.«

»Dann haben dich also deine Eltern darauf gebracht, Privatdetektiv zu werden«, schlussfolgere ich. »Gewissermaßen.«

Phil stutzt, dann nickt er, und es scheint, als wäre ihm dieser Gedanke tatsächlich neu. »Stimmt. In gewisser Weise haben mich meine Eltern drauf gebracht.« Er lächelt, und für einen Moment ist die Traurigkeit aus seinen Augen verschwunden.

»Hast du je daran gedacht, Kinder zu haben?«, frage ich und flaniere den Küchentresen entlang bis zu einem kleinen Fenster, durch das man in den Hinterhof schauen kann.

»Hat sich nicht ergeben«, antwortet Phil.

»Du hast eine Müllkippe für alte Autos hinterm Haus«, stelle ich fest.

»Das ist eine Werkstatt«, höre ich Phil sagen. Fast im gleichen Moment taucht sein Kopf neben mir auf, und wir schauen gemeinsam in den langsam in der Dämmerung verschwindenden Hinterhof.

»Da vorn. Das ist meiner«, sagt Phil und zeigt stolz auf ein schwarzes Auto ohne Reifen und ohne Türen. Ich glaube, es hat nicht mal einen Motor.

»Und was soll das sein?«

»Ein alter Citroën. Eines Tages werde ich ihn wieder flottmachen.«

Ich sehe Phil an und vermute, dass er zu schnell getrunken hat. »Das ist ein Schrotthaufen«, stelle ich fest.

»Das ist ein Citroën DS Pallas«, korrigiert Phil. »Eines der schönsten Autos, die jemals gebaut wurden. Es hat in dem Film ›Der eiskalte Engel‹ mitgespielt. Solltet ihr mal bei euch im Kino zeigen.«

Ich betrachte den Schrotthaufen und nicke, als hätte ich verstanden. In Wahrheit ist mir völlig schleierhaft, woran Menschen ihr Herz hängen und warum sie es tun. Womit wir wieder beim Thema wären.

»Hättest du denn gerne Kinder?«, frage ich.

»Das hab ich dir doch eben schon gesagt. Hat sich bislang einfach nicht ergeben«, erwidert Phil. Das Thema scheint ihm unangenehm zu sein. »Außerdem ist das bei Menschen alles ein bisschen komplizierter als bei Erdmännchen«, fügt er hinzu.

Ich muss lachen. »Wenn du wüsstest.«

Phil zuckt mit den Schultern, geht wieder zum Tresen und greift nach seinem Glas.

»Sieht deine Auftraggeberin eigentlich gut aus?« Ich mache mich gemächlich auf den Weg über den Küchentresen zu meinem Drink.

»Constanze?«, fragt Phil möglichst beiläufig. »Doch. Schon.« Er überlegt und fügt dann hinzu: »Bild dir doch einfach selbst eine Meinung, wenn du sie gleich siehst.«

»Hattet ihr schon Sex?«

»Habe ich eigentlich schon erwähnt, dass du zu viele Fragen stellst?«

Ich passe den Moment ab, in dem die defekte Kaffeemaschine gerade keinen kochend heißen Dampf absondert, und husche rasch daran vorbei. »Wie soll ich mir denn eine Meinung bilden, wenn ich nicht weiß, ob ihr es schon mal getrieben habt?«

»Und warum musst du das wissen?«

»In meiner Welt ist wichtig, dass man sich gut riechen kann und dass die Begattung klappt.«

Phil nickt. »Deshalb hab ich eben gesagt, dass es bei uns etwas komplizierter ist.«

»Ist sie etwa nachtaktiv?«

»Was?«

»Wenn du tagaktiv bist und sie nachtaktiv oder umgekehrt, dann kann das zu Problemen führen. Muss aber kein Hindernis sein, wenn der Sex stimmt und ihr euch gut riechen könnt.«

Schweigen. Phil dreht seinen Drink im Glas. Dann seufzt er. »Wie dem auch sei, Ray. Sie ist meine Auftraggeberin.«

»Und das heißt?«

»Das heißt, wir haben noch nicht miteinander geschlafen.«

»Aha!«, rufe ich aus.

»Was? Aha?«, fragt Phil.

Ich schlendere zu meinen Drink. »Nichts. Ich wollte das nur festhalten.«

Phil verdreht die Augen.

Ich nippe an meinem Scotch und habe augenblicklich das Gefühl, die Kaffeemaschine würde mir ihren siedend heißen Dampf geradewegs in den Rachen pusten. Im selben Moment fühlt sich mein ganzer Körper schwerelos an, während meine Gedanken sich in eine zähfließende Masse verwandeln.

»Langsam. Wenn man das Zeug nicht gewöhnt ist, dann kann es einen ganz schön umhauen«, höre ich Phil sagen. Im nächsten Moment wird eine kleine Tasse neben mir abgestellt. »Nimm einen Kaffee. Der bringt dich wieder auf die Beine.«

Bei dem Versuch, einen Schluck Kaffee zu trinken, plumpst mein ganzer Kopf in die Tasse. Als ich ihn wieder herausziehe, brennt der heiße Kaffee zwar ein wenig auf meinem Fell, aber ich fühle mich so frisch wie nie zuvor. Wo waren wir gerade? Genau. Bei Phils Bettgeschichten.

»Und weiß sie, dass du scharf auf sie bist?«

Phil zuckt mit den Schultern. »Bei Frauen weiß man nie, was sie wissen.«

Ich muss einen Moment überlegen, um den Sinn dieses Satzes zu ergründen. »Deshalb willst du auch den Fall an den Nagel hängen«, mutmaße ich.

Da ist es wieder. Dieses beneidenswerte Augenbrauenhochziehen. »Wo ist denn da der Zusammenhang?«, will Phil wissen.

»Na, wenn sie nicht mehr deine Auftraggeberin ist, dann wirst du erfahren, ob sie dich auch privat treffen will.«

Phil sieht mich regungslos an. Dann schüttelt er den Kopf und gießt sich ebenfalls Kaffee ein. »Ist es wirklich so weit gekommen, dass ich mir Beziehungstipps von einem Erdmännchen geben lassen muss?«

»Von einem Erdmännchen, das Kaffee getrunken hat«, ergänze ich voller Energie und vor Selbstvertrauen strotzend. »Kann ich noch einen haben?«

Phil gießt mir erneut ein. Er will noch etwas sagen, wird aber von der Türklingel unterbrochen. Rasch räumt er unsere Gläser und meine Tasse zur Seite. Dann trägt er mich zu einem mannshohen Aktenschrank und setzt mich zwischen zwei alten Schuhschachteln und einem Werkzeugkasten ab. Ich bin dort oben praktisch unsichtbar, kann aber trotzdem fast den kompletten Raum überblicken. Sehr gut.

Ein Murmeln an der Tür, dann kommt Phil mit den Worten »... jedenfalls schön, dass du es einrichten konntest« zurück in mein Blickfeld. Er zieht den Duft eines schweren Parfüms hinter sich her. Ich rieche Bergamotte, Eichenmoos und Schokolade, auch einen Hauch Mandel. Zugleich ist das Klackern von Stilettos auf dem Holzfußboden zu hören.

Und dann sehe ich sie. Constanze. Eine mondäne Blondine in einem cremefarbenen Kostüm mit einem farblich dazu passenden Sommerhut. Ihr seidiges Haar und ihre weiblichen Rundungen erinnern mich an Elsa. Der Gedanke an meine verflossene Liebe gibt mir einen Stich ins Herz. Oder ist es der Kaffee? Ich merke, dass der Espresso meine Pumpe ganz schön zum Wummern gebracht hat. Außerdem ist es für mich eine neue Erfahrung, unterm Fell zu schwitzen. Hoffentlich krieg ich hier oben keinen Kreislaufkollaps.

Constanze nimmt ihre Sonnenbrille ab. Darunter kommt ein schönes Gesicht mit auffällig scharf geschnittenen Wangenknochen zum Vorschein. Sie erinnert mich an Otto, den Weißkopfseeadler. Wäre der eine ansehnliche Blondine in den besten Jahren, hätte er wohl ein ähnliches Auftreten wie Constanze: vornehm und zurückhaltend. Wobei Constanze auch noch sexy ist, was man von Otto nicht behaupten kann.

»Darf ich dir was anbieten?« Phil deutet auf sein blaues Sofa.

»Espresso?«, fragt sie und setzt sich auf den vorderen Rand des Polsters, als würde sie es nicht zu sehr beanspruchen wollen. Sie nimmt den Hut vom Kopf, legt ihn neben sich und schüttelt kurz ihre blonde Mähne.

Phils defekte Kaffeemaschine produziert zwei Tässchen Kaffee und faucht dabei wie eine Katze, der ein Nashorn auf dem Schwanz steht.

»Du hast schlechte Neuigkeiten für mich, nicht wahr?« Ihre Stimme klingt zart, fast zerbrechlich.

»Wie man es nimmt. Was deinen Vater betrifft, da sind wir genau so schlau wie vorher«, antwortet Phil. »Da er immer noch verschwunden ist, wollen wir mal hoffen, dass es ihm gutgeht.«

Sie wirkt nicht erleichtert, sondern grüblerisch. »Aber?«

Phil stellt die Tassen auf den Couchtisch, zieht einen Stuhl heran und setzt sich zu ihr. »Aber ich bin mit meinem Latein am Ende, Constanze. Irgendwo im oder am Zoo verliert sich die Spur deines Vaters, und ich weiß beim besten Willen nicht, wo ich noch nach ihm suchen soll.«

Schweigen. Sie sieht ihn lange mit ihren schönen, traurigen Augen an.

»Glaubst du, er ist …« Sie scheint es nicht übers Herz zu bringen, den Satz zu Ende zu führen, zieht ein kleines Taschentuch hervor und zupft nervös daran herum, bevor sie sich dezent die Nasenspitze abtupft.

»Ich weiß es nicht«, antwortet Phil. »Wie schon gesagt, deutet das Blut, das ich am Eiswagen gefunden habe, auf keine tödliche Verletzung hin. Außerdem teilt dein Vater, so wie es aussieht, nicht das Schicksal der drei Ermordeten, sonst hätten wir seine Leiche im Zoo gefunden.«

Constanze nippt an ihrem Espresso. Ich beobachte sie aufmerksam und frage mich, was mir an ihr so seltsam vorkommt. Phil wirkt zwar auch merkwürdig, aber das kann man leicht erklären. Er ist ganz offensichtlich in seine Auftraggeberin verknallt, und das nicht zu knapp. Die Indizien sind erdrückend. Sein gewöhnlich glasiger Blick verwandelt sich in einen Funkenregen, wenn er sie ansieht, und das tut er im Grunde ununterbrochen. Sein kratziger Bariton klingt, als hätte man ihn mit Nougat eingeschmiert, und seit Constanze diesen Raum betreten hat, habe ich Phil häufiger lächeln sehen als in der gesamten Zeit, die wir uns kennen. Zusammengefasst würde ich sagen, dass er noch wesentlich besoffener aussieht, als ich ihn jemals erlebt habe, wenn er tatsächlich besoffen war. Aber ich will mir nicht anmaßen, ihn zu verurteilen, schließlich bin ich es, der sich der Liebe wegen kürzlich vor einen Bus geworfen hat. Wenn es um Herzensangelegenheiten geht, dann sind wir alle nicht vor Dummheiten gefeit, egal ob Mensch oder Erdmännchen.

»Und was heißt das?«, fragt Constanze.

»Wir sollten den Fall der Polizei übergeben«, antwortet Phil sachlich.

Sie schaut ihn an, und dieser Blick macht mir schlagartig klar, was mich schon die ganze Zeit an Constanze irritiert hat. Es sind ihre Augen. Ihre schönen, blassblauen Augen. Während Constanzes Gesicht Besorgnis, aber auch Hoffnung und Vertrauen widerspiegelt, lese ich in ihren Augen nur ein einziges Gefühl:

blanke Angst. Sie kämpft dagegen an, aber unter der Oberfläche brodelt es. Ein Mensch würde das Flackern ihrer Pupillen kaum bemerken – selbst dann nicht, wenn er nicht so blind vor Liebe wäre, wie Phil es gerade ist. Dazu braucht es schon ein Erdmännchen. Unsere Fähigkeiten zum Grimassenschneiden sind derart eingeschränkt, dass wir lernen, in den Augen unseres Gegenübers zu lesen. Die Frage ist: Warum verbirgt Constanze ihre Angst vor Phil? Warum spielt sie ihm etwas vor, wo es doch verständlich wäre, dass sie Angst um ihren Vater hat? Und wo sie doch wissen müsste, dass sie in Phil einen verständnisvollen Zuhörer hat?

»Und wann willst du zur Polizei gehen?« Sie klingt niedergeschlagen.

»Gleich morgen früh«, antwortet Phil. »Ich wüsste nicht, warum wir noch länger warten sollten. Wie gesagt, ich weiß einfach nicht weiter.«

Sie schweigt und nippt traurig an ihrem Espresso. Ich kann Phil ansehen, dass ihr Anblick ihm ins Herz schneidet. »Es ist besser so«, sagt er sanft. »Außerdem hat die Polizei viel mehr Möglichkeiten als ich. Wer weiß, ob ich nicht einen entscheidenden Hinweis übersehen habe.«

Sie nickt fast unmerklich und schaut gedankenverloren in ihre Tasse. Dann ist plötzlich ein leises Schluchzen zu hören, ihre schmalen Schultern zucken, und eine Träne fällt in den Kaffee. Und dann noch eine.

Im nächsten Moment ist Phil an ihrer Seite und legt sachte einen Arm um sie. Sie lehnt sich zurück und lässt den Kopf an seine Schulter sinken. Dabei scheint ihr Körper förmlich in seine Arme zu fließen. Sie sieht ihn an.

Zwischen ihre Nasenspitzen passt nicht einmal mehr ein Libellenflügel. Ein Kuss ist so gewiss wie der morgige Sonnenaufgang. Ich sehe Constanzes blassblaue Augen, die hinter dem Tränenschleier nur noch ein pastellfarbener Schimmer sind. Langsam sinken Phils Lippen auf die ihren.

Da er mir gerade den Rücken zuwendet, kann ich nur erahnen, wie sein Gesicht vor Glück schimmert und sein Verstand dahinschmilzt. Sonst müsste er nämlich begreifen, dass sie ihm gerade eine Falle stellt. Ich weiß zwar nicht, warum, und ich kann auch nicht genau sagen, wie die Falle beschaffen ist, aber ich will kein Erdmännchen mehr sein, wenn hier nicht gerade etwas Megaoberfaules abgeht.

Gleich berühren sich ihre Lippen.

»Tu es nicht, Phil«, flüstere ich, um meinen Partner vor einem entscheidenden Fehler zu bewahren.

Im gleichen Moment zuckt Constanze erschrocken zurück. »Was war das?«

»Was denn?«, fragt Phil nicht minder erschrocken.

»Dieses Fiepen.« Sie späht in meine Richtung, und noch bevor ich mich ducken kann, treffen sich für den Bruchteil einer Sekunde unsere Blicke. Mist, verdammter.

Sie springt auf. »Oh mein Gott«, stößt sie angewidert hervor. »Du hast da eine … Ratte auf dem Schrank.«

»Nein, warte. Das kann ich erklären, das ist nur …«, will Phil die Sache einrenken, aber Constanze lässt ihn gar nicht ausreden.

»Schon gut, Phil.« Sie ringt sich mühsam ein Lächeln ab. »Vielleicht sollten wir diese Grenze nicht überschreiten. Ich mag dich wirklich, aber ich bin nicht bereit für …« Sie setzt ihre Sonnenbrille auf, und es wirkt, als habe sie das Visier einer Rüstung heruntergeklappt. »Gib mir einfach etwas Zeit.«

Sie macht sich auf den Weg zur Tür. Der kalkweiße Phil folgt ihr. Nebenbei wirft er mir einen Blick zu, wie ich ihn sonst nur von Justus kenne, wenn ich Witze über den Hintern seiner Frau mache.

Phil und Constanze verschwinden aus meinem Blickfeld. Man hört, dass die Wohnungstür geöffnet wird.

»Bitte, geh nicht!«, höre ich Phil sagen.

»Lass uns reden, wenn das alles hier vorbei ist«, entgegnet Constanze beschwichtigend.

Einen Moment ist es still.

Dann sagt Phil fast flüsternd: »Du bedeutest mir sehr viel«.

Wieder Stille.

»Wenn ich dir wirklich etwas bedeute, dann geh morgen nicht zur Polizei, Phil. Die Presse wird Wind von der Sache bekommen. Und dann stehe nicht nur ich im Mittelpunkt des Medieninteresses, es wird auch ein ungeheurer Druck auf die Entführer entstehen. Ich befürchte einfach, dass dann eine Kurzschlussreaktion vorprogrammiert ist.«

»Wir wissen noch nicht, ob dein Vater wirklich …« will Phil einwenden, aber Constanze lässt ihn nicht ausreden.

»Ich weiß, was du sagen willst, Phil. Trotzdem können wir uns die Presse nur vom Hals halten, indem wir die Polizei draußen lassen.«

»Aber ich kann nichts mehr tun«, erwidert Phil.

»Nur noch ein paar Tage. Vielleicht gibt es neue Spuren. Oder vielleicht findest du auch den entscheidenden Hinweis, wenn du alle Indizien noch einmal durchgehst.«

Stille. Tu es nicht, Phil, sie will dich nur hinhalten.

»Nur ein paar Tage«, wiederholt Constanze flüsternd. »Tu es für mich.«

»Also gut«, sagt Phil. »Ich werde noch mal alles überprüfen. Schritt für Schritt. Aber wenn ich nichts finde, gehen wir zur Polizei.«

»Danke«, sagt sie. Ich ahne, dass sie ihm nun ein aufmunterndes Lächeln schenkt. Vielleicht haucht sie ihm auch ein Küsschen auf die Wange.

Dann wird die Tür ins Schloss gezogen. Sekunden später erscheint Phil. Er geht zu einer Kommode am anderen Ende des Raumes.

»Alter Schwede!«, rufe ich ihm hinterher. »Da bist du aber an ein ganz schön ausgebufftes Luder geraten.«

Phil antwortet nicht. Stattdessen kramt er in einer Schublade herum.

»Phil! Hast du mir zugehört?«, will ich wissen. »Du solltest mir dankbar sein. Ich habe dich gerade vor einer großen Dummheit bewahrt.«

Er zieht schweigend einen Revolver aus der Schublade, legt ihn neben sich und lässt dann eine Handvoll Patronen auf das Holz prasseln.

»Phil, ich rede mit dir.«

Als er sich zu mir umdreht und gemächlich damit beginnt, die Waffe zu laden, bin ich doch etwas verunsichert. Nicht der Waffe wegen, sondern weil sein Gesicht diesen entschlossenen, verbitterten, aber leider auch leicht wahnsinnigen Ausdruck angenommen hat.

»Was hast du vor?«, frage ich und versuche sachlich, aber entspannt zu wirken.

»Du willst doch unbedingt sterben«, sagt Phil mit ruhiger Stimme und starrem Blick. »Ich denke, diesen Wunsch kann ich dir erfüllen.« Er lässt die Trommel einrasten.

»Mo… Mo… Moment, Partner«, stottere ich. Aber da blicke ich bereits in die Mündung einer .38er.

Kapitel 14

Die erste Kugel säbelt mir einen Streifen meines Bauchfells weg. Ich kann das Kribbeln des Luftzugs spüren, dann treffen mich kleine Mörtelstückchen, die die Kugel beim Einschlag in der Wand hinter mir herausgebrochen hat.

Starr vor Schreck sehe ich, wie sich der Abzugshahn der Waffe ein weiteres Mal senkt.

Die zweite Kugel saust haarscharf unterhalb meiner Eier in einen Schuhkarton. Dort verschwindet sie auf Nimmerwiedersehen. Vielleicht ist das Ding voller Bücher, die die Kugel abgefangen haben, denke ich noch und will mich gerade darüber freuen, dass nicht auch meine Eier jetzt in der Schachtel liegen, da senkt sich schon wieder der Abzugshahn. Keine Zeit für Überlegungen. Ich muss runter von diesem verdammten Schrank.

Mit einem kühnen Hechtsprung versuche ich, einen Sessel zu erreichen. Er hat die gleiche Farbe wie das Sofa. Möglich, dass er eine ähnliche Katapultwirkung hat, denke ich noch, als das Möbelstück mich bereits quer durch den Raum schießt. Im Flug sehe ich, dass die nächste Kugel ein Loch in den Bezug des Sessels reißt. Dann zerfetzt ein weiteres Geschoss die Lampe über mir, und Tausende Splitter regnen herab. Zum Glück habe ich ordentlich Tempo drauf und werde nicht von den umherfliegen Scherben in Stücke geschnitten.

Ich pralle auf die Armlehne des Sofas, was mir die Luft nimmt. Schlaff sacke ich zu Boden und sehe, wie Phil erneut auf mich anlegt. Der Abzugshahn senkt sich, aber statt eines Schusses ist nur ein metallisches Klicken zu hören. Die Waffe hat eine Ladehemmung. Geistesgegenwärtig rolle ich mich zur Seite und gelange so hinter das Sofa, wo ich wenigstens in Deckung bin.

Mein Herz trommelt wie eine ganze Sambatruppe, und ich schnappe nach Luft wie ein Tapir beim Orgasmus – zumindest machen das die Tapire so, die ich kenne. Überflüssig zu erwähnen, dass ich bereits während des Fluges meine Blase nicht mehr kontrollieren konnte. Ich muss ausgesehen haben wie ein sehr seltsames Düngemittelflugzeug.

Als sich mein Herzschlag und mein Atem ein wenig beruhigt haben, fällt mir auf, dass kein weiterer Schuss gefallen ist. Was jetzt? Soll ich hier warten? Oder soll ich versuchen, den Ausgang zu erreichen?

»Ray?«, höre ich Phil nach einer gefühlten Ewigkeit sagen. »Ray! Bist du in Ordnung?« Pause. »Ray! Hörst du mich?« Er klingt, als wäre er gerade einen Marathon gelaufen.

Ist das eine Falle? Will er, dass ich mein Versteck verlasse, damit er mir endgültig eine Kugel in den Pelz jagen kann?

»Ray? Sag doch was.« Seine Stimme hat einen besorgten Ton, aber das muss ja nichts heißen. Wenn er wirklich wahnsinnig geworden ist, dann dürfte ihm jedes Mittel recht sein, mich aus der Deckung zu locken. Ich habe kürzlich einen Western gesehen, der in unserem neuen Digitalkino lief. Das kommt mir jetzt zugute.

»Schieb deine Knarre zu mir rüber«, rufe ich.

Einen Moment lang geschieht nichts, dann rutscht Phils Revolver an mir vorbei und bleibt an der Wand hinter mir liegen.

Vorsichtig luge ich um die Ecke. Phil sitzt auf dem Boden und hat sich gegen die Kommode gelehnt. Er ist blass, wirkt verwirrt und atmet immer noch schwer.

»Ich will deine Hände sehen!«, rufe ich.

Phil hebt anstandslos seine Hände hoch und faltet sie über dem Kopf.

»Hör zu …«, beginnt er in versöhnlichem Ton, aber da bin ich bereits hinter dem Sofa hervorgekommen und habe mich vor ihm aufgebaut.

»GEHT'S NOCH, PHIL? UM EIN HAAR HÄTTEST DU MICH ÜBER DEN HAUFEN GESCHOSSEN!«, brülle ich mit all der Kraft, die ich aus meinem kleinen Erdmännchenkörper herausholen kann. Zu schade, dass mir auch die Fähigkeit, Zornesröte zu zeigen, abgeht. »AUSSERDEM SIEHT DEINE WOHNUNG JETZT AUS, ALS WÄR HIER 'NE HORDE BÜFFEL DURCHGEDREHT. TICKST DU NOCH GANZ RICHTIG?«

Phil sieht mich an, nickt matt und scheint einer Ohnmacht nahe. »Sorry, Kumpel. Ich hab gerade die Nerven verloren. War alles ein bisschen viel in den letzten Tagen.«

Ich bin noch längst nicht damit fertig, ihm die Leviten zu lesen, aber jetzt hat er mir den Wind aus den Segeln genommen. Phil, den ich bislang nur als harten Kerl kenne, wirkt gerade zerbrechlicher als ein Schmetterlingskokon.

»Geht es dir gut?«, frage ich. Klingt komisch, weil ich es schließlich bin, der vor wenigen Sekunden einen Kugelhagel überlebt hat und immer noch wie Espenlaub zittert. Andererseits habe ich ihn noch nie so niedergeschlagen erlebt. Ich erkenne einen Schimmer in seinem linken Auge. Rollt ihm da etwa eine Träne die Wange hinunter?

»Ich könnte 'n Drink gebrauchen«, nuschelt er und reibt verstohlen seinen Kopf an der Schulter.

»Du kannst die Arme wieder runternehmen«, sage ich.

Dann hole ich Phils Flachmann, was ein ordentliches Stück Arbeit ist, weil ich die Lampensplitter großzügig umgehen muss.

»Danke.« Er leert das silberne Fläschchen in einem Zug und sieht mich traurig an. Sein Gesicht lässt mich befürchten, dass er gleich noch mal ein paar Tränen vergießen wird.

»Es tut mir wirklich leid, Ray. Keine Ahnung, was in mich gefahren ist …«, beginnt er und erhebt sich mühsam.

»Schon gut«, unterbreche ich. »Halt hier keine großen Reden. Gib mir lieber auch einen Drink.« Ich vermute, dass ich diese Sätze ebenfalls aus dem besagten Western abgekupfert habe.

Phil versucht ein Lächeln, nimmt mich hoch und setzt mich auf dem Tresen ab, wo ich wenig später einen frischen Drink vor mir stehen habe.

»Auf dich«, sagt Phil.

»Und auf die Liebe«, ergänze ich.

Dann beginnen wir, uns systematisch das fiese Zeug hinter die Binde zu kippen, mit dem Phil einen wesentlichen Teil seines Flüssigkeitshaushaltes bestreitet: Scotch.

Zwei Flaschen später liegt Phil schnarchend auf dem blauen Sofa.

Wir haben viel getrunken und viel geredet. Ich weiß jetzt, dass verliebte Menschen genauso arme Schweine sind wie verliebte Erdmännchen. Und ich verstehe ebenfalls, warum Phil durchgedreht ist. Ich wäre ja auch fast wahnsinnig geworden, als die Sache mit Giaccomo und Elsa ans Licht kam. Im Unterschied zu Phil habe ich zwar nicht wild in der Gegend herumgeballert. Trotzdem wäre ich um ein Haar in einem selbst gegrabenen Erdloch erstickt.

Ich vermute, es ist nur eine Frage des Naturells, wie man mit Liebeskummer umgeht – der Schmerz bleibt immer derselbe. Nebenbei kann ich keinen Revolver bedienen. Könnte ich das, wer weiß, vielleicht hätte ich schon längst Giaccomos Pelzbeutel zersiebt oder im Zoo eine Ausflugsgruppe gemeuchelt. Oder beides. Jedenfalls habe ich beschlossen, Phils Amoklauf nie wieder zu erwähnen. Wäre Phil nicht gewesen, würde ich jetzt irgendwo auf der Touristenmeile kleben, verziert mit dem Reifenprofil eines Berliner Doppeldeckerbusses. Da Phil mir also schon einmal das Leben gerettet hat, werde ich ihm jetzt nicht übelnehmen, dass er es eben auslöschen wollte.

Ich hangele mich an einem Barhocker hoch zum Küchentresen. Obwohl ich von Glas zu Glas immer mehr Wasser in meinen Scotch gegossen habe, spüre ich die Wirkung des Alkohols gewaltig. Ich sehe immer mal wieder doppelt, und meine Bewegungen sind so langsam wie Roxanes Gedankengänge – sofern sie überhaupt welche hat.

Ich spekuliere darauf, dass ein Kaffee mich wieder auf die Beine bringen wird. Leider findet sich in keiner der herumstehenden Tassen auf dem Tresen auch nur ein winziger Rest.

Ich schleppe Constanzes Espressotässchen zur Kaffeemaschine, suche mir einen der vielen Knöpfe aus, drücke darauf und hechte in Deckung.

Hechten kann man eigentlich nicht sagen. Es ist mehr ein Torkeln. Nebenbei stoße ich versehentlich gegen einen Hängeschrank und habe für einen Moment das Gefühl, gleich in eine ähnliche Ohnmacht zu fallen wie Phil. Vielleicht wäre das gar nicht schlecht.

Die Maschine faucht pfeifend heißen Dampf über den Tresen, Phil dreht sich knurrend auf die Seite und dann tröpfelt tatsächlich schwarzer, heißer Kaffee in meine Tasse.

Wenig später geht es mir blendend. Ich habe die Herzfrequenz einer Spitzmaus mit Todesangst, aber die Kopfschmerzen sind verschwunden, und meine Reflexe sind auch wieder normal. Letzteres erkenne ich daran, dass ich in einem Affenzahn Phils

Yuccapalme umgrabe. Dabei rasen meine Gedanken. Wie geht es jetzt weiter? Phil weiß genauso gut wie ich, dass wir sämtliche Indizien sorgfältig geprüft haben. Es wird also zu nichts führen, wenn wir den Fall zum x-ten Mal haarklein durchgehen. Wir bräuchten einen neuen Hinweis, und das heißt, im Grunde können wir nichts anderes tun als warten.

Während die Erde der Yuccapalme durchs Zimmer, gegen die Wand und gegen das Fenster fliegt, beschäftigt mich eine andere Frage wesentlich drängender: Soll ich bei Phil noch einmal das Gespräch darauf bringen, dass ich Constanze im Verdacht habe, kein ehrliches Spiel zu spielen?

Ich habe das eben verständlicherweise nicht angesprochen. Falls ich es doch noch täte, würde ich zuvor alle Waffen aus Phils Reichweite entfernen. Aber die eigentliche Frage lautet: Bringt es überhaupt was, Phil mit Fakten zu konfrontieren, die er nicht akzeptieren will? Gleich habe ich den Boden des Topfes erreicht.

Vielleicht muss Phil selbst herausfinden, ob Constanze es ernst mit ihm meint. Sollte sich herausstellen, dass sie ihn einfach nur benutzt hat, würde das Phil mit Sicherheit einen empfindlichen Nackenschlag versetzen. Aber er könnte dann die Wahrheit nicht mehr leugnen.

Meine Krallen erreichen den Boden des Topfes, kratzen mehr und mehr auf Ton. Ich weiß nicht, ob es der Alkohol oder der Kaffee ist, jedenfalls kann ich nicht aufhören. Wieder und wieder fördern meine messerscharfen Krallen Tonstaub zutage. Und was, wenn ich falschliege? Was habe ich Constanze eigentlich vorzuwerfen? Etwa, dass Angst in ihren Augen zu sehen war? Das ist lächerlich wenig für einen Verdachtsmoment. Warum soll sie außerdem einen Detektiv damit beauftragt haben, ihren Vater zu finden, wenn sie irgendwas mit dessen Verschwinden zu tun hätte? Das ist unlogisch. Oder wie Rufus sagen würde: hochspekulativ.

Ich lasse mich erschöpft neben den Topf sinken. Der Gedanke an meinen Bruder und meine Familie lässt mein Herz ein bisschen ruhiger schlagen. Hab ich da gerade etwa so was wie Sehnsucht nach den Nervbacken aus meinem Bau verspürt? Jedenfalls lernt man das Leben offensichtlich schätzen, wenn man dem Tod binnen kürzester Zeit gleich mehrmals von der Schippe springt.

Ich liege da, lausche meinem Atem, der sich langsam beruhigt, und betrachte das Chaos, das ich angerichtet habe. Überall liegt feuchte Erde herum. Sie klebt in den Ritzen des Holzfußbodens und bedeckt weite Teile jener Wand und jenes Fensters, die sich in der Ecke treffen, wo die Yuccapalme steht – oder vielmehr stand. Da ihr die Erde fehlt, ist sie auf die Seite gekippt und sieht jetzt aus, als wäre ihr schlecht vor Hunger und Durst. Wenn Phil diese Bescherung sieht, wird er mich gleich noch mal zur Melodie seiner .38er tanzen lassen.

Ich sollte wenigstens ein bisschen Ordnung schaffen, denke ich, erhebe mich und beginne, das Fenster zu säubern. Es ist inzwischen zappenduster draußen, nur mit Mühe erkennt man die Dächer der gegenüberliegenden Häuser. Wenn ich mich ein wenig strecke, kann ich die Straße sehen. Direkt vor Phils Haus befindet sich ein Laden, der offenbar nie geschlossen hat, zumindest dem Neonschriftzug und den erleuchteten Schaufenstern nach zu urteilen. Würde mich interessieren, was das für ein Geschäft ist. Rufus hat recht. Wer lesen kann, ist klar im Vorteil.

Gerade will ich mich wieder meinen Aufräumarbeiten zuwenden, da stockt mir der Atem. Die Tür des Ladens, der niemals schläft, öffnet sich, und eine Frau tritt ins Freie. Sie trägt zwei Plastiktüten und geht mit schnellen Schritten die Straße hinunter. Ich muss ein zweites Mal hinsehen, um mir sicher zu sein, dass ich mich nicht täusche. Dann weiß ich, dass dort unten Bea, unsere verschwundene Eisverkäuferin, vorbeispaziert.

»Phil! Wach auf! Wir müssen los! Phil! Hörst du mich?!«

Ein Knurren. Phil öffnet nicht einmal die Augen. In einem Zeichentrickfilm würde ich jetzt auf ihn draufklettern und ihm die Augenlider hochziehen. Darunter wäre dann zu lesen: Außer Betrieb. Doch dies ist kein Zeichentrickfilm, sondern harte Realität. Jetzt gerade haben wir die große Chance, den Fall des verschwundenen Hanno von Sieversdorf doch noch zu lösen.

Ich krabbele aufs Sofa und klettere auf Phils Schulter. »Phil! Phiiiil! Phiiiiiiiiil!«, brülle ich in sein Ohr, aber ohne Erfolg.

Auch wilde Hüpfer auf seiner Schulter bringen nichts. Eher im Gegenteil, denn nun fordern Kaffee, Alkohol und meine plötzliche Nervosität ihren Tribut: Ich muss mich übergeben.

Mit Mühe schaffe ich es zum Yuccapalmentopf. Phil hat nichts mitbekommen, er schläft weiterhin wie ein Toter. Panisch laufe ich zum Fenster und sehe, dass Bea sich ein gutes Stück entfernt hat. Gleich wird sie irgendwo abbiegen und dann hat sich unsere Chance erledigt.

Ich spüre Nachtluft im Nackenfell. Eines der Fenster ist einen Spalt geöffnet. Leider ist es nicht jenes, das auf den Austritt zur Feuerleiter führt, über die man auf die Straße gelangen könnte. Ich müsste vielmehr über einen schmalen Sims balancieren, aber das ist Wahnsinn. Vor allem, wenn man wie ich Unmengen von Scotch und Kaffee intus hat.

Bevor ich den letzten Gedanken zu Ende gedacht habe, stehe ich bereits auf dem Sims. Es gibt einige Tiere, die diese Situation lässig meistern würden. Als jemand, der gewöhnlich unter der Erde lebt, gehöre ich nicht dazu. Zitternd vor Angst, taste ich mich zum rettenden Geländer vor. Es ist schon zum Greifen nahe, da landet direkt vor mir eine Taube.

»Such dir 'n anderen Platz, Kumpel«, sagt sie und sieht dann seelenruhig zu, wie ich vor Schreck abrutsche und ins bodenlose Dunkel taumele.

»Witzig, du kannst ja gar nicht fliegen«, höre ich sie noch sagen, derweil ich bereits schreiend Richtung Asphalt stürze. Langsam scheint es so etwas wie mein Hobby zu werden, regelmäßig den Tod vor Augen zu haben.

Ein weiches, großes Kissen fängt meinen Sturz ab. Ich gleite zu Boden und stelle nicht nur erstaunt fest, dass ich noch am Leben bin, sondern auch, dass es nieselt. Und es riecht nach Hund. Fast im gleichen Moment dreht sich das Kissen um, und die furchterregende Kauleiste eine Bernhardiners blafft mich an: »Tu das nie wieder, Kleiner!«

»Alles klar«, erwidere ich knapp, mache mich schnell aus dem Staub und sehe gerade noch, wie Bea in eine Seitenstraße einbiegt.

Ein paar Minuten später habe ich die Hoffnung aufgegeben, jemals wieder zu Phils Wohnung zurückzufinden. Bea meidet die beleuchteten und teilweise noch belebten Straßen und bewegt sich stattdessen über Schleichwege auf einem Zickzackkurs durch die Stadt. Schon jetzt habe ich die Orientierung verloren, was kein Wunder ist, da mein Orientierungssinn sowieso nur für relativ überschaubare Höhlensysteme ausgelegt ist. Und seitdem Rufus unser Gehege nicht nur kartiert, sondern auch logisch gegliedert und obendrein an kritischen Stellen mit blinkenden Hinweislichtern versehen hat, scheint mir auch das Gefühl für Himmelsrichtungen abhandengekommen zu sein.

Während ich noch darüber sinniere, was ich wohl machen werde, wenn ich das Ziel von Beas nächtlichem Spaziergang kenne, weht mir eine Windböe einen Schwall Nieselregen ins Gesicht. Zugleich stürze ich im Halbdunkel über einen undefinierbaren Gegenstand.

Kaum hab ich mich wieder hochgerappelt, sehe ich gerade noch, wie Bea in eine Seitengasse einbiegt. Ich will ihr folgen, aber da ergreift mich eine Pranke mit Pulswärmern, und ein Feuerzeug flammt auf. Der Gegenstand, über den ich gestolpert bin, ist ein löchriger Schuh, der zu einem Obdachlosen gehört.

»Du verdammte Ratte wolltest mich beißen, was?« Sein Atem riecht fast so schlecht wie seine Klamotten. »Dafür werd ich dir den Hals umdrehen.«

Im nächsten Moment wollen sich seine Finger um meinen Hals zusammenziehen. Da ich keine Zeit für lange Erklärungen habe, jage ich ihm meine Krallen in den Handrücken und husche wortlos in die Dunkelheit, begleitet von seinen wilden Flüchen. Atemlos erreiche ich die Ecke, hinter der Bea eben verschwunden ist. Meine schlimmste Befürchtung bewahrheitet sich: Sie ist weg.

Ich sprinte bis zum Ende der Straße, spähe nach allen Seiten. Aber auch hier ist sie nicht. Ich versuche es an der nächsten Querstraße, dann laufe ich auch noch zur anderen Seite, habe aber die Hoffnung schon aufgegeben. Kurz darauf habe ich Gewissheit: Bea ist mir durch die Lappen gegangen.

Wenn es jemals so ausgesehen hat, als hätte ich Talent für eine Karriere als Detektiv, dann habe ich heute Nacht eindrucksvoll das Gegenteil bewiesen. Enttäuscht und ermattet lasse ich mich auf einen Treppenabsatz sinken. Das war sie also, unsere große Chance. Und ich habe sie verbockt. Aus und vorbei. Pa hatte den richtigen Riecher, als er Rocky zum Clanchef ernannt hat. Ich bin nichts weiter als ein völlig durchschnittliches Erdmännchen.

»Willst du auch zu Holly?«, höre ich eine samtige Stimme fragen.

Ich hebe den Kopf. Vor mir steht eine Siamkatze. Eigentlich ist es noch ein Kätzchen. Sie hat schneeweißes Fell, ist parfümiert und trägt eine rote Schleife um den Hals. Ziemlich kess, zumal ich nicht darauf wetten würde, dass die Kleine volljährig ist.

»Ich hab mich verlaufen«, antworte ich wahrheitsgemäß.

»Wie süß. Bist du neu in der Stadt?«

»Gewissermaßen.«

Sie überlegt. »Komm doch einfach mit hoch. Holly lernt gern neue Leute kennen. Drinks und Essen gibt es genug. Wie immer, wenn Holly eine Party schmeißt.«

Am Tiefpunkt meines Lebens angekommen, werde ich von einem Siamkätzchen zu einer Party eingeladen. Nun gut. Es gibt Schlimmeres.

»Ich bin übrigens Ray«, sage ich.

»Hallo Ray«, sagt das Kätzchen. »Ich heiße Pussy.«

Kapitel 15

Pussy hat mächtig untertrieben. Als ich den Ort des Geschehens betrete, bin ich für einen Moment sprachlos. So ähnlich stelle ich mir den Wiener Opernball vor. Oder die Oscarverleihung. Man spürt jedenfalls gleich, dass hier Tiere von Welt versammelt sind, und das Ambiente wirkt ungleich stilvoller als die Provinzdiskothek in unserem Bau. Die Jüngsten aus dem Clan könnten sich hiervon eine dicke Scheibe abschneiden.

Das Loft ist elegant eingerichtet und wird von einem überdachten Balkon eingerahmt, auf den jene Gäste ausweichen, denen es drinnen zu eng wird. Und drinnen ist es verdammt eng. Mit der anwesenden Gesellschaft könnte man mühelos mehrere Zoohandlungen eröffnen. Neben Unmengen von Katzen und kleinen Hunden sehe ich alle Arten von Nagern, außerdem Geflügel, ein paar Amphibien und einige Schlangen. Angesichts meiner angeborenen Angst vor Puffottern macht es mich zwar nervös, dass auch Schlangen zu dieser Party eingeladen sind, aber das lasse ich mir nicht anmerken. Ich will ja nicht als Provinzerdmännchen erscheinen.

Die Gastgeberin ist eine vornehme Perserkatze mit seidig schimmerndem Fell, einem Glitzerhalsband und einer langen Zigarettenspitze. Diese wird ihr von einem Nerz namens Paul hinterhergetragen, der offensichtlich Hollys persönlicher Assistent ist. In Wahrheit gehört das Loft natürlich nicht Holly, sondern ihrer Besitzerin, einem Bademodenmodel, das dauernd unterwegs ist. Eine Zugehfrau schaut alle paar Tage mal rein, meistens hat Holly aber sturmfreie Bude, was sie ausgiebig nutzt, um Partys zu feiern. All das soll ich laut Pussy aber nicht erwähnen, weil stilvolle und kultivierte Haustiere auf Partys nicht über ihre Herrchen und Frauchen zu reden pflegen.

»Ray«, wiederholt Holly lächelnd, als Pussy mich vorstellt. »Ich kannte mal einen Ray in den Docks von San Francisco. Wir waren jung, wild und verliebt, hausten in einem ausrangierten Zeitungskasten und lebten trotzdem wie die Könige, weil es täglich die erlesensten Delikatessen gab. Man musste einfach nur zugreifen. Eine herrliche Zeit war das. Kennen Sie San Francisco, Ray?«

»Leider nein«, antworte ich. »Aber mein Bruder würde sich gern einmal den Zoo von San Diego ansehen.«

Holly lacht schallend und wirft dabei theatralisch ihren Kopf in den Nacken. »Den Zoo von San Diego!« Sie schenkt Pussy ein anerkennendes Lächeln. »Dein Freund hat wirklich Humor! Mehr kann man ja bekanntlich von seinen Gästen nicht erwarten. Es freut mich jedenfalls, dass ihr beide da seid. Amüsiert euch gut!«

Noch bevor wir uns für die freundliche Begrüßung bedanken können, ist Holly elegant zu ihrem nächsten Gast gehuscht, einem enorm dicken Hamster mit Augenklappe. »Oberst Petrejev. Es ist mir eine besondere Freude! Böse Zungen haben schon behauptet, Sie wären unter ihr eigenes Rad gekommen.«

Der Hamster stutzt, dann scheint er lachen zu müssen, bekommt aber einen Hustenanfall und drückt dabei seine Pfote in die Leistengegend. Vielleicht eine alte Kriegsverletzung, denke ich und würde die Szene gerne noch länger beobachten, aber Pussy zieht mich entschlossen ins Gewühl.

Die Luft ist schwer von Tabakqualm, Parfüm und Essensdüften. Darüber liegt ein zartes Fruchtaroma. Letzteres stammt von dem Zeugs, das hier alle trinken. Es heißt Schampus, und im Gegensatz zu Phils Alkohol macht es nicht schwermütig, sondern lustig. Außerdem prickelt es im Bauch.

»Wo hast du DEN denn aufgegabelt?«, höre ich eine Stimme sagen.

Ich bin noch damit beschäftigt, mich zunehmend für Schampus und Jazz zu begeistern. Beides versetzt den Saal in einen angenehmen Groove. Leider kann ich die Band nicht sehen, weil zwei junge Gänse, die sich über Werbeshootings für Romantikhotels austauschen, mir die Sicht versperren.

»Darf ich vorstellen, das ist Ray«, höre ich Pussy sagen. Um nicht unhöflich zu erscheinen, drehe ich mich rasch zu ihr um.

»Freut mich«, sage ich und will die Musik loben, verstumme aber abrupt. Vor mir stehen zwei Chihuahuas mit hochtoupierten Haaren, goldenen Schleifen und dunkel nachgezogenen Augenrändern. Wenn ich mich nicht extrem beherrsche, dann muss ich jetzt gleich losprusten.

»Das sind Rico und Ronaldo«, sagt Pussy.

Ich stehe da und beherrsche mich.

»Und du bist also Ray«, sagt eines der Hündchen und mustert mich ausgiebig. Es scheint, als würde ihm etwas missfallen.

»Sitzt mein Fell nicht richtig?«, frage ich.

Pussy verkneift sich ein Lachen, Rico und Ronaldo sehen mich reglos an.

»Schon okay«, erwidert das andere Hündchen spitz. »Ich dachte nur nicht, dass Fell pur in Gesellschaft schon wieder tragbar ist.«

Rico und Ronaldo werfen sich zufriedene Blicke zu. Ich habe von Mode keine Ahnung und schweige deshalb.

»Ich habe Ray eben erst getroffen«, erklärt Pussy entschuldigend. »Er hatte überhaupt keine Zeit, sich was Passendes anzuziehen.«

Die Hündchen nicken herablassend, was mich ärgert.

»Ich hätte mir aber auch mit genügend Zeit keine goldene Schleife umgebunden«, ergänze ich freundlich.

»Kann es sein, dass du ein Problem mit Avantgarde hast?«, fragt eines der Hündchen pikiert.

»Überhaupt nicht«, erwidere ich, was schon deshalb stimmt, weil ich gar nicht weiß, was Avantgarde ist.

»Aber …?«, fragt das andere Hündchen mit süffisantem Lächeln.

»Aber ich mag es nicht, wenn mir zwei geschminkte Hunde sagen wollen, wie ich rumzulaufen habe«, rutscht es mir raus.

Schweigen.

Rico und Ronaldo rümpfen in Zeitlupe ihre Näschen. Dann nicken die beiden der erschrocken wirkenden Pussy zu, um sich im nächsten Moment synchron abzuwenden, ohne mich eines weiteren Blickes zu würdigen.

»Spinnst du, Ray? Du musst hier höllisch aufpassen, mit wem du es dir verscherzt«, flüstert Pussy aufgeregt. »Rico und Ronaldo sind die angesagtesten Designer der Stadt. Wenn du bei denen unten durch bist, dann kannst du es dir abschminken, in der Modebranche Fuß zu fassen.«

»Du meinst, es besteht die Gefahr, dass ich doch kein Topmodel werde?«, frage ich.

Pussy nickt ernst. Dann schaut sie plötzlich an mir vorbei, legt den Kopf ein wenig schief und lächelt breit. »Da ist ja mein Verlobter Arty. Ich muss euch unbedingt miteinander bekannt machen. Lauf nicht weg, Ray!«

Mit diesen Worten verschwindet Pussy im Getümmel.

Ich überlege nicht lange und beginne, mich in Richtung Bühne durchzuarbeiten. Noch immer habe ich keinen Blick auf die Band erhaschen können. Auf dem Weg schnappe ich mir von einem der umherschwebenden Tabletts noch ein Glas Schampus. Man kann praktisch keine fünf Schritte gehen, ohne einer Ratte im Frack zu begegnen, die ein Tablett mit langstieligen Gläsern durch die Menge balanciert. Es wird mir ein großes Vergnügen sein, Rocky zu erzählen, dass die blutrünstigen Kanalratten, die ihn fast gekillt hätten, mir heute Nacht Schampus serviert haben. Wie ich am Rande erfahre, gibt es ganze Heerscharen von Ratten, die dem tristen Leben in der Kanalisation entfliehen wollen und sich deshalb als Köche, Kellner, Bodyguards oder Personal Trainer verdingen.

Als ich mich an zwei philosophierenden Dackeln vorbeigezwängt und endlich bis zur Bühne vorgearbeitet habe, sehe ich gerade noch, wie die Musiker zusammenpacken. Offenbar habe ich eine Konzertpause erwischt. Ein Stinktier mit blaugrüner Punkfrisur erklimmt die Bühne, um mit zwei iPhones psychedelische Musik zu machen. Magnus aus dem fünften Wurf hat mir das Stinktier mal im Internet gezeigt. Es nennt sich DJ Skunk und gilt als wichtigster Vertreter des sogenannten Animal-Psycho-Trance. Nicht mein Fall, aber offenbar erfolgreich.

Weil ich DJ Skunk beobachte, merke ich nicht, dass ich der Sängerin der Jazzband im Weg stehe.

»Sorry ...?«

Mir stockt der Atem. Wüsste ich es nicht besser, würde ich glauben, Elsa stünde gerade vor mir. Die Chinchillalady bemerkt mein Erstaunen.

»Kann ich etwas für dich tun? Möchtest du vielleicht ein Autogramm?«

Ich nicke und trete verdattert zur Seite, damit die anderen Musiker vorbeikönnen.

Sie zieht lächelnd eine Karte und einen Stift aus ihrem Handtäschchen. Während sie das Foto signiert, habe ich Gelegenheit, sie mir genauer anzusehen. Obwohl die Jazzlady älter ist und obendrein verlebter aussieht als Elsa, ist die Ähnlichkeit frappierend.

»Viel Spaß damit, Kleiner«, sagt sie, reicht mir die Karte und wendet sich ab, um ihrer Band zu folgen.

»Kennen Sie zufällig eine Elsa?«, rufe ich ihr hinterher.

Nicht nur die Jazzlady hält inne. Auch ein Wiesel mit Halbglatze und einem roten Halstuch dreht sich zu mir um. Das Wiesel hat eine Mundharmonika unter den Vorderlauf geklemmt und sieht damit aus, als müsste es gleich noch auf einem Mississippidampfer auftreten.

»Was ist los dir mit, Mann?«, will das Wiesel wissen. »Bist du betrunken? Oder kannst du nicht lesen?« Es zeigt auf die Autogrammkarte, die ich in den Klauen halte, dann auf die Jazzlady. »Das hier ist Elsa.«

»Schon gut, Billy«, mischt sich die Jazzlady ein und mustert mich. »Geht schon mal vor, ich regele das hier mit …« Sie sieht mich fragend an.

»Ray«, sage ich.

Sie nickt, und während das Wiesel kopfschüttelnd der Band hinterhertrottet, zieht die Jazzlady mich mit sanfter Gewalt neben die Bühne, wo es etwas ruhiger ist.

»Was sollte das denn?«

»Ich kann wirklich nicht lesen«, gebe ich zu. »Und ich kenne eine Elsa, die Ihnen wie aus dem Gesicht geschnitten ist.«

In Ihren Augen flackert ein Gemisch aus Argwohn und Hoffnung. »Das müsste ein verdammt großer Zufall sein«, sagt sie.

»Ich glaube, dass die Ähnlichkeit kein Zufall ist«, erwidere ich und überlege, ob ich vielleicht doch das Zeug zu einem Schnüffler habe.

»Ich habe eine kleine Halbschwester, die ebenfalls Elsa heißt«, sagt sie nach kurzem Zögern. »Früher sind wir zusammen aufgetreten. Bevor ich Billy und die Jungs kennengelernt habe.«

»Elsa war Sängerin?«, frage ich erstaunt.

»Sie war ein Ausnahmetalent. Wahrscheinlich wäre ein Star aus ihr geworden, wenn sie dem Druck standgehalten hätte.« Die Jazzlady zwinkert nervös mit den Augen. Eine Reihe ihrer falschen Wimpern hat sich gelöst. Vorsichtig zieht sie das Ding ab und sieht nun noch ein bisschen müder und verlebter aus als zuvor. »Eines Tages ist sie einfach ausgestiegen. Wollte von heute auf morgen ein neues Leben anfangen. Irgendwo, wo sie keiner kennt.«

Ich lese in ihren Augen, dass sie sich Sorgen um ihre kleine Halbschwester macht.

»Es geht ihr gut«, sage ich, und nach kurzer Überlegung füge ich hinzu: »Ich könnte ihr eine Nachricht zukommen lassen.«

Elsa, die Ältere, wirkt erfreut, dann überlegt sie einen Moment. »Wir spielen jeden Mittwoch im *Pinguin*. Das ist der Club, in dem ich mit Elsa zum ersten Mal aufgetreten bin.«

Ich nicke. »Gut. Werde ich ihr sagen.«

Sie lächelt dankbar. »Und sag ihr bitte auch, dass ich mich sehr, sehr freuen würde, sie wiederzusehen. Sehr.«

Sie wischt sich verstohlen eine Träne aus dem Augenwinkel. Dabei lösen sich auch die zweiten falschen Wimpern. Vorsichtig zieht sie auch die ab, nickt zum Abschied und verschwindet in der Menge.

Jetzt wird mir einiges klar. Elsas elegante Bewegungen, ihr Sinn für glamouröse Auftritte und nicht zuletzt ihre betörende Stimme sind nicht einfach ein Geschenk der Natur, sondern das Ergebnis einer Bühnenausbildung. Hätte nicht die Sache mit Giaccomo meiner Liebe zu Elsa den Dolchstoß versetzt, wäre es wohl die Erkenntnis gewesen, dass ihr ganzes Auftreten so unecht ist wie die Wimpern ihrer Halbschwester. Dass ich Beas Spur verloren habe und auf dieser Party gelandet bin, ist also Glück im Unglück. Je mehr Risse Elsas Denkmal bekommt, desto wahrscheinlicher ist es, dass ich sie eines Tages vergessen kann. Und in den letzten Minuten hat Elsas Denkmal verdammt viele Risse bekommen.

Gerade jetzt habe ich sogar das Gefühl, mein gebrochenes Herz könnte spontan zu heilen beginnen. Das liegt aber nicht allein an der Geschichte, die ich eben gehört habe, sondern auch an den provozierenden Blicken eines langbeinigen und überaus attraktiven Zigarettenmädchens. Die Wüstenspringmaus bugsiert ihren Bauchladen zielsicher in meine Richtung und schaut mir dabei direkt in die Augen.

»Was zu rauchen, Darling?«, haucht sie mir ins Ohr.

Ich schüttele den Kopf und spüre ein Prickeln am ganzen Körper, denn sie schmiegt sich deutlich enger an mich, als es aus Platzgründen nötig wäre.

»Kann ich sonst noch was für dich tun, Sweetheart?« Es klingt genauso anzüglich, wie es wahrscheinlich auch gemeint ist.

Keine Ahnung, wie ich zu diesem Flirt komme, aber wenn auf dieser Party so lockere Sitten herrschen, dann werde ich nicht lange darüber nachdenken, sondern das Beste aus der Situation machen.

»Vielleicht können wir später noch irgendwo einen Kaffee trinken?«, schlage ich vor und versuche, gewinnend zu lächeln.

Sie sieht mich an und schürzt ihre knallroten Lippen. »Baby, ich will mit dir keine Familie gründen. Ich will ein bisschen Spaß.«

Ich ahne zwar, dass die Zigarettenmaus mir gerade ein eindeutiges Angebot macht, will mich aber rückversichern, dass ich hier nichts falsch verstehe. Wer weiß? Ich kenne bislang nur Roxanes Annäherungsversuche, und im Vergleich zu dieser Zigarettendame wirkt meine Schwester wie ein schüchternes Mauerblümchen.

»Und … ein bisschen Spaß … das soll heißen …?«, taste ich mich vor.

»Ein Quickie in der Wäschekammer«, erwidert sie prompt und ohne mit der Wimper zu zucken. »Du folgst einem der Kellner Richtung Küche und gehst im hinteren Teil durch eine grüne Tür. Das ist die Wäschekammer, und da warte ich auf dich. Von jetzt an genau fünf Minuten. Aber keine Sekunde länger.«

Keine Ahnung, wie lange fünf Minuten sind, aber es klingt nach einer eher kurzen Zeit. Nachdem die Zigarettenmaus, deren Namen ich nicht einmal kenne, wieder im Getümmel verschwunden ist, muss ich mich kurz sammeln. Die Aussicht darauf, gleich Sex mit einer verlotterten Wüstenspringmaus zu haben, ist einerseits aufregend, andererseits frage ich mich, ob mein Interesse für exotische Frauen nicht doch bedenklich ist. Vielleicht hat Rufus recht, und ich bin in dieser Hinsicht etwas aus der Art geschlagen. Andererseits, was interessiert mich das, solange mir süße, kleine Wüstenspringmäuse unmoralische Angebote machen?

Während ich die Tür zur Wäschekammer öffne, durchzuckt mich der Gedanke, dass hier irgendetwas nicht stimmt. Keine Ahnung, wie ich darauf komme, aber ich spüre ein mulmiges Gefühl in der Magengegend. Da ich jedoch das Zigarettenmädchen erblicke, schiebe ich meine Bedenken beiseite. Sie räkelt sich lasziv auf einer Dose Heringshappen und begrüßt mich mit einem breiten Lächeln und den Worten: »Du hast dir Zeit gelassen, Cowboy.«

»Wenn du möchtest, kann ich mich ja jetzt beeilen«, erwidere ich so lässig, wie es mir unter den gegebenen Umständen möglich ist. Eigentlich bin ich nämlich ziemlich nervös, weil ich noch nie in einer fremden Gegend auf einer fremden Party mit einem fremden Zigarettenmädchen Sex hatte.

Ich höre die Tür ins Schloss fallen und stutze, weil sie sich ohne mein Zutun geschlossen hat. Im gleichen Moment lese ich in den Augen des Zigarettenmädchens, dass meine Befürchtung von eben völlig richtig war. Hier stimmt etwas nicht. Genauer gesagt: Das hier ist eine Falle, und ich Idiot bin hineingetappt, obwohl ich den Braten gerochen habe. Ich kann also meinen Instinkten vertrauen. Das ist die gute Nachricht. Die schlechte lautet: Wenn ich mich zwischen meinen Instinkten und meinem Schniedel entscheiden muss, gewinnt mein Schniedel. Mit einer solchen Veranlagung kann man vielleicht Pornodarsteller werden, aber sicher kein erstklassiger Detektiv.

Ich wirbele herum und schaue in die Schlägervisagen von drei Frettchen, die bis an die Zähne bewaffnet sind. Entschlossen hebe ich meine messerscharfen Krallen und gehe in Angriffsstellung. Mag sein, dass meine Chancen gering sind, aber ich werde mich nicht kampflos ergeben. Ich warte auf den Angriff, doch nichts geschieht.

Es dauert einen Moment, bis ich begreife, dass es keine gute Idee war, dem Zigarettenmädchen den Rücken zuzuwenden. Als ich mich nach ihr umdrehe, ist es zu spät. Ich sehe einen riesengroßen Holzkochlöffel auf mich zurasen und habe leider nicht die geringste Chance, ihm auszuweichen. Dann spüre ich einen brennenden Schmerz auf der Stirn, und um mich herum wird es schlagartig tiefe Nacht.

Ich erwache in einem Käfig, der nach Katze riecht. Er steht mit anderen Käfigen in einem winzigen, fensterlosen Raum. Dem Geruch des Raumes nach zu urteilen befinde ich mich nicht mehr in der Wohnung von Holly.

Meine Birne fühlt sich an wie Kompott. Nur langsam kann ich mich erinnern. Das Zigarettenmädchen. Die Frettchen. Der Schlag auf den Kopf. Wie lange war ich bewusstlos? Wo bin ich? Und was hat man mit mir vor?

»'tschuldigung, kann mir vielleicht jemand sagen, wo wir hier sind?«, frage ich freundlich in die Runde.

Keine Reaktion.

Gleich links neben mir steht ein Käfig, in dem ein Bonobo hockt, der apathisch vor sich hinstiert.

»Hey! Kumpel, weißt du zufällig, wo wir sind?«, frage ich. Bonobos mögen es, wenn man sie wie langjährige Freunde behandelt, auch wenn man sich gerade erst kennengelernt hat.

»Lass den mal in Ruhe. Der Junge ist fertig«, wirft ein farbenprächtiger Papagei in einem Käfig zu meiner Rechten ein. »Sie haben ihn im tiefsten Afrika geschnappt. Hatte bis dahin noch nie Menschen gesehen. Auch keine Schiffe, keine Flugzeuge und erst recht keine Stadt. Hat den Guten ein bisschen überfordert. Deshalb sind ihm die Sicherungen rausgeflogen.«

Ich mustere meinen eloquenten gefiederten Nachbarn.

»Luis Pedro José Galvárez. Aber du kannst Lu zu mir sagen.«

»Freut mich Lu, ich bin Ray. Und du kennst dich hier also aus?«

»Kommt drauf an, was du wissen willst.«

»Alles«, erwidere ich. »Ich bin leider völlig ahnungslos.«

»Bist du sicher, dass du die ganze Wahrheit hören willst?«

Ich zucke mit den Schultern. Nach allem, was ich erlebt habe – was soll mich da jetzt noch aus der Ruhe bringen?

Der Papagei streckt sich. »Nun gut. Wir sind im Hinterzimmer einer Zoohandlung. Wenn du dich umsiehst, wirst du feststellen, dass sich hier keine Haustiere befinden. Alle in diesem Raum stehen unter Artenschutz, was heißt, dass mit ihnen kein Handel getrieben werden darf.«

»Aber?«, frage ich und ahne noch immer nicht, was jetzt kommt.

»Aber einige Menschen nehmen es nicht so genau mit Verboten. Sie machen trotzdem Geschäfte mit uns. Illegal. Wir werden unterm Ladentisch verkauft. An sogenannte Liebhaber, die es nicht an die große Glocke hängen, dass sie seltene Tiere im Keller halten.«

Wie schon bei dieser Sache mit der Zigarettenmaus bekomme ich auch jetzt ein mulmiges Gefühl in der Magengegend. »Du meinst, wir sollen bei irgendwelchen Leuten quasi als Haustiere leben? Etwa … allein?«

Lu wiegt bedächtig den Kopf. »Ich hab dich ja eben gefragt, ob du wirklich die ganze Wahrheit wissen willst.«

»Aber das kann doch nicht wahr sein«, erwidere ich fassungslos. »Ich soll meinen Clan nie wiedersehen? Und ich soll in einem Keller leben? Bin ich etwa eine gottverdammte Ratte?«

»Keine Sorge«, sagt Lu gelassen. »Ich habe das alles schon ein paarmal erlebt. Es gibt immer irgendeine Fluchtmöglichkeit. Man muss nur lange genug warten können.«

»Und wie lange ist lange genug?«, will ich wissen.

»Ein paar Monate. Vielleicht ein Jahr, vielleicht auch zwei«, mischt sich eine Schildkröte aus dem gegenüberliegenden Regal ein. »Aber spielt das eine Rolle? In Gefangenschaft ist ein Tag wie der andere. Irgendwann verliert man jedes Zeitgefühl.«

»Das ist Mr Dickens«, raunt Lu mir zu. »Ich hab läuten gehört, er ist über hundert Jahre alt und hat den größten Teil davon in Gefangenschaft verbracht.«

»Da haben Sie richtig gehört, Sir«, erwidert Mr Dickens, der offenbar jedes Wort verstanden hat. »Seit wir Indien den Indern zurückgegeben haben, ist es stetig abwärtsgegangen. Nicht nur mit mir und dem Commonwealth, sondern mit diesem ganzen bemitleidenswerten Planeten …«

»Kann mal jemand diesen scheiß Royalisten abstellen?«, beschwert sich ein Fischotter im Regal unter Mr Dickens. »Ich hab mir diesen Schwachsinn schon gestern anhören müssen.«

»Kanadier«, erwidert Mr Dickens abschätzig. »Können nichts

als Fische fangen und dumme Sprüche klopfen.« Dann zieht sich der alte Schildkröterich schmollend in den hinteren Teil seines Käfigs zurück.

»Hast du eigentlich eine Ahnung, wie lange ich schon hier bin, Lu?«, will ich von meinem Käfignachbarn wissen.

»Gestern warst du noch nicht da. Ich schließe daraus, dass du seit einer Nacht und einem Tag hier sein musst.«

»War ich etwa den ganzen Tag über bewusstlos?«

Lu nickt. »Der Laden schließt gleich.«

Erst jetzt merke ich, dass mir meine Zunge wie ein trockener Lappen im Maul hängt. Außerdem knurrt mein Magen wie ein Steppenwolf mit extrem schlechter Laune.

»Wann gibt es hier denn was zu beißen?«, will ich wissen.

»Kurz nach Ladenschluss schauen potentielle Käufer vorbei. Entweder kommst du dann zu einem neuen Herrchen, oder du verbringst hier eine weitere Nacht und kriegst den Standardfraß, den wir alle bekommen.« Obwohl die mimischen Fähigkeiten von Papageien noch beschränkter sind als die von Erdmännchen, glaube ich, Lu anzusehen, dass er gerade angewidert sein Gesicht verzieht. »In deinem Käfig müsste außerdem eine Schüssel mit Brackwasser stehen. Wahrscheinlich hast du sie versehentlich unter dem schimmeligen Stroh vergraben«, ergänzt Lu.

Während der Streit zwischen Mr Dickens und dem kanadischen Fischotter neu aufflammt, weil Mr Dickens eine böse Bemerkung über Lachs fischende Analphabeten ins Halbdunkel geflüstert hat, fühle ich mich bleiern. Der Gedanke daran, dass mein bisheriges Leben nun vorbei sein soll, schnürt mir das Herz ein. Kann das wirklich wahr sein? Werde ich nie wieder meine nervige Familie sehen? Werde ich nie wieder einen Blick in den Käfig dieser herzlosen Schlampe Elsa werfen? Werde ich nie wieder von missratenen Schülern mit Pausenbroten beworfen? Und werde ich nie wieder die Sonne über diesem Moloch von Stadt aufgehen sehen?

Mein nächster Gedanke ist: Ich muss aus diesem verdammten Hinterzimmer heraus, egal wie. »Lass uns abhauen, Lu. Du hast eben selbst gesagt, dass es immer eine Möglichkeit gibt.«

Lu schüttelt den Kopf. »Vergiss es, Ray. Ich wüsste nicht, wer es je geschafft hat, aus diesem Laden rauszukommen. Du musst Geduld haben und dann noch das Glück, dass dein neuer Besitzer ein bisschen nachlässig ist, was die Sicherheitsvorkehrungen betrifft.«

Ich spüre, wie sich meine bleierne Angst in lodernde Verzweiflung verwandelt. Während sich Mr Dickens und der Fischotter Bosheiten zufauchen und ein Ozelot darüber jammert, dass er bei dem Krach nicht schlafen kann, höre ich durch die geschlossene Tür zum Verkaufsraum eine vertraute Stimme. Eigentlich ist es mehr ein unverständliches Brummen, und doch würde ich diesen Ton unter tausend anderen Tönen erkennen.

»Phil!«, rufe ich lauthals, und sofort wird es um mich herum still. »Phiiil!«

»Wer ist denn Phil?«, will Lu wissen.

»Mein Freund und Partner. Phiiiiiil!«

»Partner? Was denn für ein Partner?«, fragt der Fischotter.

»Ich bin Detektiv«, erkläre ich. »Und ich arbeite mit einem Menschen zusammen.« Wieder will ich Phils Namen rufen, aber in diesem Moment erhebt sich lautstarkes Gelächter.

»Ruhe, verdammt«, brülle ich, besorgt darüber, dass Phil mein Rufen überhören könnte.

»Ein Detektiv«, höhnt Mr Dickens. »Wenn neuerdings Erdmännchen Detektive werden, dann sollte ich vielleicht mal versuchen, mich als Wache am Buckingham Palast zu bewerben.«

Wieder Gelächter.

»Bitte, könnt ihr nur ein paar Sekunden ruhig sein«, appelliere ich verzweifelt an die schnatternden, quiekenden, grunzenden und schnaufenden Tiere, aber in diesem Moment ist auch schon das Läuten der Ladenglocke zu hören und im Verkaufsraum herrscht wieder Stille.

Lu, der als Einziger ernst geblieben ist, erkennt meine Verzweiflung. »Wenn das eben dein Kumpel war, dann hat er dich nicht gehört.«

Ich sinke in mich zusammen, während das Gelächter langsam verebbt. Nach dieser haarscharf verpassten Chance sollte ich mich wohl endgültig damit abfinden, künftig bei einem perversen Freak zu leben, der seinen Keller mit gefährdeten Arten vollstopft.

In diesem Moment geht erneut die Türglocke, und gleich danach ist laut und deutlich eine fremde Stimme zu hören, die wahrscheinlich dem Ladenbesitzer gehört: »Nein! Lassen Sie das! Sie dürfen da nicht rein!«

Und während die Tür zu unserem Gefängnis von Phil mit einem kräftigen Fußtritt aus den Angeln gebolzt wird, hört man den Ladenbesitzer schimpfen: »Hören Sie sofort auf, oder ich hole die Polizei!«

Dann steht Phil im Raum, betrachtet die Käfige und die darin hockenden, geschockten Tiere. Lässig zieht er seine Ray-Ban vom Kopf und sieht in meine Richtung. »Alles okay, Partner?«

Jetzt drehen sich sämtliche Köpfe zu mir.

»Alles okay«, erwidere ich. »Außerdem bin ich echt erfreut, dich zu sehen, Partner.«

Hinter Phil erscheint nun der schmächtige, blasse Ladenbesitzer.

»Was ist, haben Sie die Polizei gerufen?«, fragt Phil.

»Können wir das vielleicht anders regeln?«, will der Ladenbesitzer wissen.

Phil schaut mich an. In seinen Augen lese ich die Frage, wie es jetzt weitergehen soll.

Ich wende mich meinem Nachbarn zu. »Okay, Lu. Du hast das Kommando. Was sollen wir machen?«

Lu streckt sich und wiegt bedächtig den Kopf. In seiner langen Karriere als Ausbrecherkönig dürfte der heutige Abend einen besonderen Stellenwert einnehmen. Lu möchte den Moment offenbar genießen.

Etwas später hocke ich in Phils halbgeöffneter Aktentasche und schwebe einen Meter über dem Asphalt, während mir die Abendsonne ins Gesicht scheint. Die Welt hat mich zurück. Ein großartiges Gefühl. Wenn ich könnte, würde ich ein Liedchen pfeifen.

Lu und seine Leidensgenossen haben geschlossen die Flucht angetreten. Selbst der apathisch wirkende Bonobo ist den Ausreißern gefolgt. Sie werden die Nacht in einem der umliegenden Parks verbringen. Von dort aus wollen die Tiere sich einzeln oder in Splittertrupps in ihre Heimatländer durchschlagen. Die meisten zumindest. Einige spekulieren darauf, sich in Zoos oder Freizeitparks unerkannt unter die bereits bestehenden Populationen zu mischen.

Der Ladenbesitzer hat angesichts seiner flüchtenden Schmuggelware geweint wie ein Schlosshund. Phil vermutet, dass ihm heute ein hübsches Vermögen abgehauen ist.

»Du musst einen mordsmäßigen Kater gehabt haben«, sage ich.

»Allerdings«, brummt Phil.

»Nett von dir, dass du trotzdem heute was getrunken hast. Ich dachte eben schon für einen kurzen Moment, du könntest mich nicht verstehen.«

Phil hält inne und sieht mich verblüfft an.

»Was ist los?«, will ich wissen.

»Ich habe heute tatsächlich noch nichts getrunken«, erwidert er.

»Das ist … cool«, sage ich. »Aber irgendwie auch ziemlich leichtsinnig. Stell dir vor, du hättest mich wirklich nicht verstanden.«

»Tja«, lächelt Phil. »Sieht ganz so aus, als könnten wir uns ab jetzt auch nüchtern miteinander unterhalten.«

»Danke jedenfalls, dass du mich da rausgeholt hast.«

»Nichts zu danken. Ich denke, wir sind Partner.«

»Das dachte ich auch«, erwidere ich zerknirscht. »Aber nachdem ich Beas Spur verloren habe ...«

»Du hast Bea gesehen?« fällt Phil mir ins Wort.

»Ich habe sie gesehen, verfolgt, und dann ist sie mir leider entwischt«, fasse ich zusammen. »Tolle Detektivarbeit, oder? Ich habe unsere einzige heiße Spur verloren.«

Phil schweigt einen Moment. Er scheint zu überlegen. »Und wo hast du sie gesehen?«

»Vor deiner Wohnung. Sie kam aus diesem Laden gleich gegenüber. Der mit dem bunten Schaufenster und der Neonschrift.«

»Das ist eine Apotheke. Eine 24-Stunden-Apotheke.«

»Schon möglich«, antworte ich teilnahmslos.

Phil wechselt die Straßenseite und biegt dann links ab. »Mag ja sein, dass du Bea verloren hast. Eine heiße Spur haben wir aber trotzdem.«

Schlagartig verstehe ich. »Du meinst, Bea hat in dieser Apotheke Medikamente gekauft, um den verletzten Hanno von Sieversdorf zu verarzten?«

»Genau das werden wir jetzt herausfinden«, erwidert Phil.

Kapitel 16

Die Apothekerin hat Haare auf den Zähnen und sieht es außerdem überhaupt nicht ein, irgendeinem dahergelaufenen Detektiv Informationen über ihre Kunden zu geben. Phil versucht es zunächst mit Charme, beißt jedoch auf Granit. Erst als er der Dame im weißen Kittel subtil mit der Polizei droht, ist diese bereit, das Computersystem nach Beas Einkäufen zu durchforsten. Es stellt sich heraus, dass die beiden Taschen, mit denen ich Bea gestern gesehen habe, größtenteils mit Verbandszeug gefüllt waren. Außerdem hat Bea Schmerzmittel und ein Vitaminpräparat gekauft.

»Hanno von Sieversdorf ist also noch am Leben«, stelle ich fest, als wir wieder auf der Straße sind.

»Sieht so aus«, erwidert Phil. »Fragt sich nur, warum Bea sich die Mühe macht, ihn gesund zu pflegen.«

»Ganz einfach. Sie weiß, dass sie nur dann Lösegeld für von Sieversdorf bekommt, wenn er am Leben ist. Wahrscheinlich ringt der alte Mann gerade mit dem Tod. Deswegen hat Bea sich auch noch nicht bei unserer Klientin gemeldet.«

»Ach, jetzt ist Constanze schon UNSERE Klientin.«

»Sei froh, dass du einen kompetenten Partner hast, der den professionellen Abstand zu UNSEREN Klienten wahrt.«

Phil muss grinsen. »Ich glaube trotzdem nicht, dass es Hanno von Sieversdorf schlechtgeht«, sagt er nach kurzem Überlegen. »Bea hat rezeptfreie Schmerzmittel gekauft. Die helfen nicht bei schweren Verletzungen. Und man würde wohl auch nicht versuchen, einen Sterbenden mit Vitaminpillen auf die Beine zu bringen, oder?«

Ich muss zugeben, da ist was dran. »Glaubst du, dass Bea noch eine Lösegeldforderung stellen wird?«

Phil ist überrascht. »Genau das habe ich mich auch gerade gefragt.«

»Und? Was sagt dein Bauchgefühl?«

»Dass es wahrscheinlich keine Lösegeldforderung geben wird«, erwidert Phil. »Was da auch immer schiefgelaufen ist im Zoo, Bea setzt offenbar alles daran, sich keines Verbrechens schuldig zu machen – und erst recht keines Mordes. Vielleicht ist das sogar der Deal zwischen den beiden. Sie pflegt ihn gesund, er verpfeift sie nicht.«

»Dann kreuzt der Alte also in ein paar Tagen quietschfidel wieder bei seiner Tochter auf, oder wie?«

»Schon möglich«, erwidert Phil. »Leider können wir uns nicht darauf verlassen, dass er quietschfidel sein wird. Außerdem gibt es noch die andere Möglichkeit, dass er seine Entführung nur vorgetäuscht hat.«

»Was sollte er damit bezwecken?« frage ich.

Phil zuckt mit den Schultern. »Vielleicht will er irgendwelche Leute Glauben machen, dass er nicht mehr am Leben ist.«

»Und Constanze darf das nicht wissen?«

Phil zuckt wieder mit den Schultern. »Dunkle Geschäfte?«

»Oder er ist doch entführt worden«, sage ich.

»Aber aus irgendeinem Grund verzögert sich die Lösegeldforderung«, ergänzt Phil meine Überlegungen.

Ich ärgere mich. »Wenn Bea mir nicht durch die Lappen gegangen wäre, könnten wir den Fall jetzt wahrscheinlich abschließen«, stelle ich zerknirscht fest.

»So was kommt vor«, winkt Phil ab. »Du bist nicht der Einzige, dem eine Zielperson entwischt ist. Das hab ich auch schon hinter mir.«

»Echt?«, frage ich mit großen Augen.

Phil nickt. »Denk nicht mehr dran. Das ist passiert und damit Vergangenheit. Wichtig ist jetzt, das Gebiet einzugrenzen, in dem sich Bea und von Sieversdorf aufhalten. Wohin ist sie gegangen?«

Ich zeige in die entsprechende Richtung.

»Das heißt nach Osten.« Phil überlegt. »Wäre interessant zu wissen, in welcher Himmelsrichtung die beiden den Zoo verlassen haben. Wir könnten versuchen herauszufinden, ob die Wege sich kreuzen. Irgendwo da müsste dann von Sieversdorf zu finden sein.«

Phil scheint mir anzusehen, dass ich nicht verstanden habe, was er vorhat.

»Wenn du zwei Wege hast, die zum gleichen Ziel führen, dann kreuzen sich die Wege dort, wenn man sie gedanklich verlängert. Es wäre also eine Möglichkeit, den Weg vom Zoo …«

»Schon gut«, sage ich. »Das heißt in jedem Fall, wir brauchen die Hyäne.«

»Moment, Ray …«, beginnt Phil.

»Keine Sorge, Partner. Ich werde ein Auge darauf haben, dass es nicht zu teuer für dich wird. Außerdem trifft es sich gut, dass wir zum Zoo müssen, weil ich sowieso bei meinem Clan vorbeischauen wollte.«

Phil nickt. »Okay. Dann lass uns keine Zeit verlieren.«

Ich betrete unser Gehege durch den Nordeingang. Es dämmert bereits, aber da wir mit dem Einsatz der Hyäne ohnehin warten müssen, bis es dunkel ist, habe ich Zeit genug, um mich zurückzumelden. In den Gängen herrscht gähnende Leere. Ich bin verwundert, denn es gibt nur zwei Anlässe, bei denen ein Erdmännchenclan darauf verzichtet, Wachen aufzustellen. Der erste ist, dass der Clan sein Revier verlassen will und sich zum Aufbruch formiert. Kommt bei Clans im Zoo praktisch nicht vor. Der zweite mögliche Grund lautet: Der Clanchef ist tot. In diesem Fall versammeln sich nämlich alle Clanmitglieder ohne Ausnahme im größten Raum des Baus.

Während ich durch die leeren Gänge stolpere, dringt langsam in mein Bewusstsein, dass ich auf dem Weg zur Beerdigung von Pa sein könnte. Ich spüre, dass mein Herz wie wild hämmert und meine Kehle trocken wird. Vielleicht gibt es ja noch einen dritten plausiblen Grund, warum keine Wachen aufgestellt worden sind, versuche ich mich zu beruhigen.

Doch dann habe ich Gewissheit. Ich höre monotones Summen. Es ist das uralte Trauerlied der Erdmännchen. Langsam und wie in Trance bewegen sich die Clanmitglieder hin und her. Sieht aus, als würden alle von einem sanften Wind bewegt. Kein Zweifel, das hier ist eine Totenfeier.

Ich müsste mich in den Trauerchor einreihen, doch stattdessen werde ich von meinen Gefühlen überwältigt wie ein Ertrinkender von meterhohen Wellen. Tränen schießen mir in die Augen. Ich verdrücke mich in eine dunkle Ecke, wo ich meinem Schmerz freien Lauf lassen kann. Warum musste Pa ausgerechnet sterben, als ich nicht hier war? Hätte es etwas geändert, wenn ich nicht fortgegangen wäre? Hätte ich ihm helfen können? War am Ende mein Verschwinden mitverantwortlich für seinen Tod? Hat er vielleicht den Lebensmut verloren, weil er annahm, mich nie wiederzusehen?

Das Summen verstummt, und meine Familie macht Platz für Rocky, der nun langsam und würdevoll vor die Gemeinde tritt.

»Wir alle haben heute einen sehr schmerzlichen Verlust zu beklagen«, beginnt mein großer Bruder, und ich bin sicher, dass dieser Satz nicht auf seinem Mist gewachsen ist. Ich schätze mal, Rufus hat die Ansprache im Internet gezockt. Egal, die Hauptsache ist ja, dass Pa nicht mit einer peinlichen, selbstgedichteten Trauerrede ins Grab sinken muss.

»Einer, den wir geliebt und geachtet haben, ist mitten im Frühling seines Lebens für immer von uns gegangen«, fährt Rocky fort. Ich wische mir Rotz und Tränen aus dem Gesicht und finde, dass mein Bruder ein bisschen zu dick aufträgt. Pa ist im letzten Jahr fotografiert worden, weil der Zoo mit ihm als ältestem Erdmännchen Deutschlands werben wollte. Ob man da noch vom Frühling des Lebens reden sollte? Richtiger wäre wohl der Ausdruck: Spätwinter. Oder besser noch: später Silvesterabend.

»Er war nicht nur unser Freund«, fährt Rocky fort. »Er war eine Stütze unserer Familie. Ein liebender Sohn und ein von uns allen geliebter Bruder.«

Ich stutze und starre dann entgeistert zum Podium. Was redet Rocky denn da für einen Quatsch? Sohn? Bruder? Schlagartig wird mir schlecht. Ist Rufus etwa was passiert?

Einer Ohnmacht nahe krabbele ich aus meinem Versteck. Nino aus dem vierten Wurf steht zufällig in meiner Nähe.

»Hey!«, flüstere ich. »Wessen Beerdigung ist das hier eigentlich?«

Nino braucht einen Moment, um zu begreifen, wer vor ihm steht. Dann brüllt er wie am Spieß. Als sich daraufhin Angie und Natalie zu uns umdrehen, kreischen auch die, als würden sie einer ausgewachsenen Puffotter gegenüberstehen. Was ist denn hier nur los? Hinter Rocky tauchen nun Ma und Pa auf, um zu sehen, wer für den Lärm in den hinteren Reihen verantwortlich ist.

Eine Pfote legt sich auf meine Schulter, und die vertraute Stimme von Rufus sagt: »Alter Schwede! Bin ich froh, dich zu sehen!«

Da ich mindestens genauso froh darüber bin, meinen ebenso nervigen wie genialen Bruder zu erblicken, sage ich nichts, sondern drücke ihn einfach fest an mich. »Gott sei Dank, du bist am Leben.«

»Gott sei Dank, dass DU am Leben bist«, erwidert Rufus und schlägt sich nervös die Klaue aufs Ohr. »Schließlich ist das hier DEINE Beerdigung.«

Ich löse mich von Rufus und blicke in die fragenden Gesichter meiner Familie. Inzwischen ist es so still geworden, dass ich meinen Herzschlag hören kann. Alle warten darauf, dass ich etwas sage.

»Tja, Leute. Ob ihr es glaubt oder nicht«, beginne ich, »aber das hier ist bei weitem nicht das Abgefahrenste, was mir in den letzten Tagen passiert ist.«

Ich überlege, wie ich fortfahren könnte, ohne den feierlichen Rahmen meiner Beerdigung zu sprengen, als ich unerwartete Hilfe von einer kleinen Göre aus dem fünften Wurf bekomme.

»Was ist dir denn passiert?«, lispelt Marcia mit großen Augen. »Erzählst du es uns, Ray? Bitte, bitte, erzähl es uns!«

Danke fürs Stichwort, Marcia, denke ich und erwidere: »Aber natürlich erzähle ich euch die Geschichte. Und zwar in allen Einzelheiten. Ich muss nur leider noch mal kurz weg. Eigentlich bin ich auch nur vorbeigekommen, um zu sagen, dass ihr euch keine Sorgen um mich machen müsst.«

»Sag uns das beim nächsten Mal 'n bisschen früher«, grunzt Pa sichtlich schlecht gelaunt. »Deine Mutter ist vor Sorge fast krank geworden.«

Ich nicke schuldbewusst und will die Pfote zum Abschied heben, um mich dann elegant aus dem Staub zu machen, da steht bereits Rocky neben mir. »Wir beide müssen erst noch was besprechen. Sofort.«

»Wir sehen uns!«, rufe ich in die Runde. Eigentlich will ich noch fragen, was es denn als Leichenschmaus bei meiner Beerdigung gegeben hätte, aber schon zieht mich mein großer Bruder in den nächsten Gang. Ich schaffe es gerade noch, Rufus zu signalisieren, dass er uns folgen soll.

Wenig später sitzen Rocky, Rufus und ich auf einem Hügel in der Abenddämmerung. Home, sweet home. Es ist auch mal nett, nicht andauernd in Lebensgefahr zu schweben.

Rocky quatscht schon eine ganze Weile. Im Grunde möchte er nur von mir hören, dass ich ihn künftig in sämtliche meiner Aktivitäten einbinden werde. Angeblich geht es ihm ums Prinzip, tatsächlich will er nur seine Position als Clanchef festigen. Ich habe mir schon so was gedacht.

»Und was, wenn ich nicht mitspiele?«, will ich wissen.

»Dann gibt's was auf die Fresse«, erwidert Rocky pragmatisch. »Dein Bruder weiß, wovon ich rede.«

Rufus nickt bestätigend. Offenbar hat er während meiner Abwesenheit hier nicht viel Spaß gehabt. Das werde ich nun ändern.

»Vermutlich soll ich dir auch mitteilen, wenn ich mit Phil einen Deal mache, damit du den dann als dein Werk ausgeben kannst, richtig?«

Rocky sieht mich an. »Hä? Wovon redest du denn da?«

Ich hatte ganz vergessen, dass die Luftpumpe zwischen Rockys Ohren nur einfache Sätze verarbeiten kann.

»Egal. Du willst also, dass ich dich als Boss akzeptiere.«

»Endlich hast du es begriffen«, erwidert Rocky.

»Okay, Bruderherz«, beginne ich. »Dann schlage ich vor, dass du Rufus und mich von jetzt an in Ruhe lässt. Wir werden nicht für die Wache eingeteilt und müssen keine Grabungsarbeiten erledigen. Und wir nehmen auch nicht an deinen bescheuerten Sitzungen teil.« Rocky sieht mich an, als würde ich ihm gerade die Relativitätstheorie erklären wollen.

»Im Gegenzug machen wir dir keine Schwierigkeiten. Du

kannst mit Roxane glücklich werden, und du kannst schikanieren, wen du willst – nur eben nicht Rufus und mich.«

In Rockys Augen ist ein Blitzen zu sehen. Scheint so, als würde er mir gerne sofort eine Kopfnuss verpassen. Aber noch hält er sich zurück.

»Und was soll mich davon abhalten, euch zu schikanieren?«, fragt er. »Immerhin bin ich hier der Clanchef.«

»Ganz einfach. Wenn du nicht mitspielst, dann ziehen Rufus und ich in einen anderen Clan. Und zwar in einen, in dem Kreativität nicht unterdrückt, sondern gefördert wird.«

»Kreativi... was?«, blafft Rocky.

Ich sehe, dass Rufus sich nervös die Pfote aufs Ohr haut. Er hat längst begriffen, dass ich unserem großen Bruder Märchen erzähle.

»Kreativität. Das ist ein Synonym für Ideen- oder Erfindungsreichtum«, versucht Rufus sein Glück.

»Syno... was?«, schnauzt Rocky und verpasst Rufus einen Nasenstüber.

Rufus und ich wechseln einen Blick. Es ist ganz offensichtlich sinnlos, das Gespräch weiter zu vertiefen. Im Gegenteil, wir müssen es schnellstens in flachere Gewässer schleppen.

»Im Grunde ist alles ganz einfach«, fasse ich zusammen. »Du lässt uns in Ruhe, oder wir hauen ab. Basta.«

»Und wo soll dieser andere Clan sein?«, fragt Rocky grinsend. Da ist eine leichte Unsicherheit in seinen Augen zu erkennen. Immerhin.

»Wir haben mehrere Angebote«, lüge ich schamlos. »Auch aus dem Ausland. Rufus und ich könnten sogar nach Amerika oder Australien gehen. Oder auch nach Afrika.«

Rocky lacht höhnisch, aber es wirkt gekünstelt. Er ist sich nicht sicher, ob ich nicht vielleicht doch die Wahrheit sage.

»Und was sagst du, wenn ich euch einfach gehen lasse, kleiner

Bruder?«, fragt Rocky triumphierend. Er scheint sich gerade für sehr gewitzt zu halten.

»Prima«, erwidere ich locker. »Wir packen noch heute Abend unsere Sachen und hauen ab.« Ich schaue aufmunternd zu Rufus, der nickt unsicher. »Die Technik könnt ihr behalten. Wir kriegen sowieso in unserem neuen Clan die allermodernsten Geräte zur Verfügung gestellt. Und hier gibt es ja bestimmt jemanden, der sich mit der Zeit in technische Fragen einarbeiten wird. Und falls nicht, was soll's? Wir haben ja schließlich vorher auch ganz gut ohne Technik gelebt, nicht wahr, großer Bruder?«

Rufus bearbeitet wieder sein Ohr. Rocky denkt nach. Das kann eine Weile dauern, also warte ich.

»Ihr würdet mich als Clanchef akzeptieren?«, fragt er nach einer gefühlten Ewigkeit.

Ich nicke. »Sofern wir freie Hand bekommen.«

»Und nie wieder Kopfnüsse«, ergänzt Rufus, der offenbar Morgenluft wittert.

Rocky nickt bedächtig. »Tun wir mal so, als wäre ich mit deinem Vorschlag einverstanden. Was soll ich den anderen sagen? Wenn sich rumspricht, dass ihr weder arbeiten noch Befehle von mir entgegennehmen müsst, dann wollen das sicher alle.«

Mit diesem Einwand habe ich gerechnet. »Sag ihnen, wir sind *EMS*. Das steht für *Erdmännchen mit Sonderaufgaben*. Und sag ihnen auch, dass DU diese Idee gehabt hast. Dann wird keiner meckern, weil es eine Idee des Clanchefs war.«

Rocky nickt erneut. Ihm ist unbehaglich bei der Vorstellung, dass wir nicht länger nach seiner Pfeife tanzen. Aber das scheint ihm das kleinere der beiden denkbaren Übel zu sein. »Okay. Ich denke, ich bin einverstanden. Aber ich warne euch. Wenn ihr mich reinlegen wollt, dann prügele ich euch beide windelweich.«

»Schatzi! Kommst du bitte mal«, tönt in diesem Moment die Stimme von Roxane aus dem Bau. »Hier ist eine ganz fiese, feuchte

Stelle an der Schlafzimmerwand. Das sieht nicht nur voll ekelig aus, das ist bestimmt auch ungesund.«

Rocky erhebt sich schwerfällig. »Also, keine faulen Tricks, Jungs.«

Rufus und ich schütteln die Köpfe und beobachten, wie unser Bruder sich zum Bau schleppt. Sieht so aus, als ob er schon jetzt schwer an der Last seines Amtes zu tragen hat. Aber er hat es ja nicht anders gewollt.

»Coole Nummer, Ray!«, sagt Rufus, als Rocky verschwunden ist. »Ich glaube, jetzt fängt für uns ein ganz neues Leben an.«

»Mal sehen, wie lange der Frieden hält«, erwidere ich. »Fürs Erste haben wir jedenfalls unsere Ruhe.«

Rufus nickt. Ich spüre, dass er etwas auf dem Herzen hat. »Alles okay?«

»Alles bestens«, erwidert mein Bruder. »Ich hab mich nur gerade gefragt, ob du mich noch brauchst. Ich bin da nämlich … gewissermaßen … also ich habe eigentlich … ähm … einen Termin.«

Schlagartig verstehe ich. »Du hast 'n Rendezvous!«, sage ich erstaunt.

Rufus weicht meinem Blick aus. »So würde ich es jetzt auch nicht nennen …«

»Etwa mit Natalie?«

Rufus wiegt den Kopf hin und her, dann nickt er, ohne mich anzusehen.

»Unglaublich!«, sage ich. »Mein Bruder vögelt am Tag meiner Beerdigung unsere kleine Schwester!«

»Es ist anders, als du denkst«, begehrt Rufus auf. »Wir wollten uns nur gegenseitig trösten.«

»Klar. Ich kann mir schon denken, wie das aussieht«, unke ich.

Rufus wartet schuldbewusst. So richtig sauer bin ich nicht. Ich weiß ja, was die Liebe so alles mit einem anstellen kann. Und ich weiß auch, dass Rufus mich nicht einfach vergessen hätte, wenn ich wirklich nicht wiedergekommen wäre. Außerdem gönne ich ihm sein Glück. Und Natalie gönne ich es auch.

»Schon okay. Ich brauch dich heute Abend nicht.«

»Echt nicht?«

Ich schüttele den Kopf.

»Und du bist nicht sauer auf mich?«

Wieder schüttele ich den Kopf.

»Super! Wir sehen uns, Bruder!« Rufus umarmt mich schnell, und schon ist er im Bau verschwunden.

Ich atme durch, lege mich auf den Rücken, strecke alle viere von mir und betrachte das langsame Erblühen des Sternenhimmels.

»Und? Alles geregelt mit der lieben Familie?«, fragt eine vertraute Stimme aus dem Dunkel. Vor dem Gehege erkenne ich die Umrisse von Phil. Er hebt ein Päckchen in die Höhe. »Ich hab den Stoff besorgt. Von mir aus kann es losgehen.«

Wenig später stehen Phil und ich am Gehege der Hyänen. Claire ist die Älteste hier und eine lebende Legende. Kein anderes Tier im Zoo ist so viel herumgekommen. Von sich selbst sagt sie, dass sie bereits in allen großen Wildparks der Welt gastiert hat. Durch ihre Erfahrungen auf allen fünf Kontinenten ist Claire die wahrscheinlich einzige Hyäne auf dem Planeten, die eine derart feine Nase entwickelt hat, dass sie einen im Becken der Eisbären aufgelösten Tropfen Blut dem richtigen Zootier zuordnen kann. Ich selbst bin von Claire mal gebeten worden, Kong Genesungswünsche zu übermitteln. Als ich das tat, war der Affenboss überrascht, weil er sich lediglich einen Stachel in den Fuß getreten hatte. Nur wenige Tropfen Blut waren geflossen, aber Claire hatte das bis zur anderen Seite des Zoos gewittert.

»Ich muss eure Euphorie ein wenig bremsen«, wirft Claire mit ihrer hohen, dünnen Stimme ein. »Je frischer eine Spur, desto größer die Chancen, dass ich sie verfolgen kann. In eurem Fall würde ich mir also keine allzu großen Hoffnungen machen. Das Signal halbiert sich praktisch täglich. Nach wenigen Tagen ist es fast verschwunden.«

»Dann sollten wir keine Zeit verlieren«, sagt Phil, nachdem ich ihm Claires Einwand aus dem Hyänischen übersetzt habe.

Claire sieht mich an, ich übersetze Phils Reaktion, und sie nickt. »Kann ich bitte zuvor mein Päckchen haben?«

Sie hatte um eine Flasche Chanel No. 19 als Lohn für ihre Dienste gebeten. Phil reicht mir den hübsch verpackten Flakon, damit ich ihn ihr weitergeben kann.

»Könntest du deinen Freund bitten, mir ein paar Tropfen hinter die Ohren zu tupfen, Ray?«

»Irritiert das nicht deinen Geruchssinn?«, frage ich verblüfft.

Claire zeigt ihre Zähne. »Doch, aber das ist nicht der Rede wert. Außerdem möchte ich mich heute Abend jung und sexy fühlen.«

»Gut«, erwidere ich und schicke mich an, ihren Wunsch zu erfüllen.

»Sorry Ray, aber ich möchte gerne, dass er es macht. Ich finde ihn sehr attraktiv. Meinst du, dass er mir den Gefallen tun wird?«

»Ich soll was?«, erwidert Phil, nachdem ich ihm Claires Anliegen erklärt habe. »Einer Hyäne Parfüm hinter die Ohren tupfen?«

»Die Schnecke steht auf dich, Phil. Stell dich nicht so an!«

»Tu ich aber. Was glaubt sie, wer sie ist?«

»Keine Ahnung, was sie glaubt. Aber wenn du sie beleidigst, dann wird sie uns nicht helfen.« Phil seufzt. Claire schaut gespannt zwischen uns beiden hin und her. Dann nimmt sie zufrieden zur Kenntnis, dass Phil vorsichtig den Flakon öffnet, um ihr widerwillig ein paar Tropfen Parfüm hinter die grindigen Ohren zu tupfen.

»Gaaaanz Paaariiiiis träumt von der Liiiiiiebeeee«, trällert sie glücklich. Ich kassiere einen vorwurfsvollen Blick.

»Hier geht es um die Sache, Partner!«, versuche ich, ihn zu beschwichtigen.

Nachdem Phil das Vorhängeschloss des Hyänengeheges mit Hilfe eines Dietrichs bezwungen hat, schaue ich demonstrativ der immer noch trällernden Hyäne hinterher, die gerade zu Beas Stand geht, um dort die Witterung aufzunehmen. »Findest du eigentlich, dass Claire einen hübschen Hintern hat? Meines Wissen ist sie in deinem Alter.«

Phil ignoriert meine Bemerkung und folgt Claire.

Wie von ihr befürchtet, ist es schwierig, eine Spur von Hanno von Sieversdorf zu finden. Zwei Stunden lang durchquert Claire mit fast geschlossenen Augen den Zoo und nuschelt dabei vor sich hin. Offensichtlich katalogisiert sie im Geiste die Fundstücke: »Leere Getränkedose mit Speichelspuren eines heuschnupfengeplagten Jungen von etwa acht Jahren. Abgenagter Hühnerknochen aus dem Zoorestaurant mit den Lippenstiftresten einer Frau Anfang dreißig. Zigarettenkippe mit Biergeruch von einem jungen Mann mit Oberlippenbart und Diabetes, Typ 2 …«

Phil und ich wollen bereits entnervt aufgeben, als Claire plötzlich nuschelt: »Kieselstein mit Blutpigmenten eines Mannes Anfang siebzig, hoher Adrenalinspiegel …«

»Moment!«, rufe ich, und Claire verharrt. »Ist das nicht, was wir suchen?«

Phil zieht einen kleinen Plastikbeutel hervor, in dem sich die blutige Serviette befindet, die wir am Eiswagen gefunden haben, öffnet den Beutel und lässt Claire die Nase hineinstecken.

»Identisch. Kein Zweifel. Obwohl die Probe auf dem Stein winzig ist.«

Phil schaut in Richtung des Eiswagens, dann verlängert er die gedachte Linie zwischen dem Eiswagen und dem aktuellen Fundort. Ich folge seinem Blick und sehe den Ostausgang.

»Lass uns da suchen«, sagt Phil.

Ich übersetze für Claire, die sich schnüffelnd zum Ostausgang begibt.

Auch am Eingangsgitter findet sich ein kaum sichtbarer Blutfleck, der zu den anderen passt. Immerhin wissen wir jetzt, auf welchem Weg der alte von Sieversdorf den Zoo verlassen hat.

»Kann sie seine Spur auch draußen verfolgen?«, fragt Phil.

Ich nicke. »Prinzipiell schon, obwohl die Bürgersteige dauernd gereinigt werden. Außerdem müssen wir uns beeilen. Opa Reinhards nächster Rundgang ist um Mitternacht, und es könnte ihm auffallen, dass eine Hyäne fehlt.«

»Geht ganz schnell«, erwidert Phil und öffnet mit seinem Dietrich das Eingangstor, während ich Claire schildere, was wir vorhaben.

Wenig später stehen wir auf dem blitzsauberen Bürgersteig. Claire schnüffelt kurz, dann zieht sie die Nachtluft durch ihre spitzen Zähne. »Hier bin ich mit meinen Fähigkeiten leider am Ende, meine Herren. Aber ich würde sagen, sie sind nach links gegangen.«

»Und warum?«, frage ich verblüfft.

»Weil rechts ein Taxistand ist. Und jemand, der eine Schussverletzung hat, die er verbergen will, würde kein Taxi nehmen, oder?«

»Was sagt sie?«, will Phil wissen.

»Dass wir in dieser Richtung suchen müssen«, antworte ich und zeige mit der Pfote auf eine Hochhaussiedlung, die sich hinter einer großzügigen städtischen Parkanlage in den Nachthimmel erhebt.

Phil schließt die Augen und überlegt.

»Von der Logik her könnte das passen«, sagt er nach einer Weile.

Kapitel 17

Am nächsten Morgen treffen wir uns, noch bevor die ersten Schulklassen in den Zoo einfallen. Um diese Zeit sieht man nur rüstige Rentner und melancholische Singles durch die Anlage flanieren. Pfleger Silvio kippt einen Eimer Frühstück ins Gehege. Besser als nichts. Trotzdem könnte ich mal wieder eine saftige Portion Lebendessen vertragen. Lustlos knabbere ich an einem toten Insekt herum.

Phil errät meine Gedanken. »Wenn wir Hanno von Sieversdorf gefunden haben, kaufe ich tütenweise Skorpione und schmeiß 'ne Party.«

Ich ziele mit der Fingerpistole auf ihn und drücke ab. »Ich nehm dich beim Wort, Partner.«

Rufus kommt müde aus dem Bau geschlichen. Er hat die halbe Nacht vor unserem Smartphone gesessen, um das Areal, in dem wir das Versteck des alten von Sieversdorf vermuten, einzugrenzen. Ich halte diesen Versuch zwar für aussichtlos, aber es wäre nicht das erste Mal, dass mein kleiner Bruder mich überraschen würde.

Die andere Hälfte der Nacht hat Rufus übrigens mit Natalie verbracht. Ich sehe ihm an der Nasenspitze an, dass die beiden eine ziemlich aktive Trauerarbeit geleistet haben. Natürlich streitet Rufus das ab. Wer so verklemmt ist, dass er Beziehungen zwischen Erdmännchenmännern und Chinchillaweibchen als pervers bezeichnet, der spricht auch nicht gern darüber, dass er mit Freuden seine Schwester bumst.

»Ich bin nicht verklemmt, ich finde es nur nicht erstrebenswert, mein Intimleben mit meinem Bruder zu diskutieren«, erwidert Rufus steif.

»Ich will auch gar nicht diskutieren«, sage ich. »Ich will nur wissen, ob unsere flauschige Schwester 'ne scharfe Schnecke ist.«

»Sprich nicht so über Natalie!«, erwidert Rufus mit hysterischem Unterton.

»Schon gut. Reg dich ab«, lenke ich ein. »Ich kann es mir sowieso denken. Reden wir lieber über den Fall. Was hast du rausgekriegt?«

Ich sehe, dass Phil zufrieden nickt. Kein Streit jetzt, wir haben schließlich einen Job zu erledigen, soll das wohl heißen. Ich versuche, die Vorderpfoten so vor der Brust zu verschränken, wie Phil das manchmal mit seinen Armen macht. Klappt bei mir noch nicht ganz so gut, sorgt aber trotzdem für einen professionellen Eindruck, finde ich. »Okay. Schieß los, Bruder! Wir sind gespannt.«

Rufus strafft sich. »Ich habe in der letzten Nacht die uns bekannten Koordinaten mit verschiedenen Datenbanken abgeglichen, um die statistische Wahrscheinlichkeit tangentialer Abweichungen …«

»Rufus?«, hake ich ein.

Mein Bruder schaut von seinen Aufzeichnungen hoch, als hätte ich ihn aus dem Tiefschlaf gerissen. »Was ist denn?«

»Da niemand auf der Welt versteht, was in deinem Hirn vor sich geht, wäre es nett, wenn du auf Details verzichten und uns einfach das Ergebnis deiner Recherchen mitteilen könntest.«

Rufus mustert mich skeptisch.

»Hey! Ich möchte dir auf keinen Fall zu nahe treten, sondern nur ein bisschen Zeit sparen«, füge ich diplomatisch hinzu.

Rufus überlegt kurz. »Okay. Unsere Zielperson befindet sich nach meinen Berechnungen in einem von maximal sechs Hochhäusern.«

Phil nimmt erstaunt seine Ray-Ban ab. »Das klingt ja überschaubar.«

Rufus schüttelt den Kopf. »Ja, aber es klingt nur so. Leider handelt es sich um *sehr große* Hochhäuser.«

»Und wie, zum Teufel, hast du das rausgekriegt?«, frage ich völlig baff.

»Gerade noch hat dich das einen feuchten Dreck interessiert«, blafft Rufus.

»Aber jetzt interessiert es mich eben doch«, blaffe ich zurück.

Rufus ist beleidigt, blättert aber trotzdem in seinen Aufzeichnungen. »In dem zu Debatte stehenden Gebiet gibt es siebenundfünfzig Häuser, von denen ich neunundvierzig überprüfen konnte ...«

»Wie denn überprüfen?«, will ich wissen.

»Ich habe die Bewohner erkennungsdienstlich behandelt«, erwidert Rufus.

»Das kann nur die Polizei«, mischt Phil sich ein.

»Ich weiß«, erwidert Rufus. »Deshalb hab mich auch in den Polizeicomputer eingeklinkt.«

Phil und ich sehen uns mit offenen Mündern an.

»Nur bei sechs Häusern war das nicht möglich«, fährt Rufus seelenruhig fort. »Die Wohnungen dort werden von Geschäftsleuten genutzt, die vorübergehend in der Stadt sind. Mieter sind irgendwelche Firmen, die wiederum zu internationalen Firmennetzwerken gehören. Jedes einzelne davon müsste ich im Detail durchleuchten, um irgendwann auf einen Namen zu stoßen, der einen Bezug zu Bea oder zu Hanno von Sieversdorf hat. Aber das kann Wochen dauern, vielleicht sogar Monate.«

»Warum hast du uns nicht gesagt, dass du dich in den Polizeicomputer einklinken kannst?«, frage ich. »Das hätte uns einiges erleichtert.«

»Ganz einfach. Ich habe es erst letzte Nacht geschafft, den Polizeicomputer zu knacken«, erwidert Rufus mit hämischem Unterton.

Gerade fehlt mir die Zeit, ihn noch ein bisschen mit Natalie aufzuziehen, aber das werde ich bestimmt nachholen.

»Über wie viele Parteien reden wir denn?«, will Phil wissen.

»Insgesamt knapp tausend Wohnungen«, erwidert Rufus.

»Mmh. Selbst wenn wir pro Wohnung nur fünf Minuten bräuchten, dann wären das fünftausend Minuten. Das sind ...« Er zieht sein Handy hervor, um es auszurechnen.

»... rund dreiundachtzig Stunden«, vollendet Rufus. »Also zehn Tage Arbeit. Mindestens. Ich habe das auch schon kalkuliert.«

»Kurz gesagt: zu viel«, stellt Phil fest. »Bleibt also nur die Möglichkeit, den Fall schleunigst der Polizei zu übergeben. Von Sieversdorf ist nicht nur vermögend, sondern auch einflussreich. Man wird sofort ein paar Dutzend Beamte einsetzen, um die Gebäude zu durchforsten. Mit etwas Glück kann der Alte noch heute Abend auf freiem Fuß sein.«

Phil sieht mich an, als müsste ich ihm begeistert zustimmen. Auch Rufus' Blick scheint zu fragen: Was gibt es denn da noch zu überlegen?

Ich versuche wieder, die Vorderpfoten vor der Brust zu verschränken, und stelle meinen rechten Hinterfuß locker auf einen Hügel.

»Wir könnten die Vögel um Hilfe bitten«, erwidere ich.

Rufus zuckt zusammen und schaut dann herausfordernd zu Phil hinüber.

»Wenn du mich so ansiehst, heißt das, es wird teuer, richtig?«, fragt Phil.

Rufus zeigt seine Beißerchen und nickt. »Soll ich die Liste holen?«

Phil seufzt. »Na, mach schon.«

Während Rufus im Bau verschwindet, entknote ich meine Vorderpfoten und trete näher an die Brüstung. »Wir treffen uns heute Abend, kurz bevor der Zoo schließt. Du musst die Volieren öffnen, das schaffen wir wahrscheinlich nicht ohne deine Hilfe. Außerdem brauche ich ein paar Stunden für die Vorbereitungen.«

»Dann hab ich einen freien Tag. Ist doch auch schön.«

»Wenn du dich langweilst, könntest du mir einen Gefallen tun«, erwidere ich. »Es geht um eine kleine private Ermittlung. Schnell gemacht.«

Phil setzt seine Ray-Ban wieder auf und grinst breit. »Dann lass mal hören, Partner.«

Die Vorbereitungen für unsere Luftaufklärung nehmen den ganzen Tag in Anspruch. Zunächst müssen wir das Team zusammenstellen. Es werden nur Kandidaten ausgewählt, die familiäre Verpflichtungen haben. Andernfalls ist zu befürchten, dass einige unserer Kundschafter nicht wiederkommen. Das würde den Zoodirektor dann so richtig auf die Palme bringen. Die Vögel bekommen Lebendfutter als Lohn für ihre Dienste. Die meisten würden den Job wohl auch umsonst machen, nur um mal aus den Volieren rauszukommen.

Schwieriger als die Verhandlungen mit den Vögeln ist es, Überzeugungsarbeit in den eigenen Reihen zu leisten. Pa und Rocky lehnen den Einsatz von Greifvögeln kategorisch ab.

»Es wird eine Panik geben«, prophezeit Pa und hustet trocken. »Genau wie damals in der Savanne. Um ein Haar hätte es mich da auch erwischt.«

»Aber ich habe Ottos Ehrenwort«, erwidere ich schnell, bevor Pa mit seinen Afrikageschichten anfangen kann. »Das Ehrenwort eines Weißkopfseeadlers ist so zuverlässig wie das Stahlgeländer am Nashorngehege.«

»Wer sagt das?«, fragt Rocky argwöhnisch. »Ein Schakal, der dich fressen will, lügt dir auch das Blaue vom Himmel herunter.«

»Schakale lügen immer«, sage ich.

»Selbst wenn Otto hundert Mal verspricht, uns nicht anzugreifen. Ich trau ihm nicht«, beharrt Rocky. »Weil nämlich alle Greifvögel genauso Lügner sind wie die Schakale.«

»Kein Wunder, dass sie uns mit Freuden in Fetzen reißen, wenn wir solchen Quatsch über sie erzählen«, entgegne ich.

Jetzt mischt auch Rufus sich ein. »Die Vögel müssen in kurzer Zeit etwa tausend Wohnungen auskundschaften«, erklärt er. »Je mehr Helfer wir haben, desto besser.«

»Die Greifvögel bleiben, wo sie sind«, erwidert Rocky energisch, und Pa nickt zustimmend.

Nach langem Hin und Her lässt Rocky im Clan abstimmen, ob die Greifvögel vorübergehend befreit werden sollen. Wie zu erwarten, kassieren wir für den Plan eine bittere Niederlage.

»Das wird nicht einfach«, sagt Rufus wenig später, als wir auf dem Weg zum Greifvogelhaus sind. »Ich würde jedenfalls nicht darauf wetten, dass es uns gelingt, mit ein paar Papageien, Strandvögeln und Fasanen tatsächlich den alten von Sieversdorf aufzuspüren.«

Ich schweige. Rufus sieht die Dinge manchmal zu schwarz, aber diesmal könnte er richtig liegen.

»Tut mir leid, aber ihr seid nicht dabei«, sage ich wenig später zu Otto. Der Weißkopfseeadler verzieht keine Miene, ein Blitzen in seinen Augen verrät jedoch, dass er die Entscheidung meines Clans für eine Unverschämtheit hält. Ich kann es ihm nicht verdenken.

»Aha«, sagt er nach langem Schweigen. »Und … ist denn der Andenkondor dabei?«

Ich schüttele den Kopf.

»Das heißt, sämtliche Geier sind ebenfalls draußen?«

Ich nicke.

»Und die Kormorane?«, will Otto wissen.

»Die haben eine knappe Mehrheit bekommen, weil sie nur Fische fressen«, erkläre ich unbehaglich.

Otto öffnet seinen Hakenschnabel und stößt einen kurzen, schrillen Schrei aus. Das tut er, um mir klarzumachen, dass er jetzt verächtlich lachen würde, wenn er es könnte.

»Otto, tut mir wirklich leid, aber es ist nicht meine …«, beginne ich.

»Schon gut«, unterbricht Otto. »Ich verstehe die Bedenken deiner Leute. Wenn das Wort eines Weißkopfseeadlers in Erdmännchenkreisen nichts mehr gilt, ist das trotzdem eine herbe Enttäuschung.«

»Kann ich verstehen, und ich hab mich wirklich …«, versuche ich einen neuen Anlauf, aber wieder unterbricht mich der König der Lüfte.

»Ich weiß, dass es nicht an dir liegt, Ray. Und du musst dich auch nicht für deine Familie entschuldigen. Danke für dein Kommen.«

Er dreht den Kopf zur Seite. Im gleichen Moment flattert ein Dutzend Buntfalken herbei. Der König der Lüfte verschwindet hinter einem Gewirr aus farbenprächtigen Flügeln und Körpern. Sieht aus, als hätte jemand einen flirrenden Vorhang zugezogen und damit die Audienz für beendet erklärt.

Betreten trotten Rufus und ich zum Flamingogehege. Wäre schön gewesen, die Greifvögel mit an Bord zu haben. Für einen Kundschafterjob sind sie naturgemäß die erste Wahl, was man von Papageien, Fasanen und Strandvögeln nicht behaupten kann.

»Hallo, ihr beiden«, begrüßt uns ein Flamingo, als wir auf unseren Geheimgang zusteuern.

Rufus und ich heben zum Gruß die Vorderpfoten und wollen weitergehen, aber da meldet sich ein zweiter Flamingo zu Wort. »Wir müssten mal mit euch reden.«

Rufus und ich sehen uns erstaunt an.

»Wir möchten nämlich wissen, warum wir nicht dabei sind«, ruft ein dritter Flamingo vorwitzig. Überall im Gehege hört man zustimmendes Gemurmel.

»Warum ihr nicht wobei seid?«, frage ich.

»Wir haben gehört, dass du eine Sache planst, bei der die Vögel mitmachen sollen. Nur wir sind nicht gefragt worden.« Dieser Zwischenruf kam von irgendwo weiter hinten.

Ein kurzes Schweigen. Man wartet auf eine Antwort.

»Wir brauchen Vögel, die fliegen können«, erklärt Rufus und wirft mir einen verschwörerischen Blick zu. »Wie jeder weiß, werden Flamingos in Gefangenschaft die Flügel gestutzt. Ihr könnt also leider nicht fliegen.«

Ein aufgeregtes Gemurmel geht durch die Reihen.

Ich nicke beeindruckt und flüstere: »Wusste ich gar nicht.«

»Stimmt auch nur halb«, flüstert Rufus zurück. »Zwar werden Flamingos tatsächlich die Flügel gestutzt, aber die hier könnten fliegen. Sie haben nur hier drinnen nicht genug Anlauf, um abzuheben.«

Manchmal ist mein Bruder ein ausgekochtes Schlitzohr. Die Wahrheit ist, dass wir die Flamingos nicht um Hilfe bitten wollten, weil sie alle zusammen noch weniger in der Birne haben als Roxane. Und das will echt was heißen. Außerdem würde ein Flamingoschwarm über einer Großstadt für mächtig viel Aufsehen sorgen. Wenn wir unsere rosa Freunde als Kundschafter einsetzen, können wir also auch gleich die Presse anrufen.

Die Flamingos stehen immer noch da und tuscheln. Rufus und ich warten geduldig auf das Ergebnis der Beratungen.

Schließlich tritt einer der Flamingos vor. »Wir wollen dann aber demnächst gefragt werden, wenn was geplant ist, wo man Vögel braucht, die nicht fliegen können«, verkündet er.

Rufus und ich nicken ernst.

»Es wird uns eine Ehre sein«, lüge ich in die Abenddämmerung.

Der Flamingo scheint zufrieden und gesellt sich wieder zu den anderen.

»Hier seid ihr also!«, höre ich in diesem Moment Phil rufen. »Ich habe euch schon überall gesucht.« Die Vorfreude ist ihm anzusehen. »Was ist? Wann kann es losgehen?«

Als sich wenige Papageien, ein paar Fasanen und einige Strandvögel in die Lüfte erheben, ist Phils Vorfreude einer plötzlichen Ernüchterung gewichen. Ungläubig schaut er unseren Kundschaftern hinterher. »Ist das etwa … die gesamte … Luftaufklärung?«

Wir nicken. Rufus zieht eine Liste hervor. »Die Kormorane haben sehr kurzfristig doch noch abgesagt, weil sie sich mit den Greifvögeln solidarisieren. Die Sumpfvögel wollten als Lohn für ihre Dienste ein neues Sumpfgebiet. Das können wir uns aber nicht leisten. Die Rebhühner haben Angst im Dunkeln, die Entenvögel fürchten sich vor hohen Gebäuden. Außerdem waren die Stelzvögel beleidigt, weil …«

»Schon gut«, unterbricht Phil. »Hoffen wir einfach darauf, dass die verbliebene Truppe unseren Mann finden wird.«

Phil hat den Satz gerade beendet, da fällt uns ein dicker Graupapagei vor die Füße. »Sorry … Leute«, japst er. »Aber … ich kann … keinen … Schlag mehr … fliegen.« Er atmet keuchend und streckt die Flügel von sich.

Phil dreht sich irritiert um. »Hab ich den nicht eben erst da hinten rausgelassen?«

»Was ist los?«, frage ich den Papagei. »Bist du krank oder so?«

Er schüttelt den Kopf. »Ich fliege in der Voliere nur hin und her. Ich bin einfach keine langen Strecken mehr gewöhnt.«

»Und? Was sagt er?«, will Phil wissen.

»Er hat eine sehr seltene Papageienkrankheit«, improvisiere ich. »Eine Flügel… ähm … dings… antizi… ähm …« Weiter weiß ich nicht.

»Eine Flügel… was?«, fragt Phil.

»Ist doch jetzt egal«, winke ich ab. »Warten wir einfach, was die anderen Kundschafter nach Hause bringen.«

Obwohl ich mir Mühe gebe, Zuversicht auszustrahlen, habe ich gerade das dumme Gefühl, unsere Aktion könnte ein Fiasko werden.

Wie sich bald herausstellt, ist der Graupapagei keine Ausnahme. Auch die anderen Kundschafter trudeln schneller wieder im Zoo ein, als uns lieb ist. Die meisten sind mit ihren Kräften am Ende, manchen war es auf dem Flug zu kalt oder zu warm, einige klagen über Schwindelanfälle, Höhenangst oder unberechenbare Windböen. Die wenigen Vögel, die es überhaupt bis zu den Hochhäusern geschafft haben, können uns nicht sagen, ob wir Hanno von Sieversdorf dort finden werden. Kein Wunder, denn nur ein Bruchteil der Wohnungen ist observiert worden. Obendrein fehlt ein Prachtfink, der nach Aussage eines Wellensittichs auf Nimmerwiedersehen verschwunden ist, um seiner Ehe zu entkommen. Der Fink hinterlässt nicht nur eine Frau, sondern auch vier Eier.

Kurzum, mein Plan, den alten von Sieversdorf per Luftaufklärung zu finden, ist pompös gescheitert. Obwohl Phil so tut, als sei das kein Beinbruch, kann ich ihm die Enttäuschung ansehen. Er hat sehr darauf gehofft, dass wir den Fall doch noch auf eigene Faust lösen.

»So ist das manchmal. Man hat nicht immer Glück«, sagt er leise.

Ich schaue ihn an und überlege. Rufus versucht, den Ausdruck in meinen Augen zu lesen, und errät tatsächlich, was ich vorhabe.

»Vergiss es, Ray! Denk jetzt einfach an was anderes! Und zwar sofort!«

Ich sehe ihn an und grinse. »Aber es ist unsere einzige Möglichkeit.«

»Was ist unsere einzige Möglichkeit?«, fragt Phil.

»Bitte nicht, Ray«, fährt Rufus fort. »Wir haben es versprochen. Du kannst nicht einfach einen Familienbeschluss über den Haufen werfen.«

»Und warum nicht?«

»Weil wir mordsmäßigen Ärger kriegen.«

»Wieso? Es muss nicht mal jemand erfahren.«

»Könnt ihr mir gefälligst mal sagen, wovon ihr sprecht?«, blafft Phil.

»Er will den Adler rauslassen«, sagt Rufus.

Phil sieht mich fragend an. Ich nicke.

»Wenn Otto jemanden aus unserem Clan angreift, dann wirst du dir das nie verzeihen«, mahnt Rufus.

»Ich vertraue Otto«, erwidere ich.

»Das hat nichts mit Vertrauen zu tun. Er ist ein Weißkopfseeadler. Und er kann sich genauso wenig gegen seine Instinkte wehren wie alle Tiere.«

Vielleicht hat Rufus recht. Ich sollte den Clan keiner unnötigen Gefahr aussetzen. Und meinen kleinen Bruder auch nicht. »Gut. Dann gehst du jetzt zum Bau, warnst die anderen und bleibst dann da.«

Rufus stutzt. »Aber dann wissen doch alle Bescheid.«

»Sag ihnen einfach, dass der Adler ausgebrochen ist. Sie sollen sich verstecken, bis ich Entwarnung gebe.«

Rufus scheint unentschlossen, ob er mich allein lassen kann.

»Na los! Geh schon!«, sage ich.

Er drückt mich an sich. »Viel Glück, Bruder.«

Dann dreht Rufus sich um, und nach wenigen Schritten verschluckt ihn die Dunkelheit.

Otto erwartet mich bereits.

»Hab schon gehört, dass deine Mission gescheitert ist«, beginnt er. »Kein Wunder, wenn du mich fragst. Ich glaube, nur die Fledermäuse sehen noch schlechter als die Trillerpfeifen, die du losgeschickt hast.«

»Steht dein Angebot noch?«, falle ich mit der Tür ins Haus.

Ottos Adlerblick trifft mich wie ein heißer Sonnenstrahl.

»Wie war das doch gleich? Ich sage dir, wo diese Bea ist, du gibst mir dafür fünfzig Mäuse. Und zwar lebend. Außerdem kommt bei der Aktion niemand aus deinem Clan zu Schaden. Richtig?«

Ich nicke und rufe Phil, damit der die Voliere öffnen kann.

»Ich vertraue dir«, sage ich zu Otto. Der Satz soll meine Nerven beruhigen, denn in Wirklichkeit habe ich nun doch leise Zweifel.

Phil öffnet die Voliere. Otto breitet seine mächtigen Schwingen aus, hebt ab und braucht nur zwei, drei Flügelschläge, um das Greifvogelhaus zu verlassen. In einem eleganten Bogen gleitet der Adler durch den Nachthimmel und landet auf der Spitze einer Großvoliere.

Er schaut zu den Hochhäusern, deren Fenster aus der Ferne wie kleine Lichter aussehen. Etwa wie jene, die jeden Winter in den Tannenbaum am Haupteingang gehängt werden.

Dann hebt Otto wieder ab und landet vor uns auf dem Weg. Der Luftzug seiner mächtigen Schwingen lässt mich frösteln. Er dreht mir den Kopf zu. »Bea und dieser alte Kerl sind in dem ockerfarbenen Hochhaus in der Mitte. Fünfte Etage von oben, ich glaube das ist der neunzehnte Stock. Die Wohnung liegt ganz links, zwei Fenster zeigen in unsere Richtung. Nach hinten raus gibt es einen Balkon, glaube ich. Man kann ein kleines Stück davon sehen.«

Ich stehe da wie vom Donner gerührt. »Aber …?«

»Bea trägt eine karierte Bluse und Jeans. Den alten Mann habe ich auch schon gesehen. Er wirkt schwach, aber es geht ihm gut. Er liegt jetzt auf dem Sofa, tagsüber war er auf dem Balkon.«

Mir wird schlagartig klar, dass Otto nicht wieder in die Voliere zurückkehren wird. Wenn es ihm um ein paar Mäuse gegangen wäre, dann hätte er uns die gewünschten Informationen liefern können, ohne die Voliere zu verlassen.

»Wie lange weißt du das schon?«

»Als du mir von dem Plan erzählt hast, habe ich mir von hier aus schon mal jene Fenster angeschaut, die in unsere Richtung zeigen. Die Häuser sind eine knappe Meile entfernt. Auf diese Distanz erkenne ich eine Maus.«

»Hätte ich auch selbst drauf kommen können«, erwidere ich.

»Steht, glaube ich, sogar auf dem Schild am Greifvogelhaus.«

»Egal. Jedenfalls wird der Zoodirektor toben«, sage ich.

Otto streckt seinen Hals. »Tut mir leid, Ray. Ich habe euch gesagt, wo ihr Bea finden könnt, und ich werde deinem Clan kein Haar krümmen. Aber es war keine Bedingung, dass ich mich wieder einsperren lasse.«

Er stößt sich ab und beginnt zu kreisen. Langsam steigt er höher und höher.

Die Buntfalken verstehen zuerst, was vor sich geht. Wild flatternd und hysterisch kreischend verabschieden sie ihren König, als wäre der ein Popstar.

Binnen weniger Atemzüge sind auch die anderen Vögel im Bilde, und dann verbreitet sich die Nachricht von Ottos Flucht wie ein Lauffeuer im gesamten Zoo. Überall hört man nun Gewisper, Gefiepe und Geknurre, das langsam lauter wird und sich in Fauchen, Grunzen und Brummen verwandelt, bevor es schließlich in ohrenbetäubendes Schreien, Kreischen und Brüllen mündet. Die ganze Stadt müsste bei diesem Lärm aufwachen.

Mit einem lauten Klacken wird es nun taghell im Zoo. Phil und ich nehmen Deckung hinter einem Mauervorsprung. Opa Reinhard hat die Flutlichter eingeschaltet. Unser Nachtwächter vermutet wahrscheinlich, dass Einbrecher die Tiere aufgeschreckt haben.

Instinktiv schaue ich nach oben und sehe, dass auch der Himmel über dem Zoo erleuchtet ist. Und inmitten dieses Lichtermeeres schwebt Otto wie ein Wesen aus einer anderen Welt.

Der Lärm verebbt, bald herrscht völlige Stille auf dem Gelände. Alle recken die Köpfe und betrachten fasziniert den Weißkopfseeadler, der durch die Lüfte gleitet, als würde er nie wieder die Erde berühren wollen.

Der Anblick löst ein seltsames Gefühl in mir aus. Unwillkürlich denke ich an Pas Afrikageschichten. Kommt mir fast so vor, als wäre ich schon einmal dort gewesen.

»Phil!«, flüstere ich. »Kannst du mich bitte mal hochheben?«

Mein Partner zögert nicht lange, setzt mich auf seine Hand und streckt den Arm aus. Ich recke meinen Kopf in den Nachthimmel.

»Mach's gut, Otto!«, brülle ich, so laut ich kann. »Guten Flug! Halt die Ohren steif! Und grüß mir die Rockies!«

Während aus den Käfigen und Gehegen zustimmendes Klopfen und Stampfen zu hören ist, zieht Otto nun die Flügel an seinen Körper und lässt sich vom Himmel herabstürzen. Er rast auf mich zu und schießt erst kurz, bevor er mich erreicht hat, wieder wie eine Rakete in die Höhe. »Danke! Werde ich tun, Ray«, zischt er mir dabei ins Ohr.

Dann dreht er endgültig ab und verschwindet im Dunkel der Nacht. Es sieht aus, als würde er mit ihr verschmelzen.

Stille. Der Moment hat allen den Atem verschlagen.

Phil nimmt seinen Arm herunter und schaut mich vorwurfsvoll an. »Hast du mir da gerade auf die Hand gepinkelt?«

»Kumpel, da ist gerade ein Weißkopfseeadler so nah an mir vorbeigeflogen, dass mich seine Halsfedern berührt haben. Sei froh, dass nicht noch ganz andere Sachen passiert sind!«

Kapitel 18

Der Clan hat Rufus die Geschichte vom Adlerausbruch abgekauft. Offiziell wurde Ottos Voliere von ein paar übermütigen Papageien geknackt. Rocky und Pa haben nicht mal einen Gedanken daran verschwendet, dass ich hinter der Sache stecken könnte. Es erscheint ihnen wohl einfach zu abwegig, dass ein Erdmännchen einen Weißkopfseeadler befreit.

Es hat sich herumgesprochen, dass Otto auf dem Weg in seine Heimat ist. Da das aber niemand hundertprozentig weiß, hat Rocky die Wachen verdoppelt, nicht zuletzt auf Anraten von Pa, der eine ähnliche Situation schon mal in Afrika erlebt haben will. Man befürchtet jedenfalls, dass der Adler gelogen haben könnte und nun irgendwo in der Nähe des Zoos auf eine günstige Gelegenheit wartet, um den Clan anzugreifen. Rocky passt die angespannte Situation politisch gut in den Kram. Der Clan braucht einen starken Mann, und das ist Rockys Paraderolle.

Mir soll der ganze Rummel recht sein. Solange die Angst vor einem Adlerangriff umgeht, habe ich den besten Sonnenplatz auf unserem Hügel ganz für mich allein. Seit Tagesanbruch beobachte ich unseren Zoodirektor, den die Nachricht von Ottos Flucht spontan in einen gebrochenen Mann verwandelt hat. Gerade telefoniert er lautstark mit einem Laden namens Versicherung. Ich glaube, man kann dort neue Weißkopfseeadler kaufen, und der Direktor versucht, einen zu bekommen, bevor der Zoo öffnet. Das wird knapp, weil draußen schon das Quatschen und Kichern der Schulklassen zu hören ist. Gleich öffnen sich die Pforten, und die vorlauten Kids werden wissen wollen, warum der König der Lüfte sich heute nicht dem Publikum zeigt. Ich würde zu gerne hören, wie der Direktor sich rausredet, aber die Pflicht ruft. Mein Partner und ich müssen heute Hanno von Sieversdorf befreien. Es ist der krönende Abschluss unseres ersten gemeinsamen Falles. Wieder einmal werden Gesetz und Ordnung über das Verbrechen triumphieren in dem alten, nie enden wollenden Kampf: Gut gegen Böse.

»Morgen, Ray.« Mein Partner reißt mich aus meinen Detektivphantasien. Er wirkt frisch und ausgeschlafen, hat einen dampfenden Becher Kaffee in der einen Hand und ein Croissant in der anderen. »Otto hatte recht. Es ist der neunzehnte Stock. Apartment 19c. Die Wohnung ist auf eine Schweizer Firma zugelassen, die zu einem deutschen Unternehmen gehört. Und jetzt rate mal, wer der Eigentümer ist.«

»Wenn du mich so fragst, dann würde ich sagen: Hanno von Sieversdorf.«

Phil nickt. »Das spricht dafür, dass der alte von Sieversdorf nicht entführt worden ist. Im Gegenteil. Sieht so aus, als hätte er seinen Tod vorzutäuschen versucht. Fragt sich nur noch, warum.«

Ich überlege. »Entweder das, oder Bea wusste von der Wohnung und hat sich Hannos Vertrauen erschlichen, um ihn in eine Falle zu locken. Und jetzt ist er ein Gefangener in seinen eigenen vier Wänden.«

»Und sie pflegt ihn gesund, stellt aber keine Lösegeldforderung?«

»Vielleicht kommt das ja doch noch.«

»Ich glaube, es wäre ein zu großes Risiko, die Wohnung als

Versteck zu nutzen. Constanze könnte davon wissen«, erwidert Phil.

»Oder es ist gerade deshalb kein Risiko, weil Constanze niemals in der eigenen Zweitwohnung nach ihrem Vater suchen würde«, halte ich dagegen.

Phil steckt das angebissene Croissant in die Tasche seines Trenchcoats und wirft den leeren Kaffeebecher in den nächsten Mülleimer. »In Kürze werden wir es wissen«, sagt er und streckt die Hand aus. »Steig auf, Partner.«

Das ockerfarbene Hochhaus ist vornehm renoviert. Im großzügigen Eingangsbereich blitzt ein schneeweißer Marmorboden. Hinter dem mit dunklem Holz vertäfelten Empfangstresen wacht ein drahtiger Sicherheitsmann darüber, dass kein Unbefugter zu den weiter hinten liegenden Fahrstühlen oder ins Treppenhaus gelangt. Wer hier wohnt, ist offenbar sehr gut vor ungebetenen Gästen geschützt.

Durch eine Drehtür gelangen wir in den Empfangsbereich. Phil, ganz Profi, hat sofort einen Plan. »Du lenkst den Kerl ab! Ich laufe zu der Tür, die ins Treppenhaus führt und warte da auf dich«, flüstert er und lässt mich hinter seinem Rücken unauffällig zu Boden gleiten.

»Hey, das ist krass!«, rufe ich. »Meine Eier spiegeln sich im Marmor!«

Der Sicherheitsbeamte schaut von seinem Computer hoch. Offenbar hat der Mann mein erstauntes Fiepen gehört. Phil seufzt leise.

»'tschuldigung«, flüstere ich und suche Deckung hinter einem blitzenden Mülleimer aus Edelstahl.

»Pardon, ich habe Sie nicht verstanden«, sagt der Mann hinterm Tresen argwöhnisch. »Kann ich Ihnen vielleicht helfen?«

Phil räuspert sich. »Ich dachte, ich hätte eine Ratte gesehen, die hier gerade reingelaufen ist. Aber da muss ich mich wohl getäuscht haben.«

»Mit Sicherheit«, erwidert der Mann arrogant und lächelt breit. »Eine Ratte wäre mir bestimmt aufgefallen.«

»Dann nichts für ungut«, sagt Phil. Er hebt zum Abschied die Hand und verschwindet in der Drehtür. Der Wachmann wendet sich wieder seinem Computer zu.

Zeit für meinen Auftritt. In Windeseile trippele ich die Wand entlang, strecke mich dabei nach Rattenart und stoße kurze, schrille Schreie aus.

Der Wachmann hebt den Kopf und springt auf. »Was zur Hölle ...!«, ruft er, greift unter den Tresen und zieht eine beeindruckend große Wumme hervor.

Ich muss schlucken. Außerdem stellen sich mir die Nackenhaare auf, und meine Laufgeschwindigkeit erhöht sich ebenfalls beeindruckend. Dieser Typ kann doch jetzt hier nicht einfach rumballern, denke ich noch, als ein leises metallisches Geklapper zu hören ist und fast gleichzeitig knapp hinter mir eine Salve Plastikschrot gegen ein bodentiefes Fenster prasselt.

Kann er also doch. Mit einer Softair-Knarre. Wieder ein Klappern, und diesmal erwischen mich zwei Kugeln am Hintern. Das zwiebelt, als würde ich auf einem Quastenstachler reiten.

Während der Wachmann mit seiner Wumme hinterm Tresen hervorkommt, ohne mich dabei aus den Augen zu lassen, sehe ich Phil im Hintergrund unbemerkt zum Treppenhauseingang huschen.

Wieder Geklapper, aber jetzt finde ich Schutz hinter einem Vorsprung. Die Kugeln sausen an mir vorbei. Ich atme kurz durch, dann flitze ich um die Fahrstühle herum und sehe Phil, der die Tür zum Treppenhaus eine Handbreit geöffnet hält, damit ich hindurchschlüpfen kann.

Ich warte, bis der Wachmann zwischen den Fahrstühlen auftaucht, denn gleich danach bin ich für ihn im toten Winkel. Und genau diesen Moment nutze ich, um Anlauf zu nehmen, mich auf den Bauch zu werfen und über den Marmor bis vor Phils Füße zu rutschen. Punktlandung. Die Nummer habe ich mir bei den Pinguinen abgeguckt. Sorgt immer für begeisterte Reaktionen beim Zoopublikum.

Rasch und lautlos schließt Phil die Tür. Wir huschen ein Stockwerk höher und verharren dort. Die Tür zum Treppenhaus bleibt geschlossen. Der Wachmann scheint die Verfolgung aufgegeben zu haben.

Es ist ein hartes Stück Arbeit, zu Fuß in den neuzehnten Stock zu gelangen. Phil schnauft wie ein alter Steppenbüffel.

»Halt durch, wir sind gleich da«, feuere ich ihn an.

Phil hält inne. »Ray, hör auf damit!«

»Ich will dich nur aufmuntern, Kumpel. Geteiltes Leid ist halbes Leid.«

»Schönes geteiltes Leid, wenn du in meiner Manteltasche hockst und dich von mir nach oben tragen lässt«, mault Phil.

»Sei nicht ungerecht!«, erwidere ich. »Gerade eben habe ich mein Leben für dich aufs Spiel gesetzt.«

Phil stöhnt leise. Könnte an der Anstrengung liegen, könnte aber auch bedeuten, dass ich ihm mächtig auf die Nerven gehe.

Apartment 19c liegt am Ende eines fensterlosen Ganges, der in warmes Kunstlicht getaucht ist. Phil wartet ein paar Atemzüge, bis sich sein Puls beruhigt hat, dann betätigt er den Klingelknopf. Ich vergrabe mich in der Manteltasche und beobachte das Geschehen durch einen winzigen Riss im Futter. Der Riss ist sehr winzig, also vergrößere ich ihn ein wenig mit meinen Krallen.

»Was machst 'n da?«

»Nix.« Ein leises Reißen.

»Ray, lass das!«

Man hört, dass jemand aufsperrt. Die Tür öffnet sich und wird abrupt von einer Sicherheitskette gestoppt. Durch den Spalt ist das müde Gesicht von Bea zu erkennen. »Ihr Kollege war schon da. Die Klimaanlage läuft längst wieder. Und sonst ist auch alles okay.«

»Ich komme nicht wegen der Klimaanlage«, erwidert Phil. »Ich würde gerne mit Hanno von Sieversdorf sprechen.«

Bei der Erwähnung des Namens zuckt sie zusammen. »Das muss ein Irrtum sein«, lügt sie schlecht.

»Ich bin Privatdetektiv. Seine Tochter hat mich beauftragt, ihn zu suchen. Sie macht sich große Sorgen, weil ihr Vater …«

»Es tut mir sehr leid, dass sie den Weg umsonst gemacht haben«, unterbricht Bea energisch und will die Tür schließen.

»Mit mir müssen Sie nicht reden, mit der Polizei schon«, beeilt sich Phil zu sagen, bevor sie ihn nicht mehr hören kann.

Bea hält inne. In ihren Augen sind Wut und Angst zu lesen, aber auch Empörung darüber, dass Phil sie nicht in Ruhe lassen will.

»Ist schon okay, Bea«, hört man nun eine Männerstimme aus dem Hintergrund sagen. »Mach die Tür auf. Es ist vorbei.«

Bea zögert, atmet durch und schließt die Tür. Man hört, wie die Kette entfernt wird, dann ist der Blick in ein geräumiges, helles Zimmer freigegeben.

Hanno von Sieversdorf steht in der geöffneten Balkontür. Er trägt bequeme Klamotten, hat die Hände in den Hosentaschen vergraben und wirkt irgendwie zerbrechlich. Ich erinnere mich an sein Foto. Aus dem silbergrauen Gentleman ist ein älterer Herr mit müden Augen geworden. Dennoch wirkt er entspannt und keineswegs unglücklich, wie er da so in der Sonne steht.

»Freut mich wirklich sehr, Sie gesund anzutreffen«, höre ich Phil sagen.

Im gleichen Moment ist ein dumpfer Schlag zu hören. Phil stöhnt auf, ich spüre, dass er wankt. Dann sehe ich durch mein

Guckloch den Boden auf mich zurasen. Der Aufprall ist schon schmerzhaft genug, noch schmerzhafter ist jedoch Phils Körper, der auf mich stürzt wie ein riesiger Brocken Lehm und mir sofort die Luft nimmt. So ähnlich hätte es sich wahrscheinlich angefühlt, wenn ich von diesem Doppeldeckerbus überfahren worden wäre.

»Was hast du getan?«, höre ich Hanno von Sieversdorf entsetzt fragen.

»Es ist die einzige Möglichkeit«, erwidert Bea verzweifelt.

Ich schnappe vergeblich nach Luft. Nach allem, was ich in letzter Zeit durchgemacht habe, wäre es höchst albern, wenn ich jetzt am Anfang einer vielversprechenden Detektivkarriere von meinem Partner erdrückt würde. Leider sieht es gerade ganz danach aus.

Ich höre, dass Bea und Hanno miteinander reden, kann jedoch nicht verstehen, was sie sagen, weil sie auf den Balkon gegangen sind.

Immer noch habe ich keinen Atemzug getan. Ich bin in Panik, und mir wird schwindelig. Ich muss jetzt drastische Maßnahmen ergreifen. Tut mir echt leid, Kumpel, aber es geht nicht anders. Ich drehe meine messerscharfen Krallen nach oben und jage sie mit aller Kraft in Phils Körper. Das hat normalerweise etwa die gleiche Wirkung wie ein Tarantelbiss. Zu meinem Entsetzen geschieht jedoch absolut nichts. Phil hat einen so heftigen Schlag auf den Kopf bekommen, dass seine Reflexe schlicht ausgeknipst sind. Ich spüre Verzweiflung in mir aufsteigen.

Für einen Moment wird mir schwarz vor Augen. Ich winde mich und versuche, meine Position wenigstens dahingehend zu verbessern, dass ich ein klitzekleines bisschen atmen kann. Aber Phils Körper liegt auf mir, als würde er mich in den Boden drücken wollen. Der Boden! Als er eben auf mich zuraste, habe ich gesehen, dass es sich um einen Holzboden handelt. Wenn ich atmen könnte, würde ich ihn jetzt riechen.

Ich liege lang ausgestreckt unter Phil, weil ich beim Sturz instinktiv die Vorderläufe gehoben habe, um mich abzustützen. Nun drehe ich meine Klauen wieder nach unten und drücke die Krallen ins Holz. Ich ziehe und zerre, und obwohl der Sauerstoffmangel mich langsam benebelt, mobilisiere ich Bärenkräfte. Gut, vielleicht nicht Braunbärenkräfte, aber immerhin Waschbärenkräfte. Und das Wunder geschieht. Mein Körper schiebt sich Millimeter um Millimeter nach vorn. Ich spüre, wie Luft in meine Lungen gelangt. Zunächst kann ich nur flach atmen, dann immer tiefer. Mann, tut das gut! Erneut schlage ich meine Krallen ins Holz und nun, da der Anfang gemacht ist und ich außerdem wieder atmen kann, fällt es mir fast leicht, mich Stück für Stück unter Phil hervorzuarbeiten. Und dann ist es geschafft. Erschöpft lasse ich mich auf den Rücken fallen, strecke alle viere von mir und atme tief durch.

»Hanno, es ist mir völlig egal, wohin wir gehen!«, höre ich Bea sagen. Sie klingt gehetzt. »Nur lass uns verschwinden, solange noch Zeit ist.«

Abrupt setzte ich mich auf und sehe über Phils Bauch hinweg Bea und Hanno auf dem Balkon stehen. Er redet beschwichtigend auf sie ein, zu leise, um zu verstehen, was er sagt. Ich werfe einen Blick auf Phil. Von dem ist gerade keine Hilfe zu erwarten. Eigentlich hat er Glück, wenn er sich mittelfristig wieder an seinen Namen erinnern kann.

Ich überlege fieberhaft, was jetzt zu tun ist. Irgendwie muss ich Bea und Hanno daran hindern, dieses Apartment zu verlassen. Aber wie?

Mein Blick fällt auf die Balkontür. Sie ist auf einer Schiene gelagert. Eine ähnliche Konstruktion gibt es im Reptilienhaus. Die Glastür dort fällt ins Schloss, sofern man sie mit genügend Kraft zuzieht. Wenn es mir gelänge, Bea und Hanno eine Weile auf dem Balkon festzuhalten, dann könnte ich versuchen, Phil wiederzubeleben. Es ist nur eine kleine Chance, aber einen Versuch wert. Kurz entschlossen husche ich zur Balkontür und drücke mit aller Kraft gegen die äußere Kante des Rahmens. Doch so sehr ich mich auch bemühe, das Monstrum bewegt sich keinen Millimeter. Erschöpft sinke ich zu Boden. Im gleichen Moment erinnere ich mich daran, wie ich gerade dem Tod entronnen bin. Wieder schlage ich meine Krallen in den Holzboden, drücke die Schulter gegen den Rahmen und ziehe mich mit aller Kraft nach vorn.

Ein winziger Ruck, und die Tür beginnt, über die Schiene zu gleiten. Erst langsam, dann immer schneller. Wieder und wieder schlage ich meine Krallen in den Holzboden und ziehe mich keuchend vorwärts. Dabei beobachte ich aus den Augenwinkeln Bea und Hanno. Noch sind die beiden in ihr Gespräch vertieft, aber gerade jetzt hebt Bea irritiert den Kopf und schaut zu mir herüber. Während sie große Augen bekommt und sich fast im gleichen Moment an Hanno vorbeidrängt, schlagen sich meine Krallen ein weiteres Mal in den Boden. Ich ziehe, rutsche ab, stolpere über die Schiene und stürze zu Boden. Sofort bin ich wieder auf den Beinen und sehe gerade noch, wie Bea ihre Hand ausstreckt, um die dahingleitende Tür aufzuhalten. Man hört das Kratzen ihrer Nägel auf dem Glas und ihr ebenso hysterisches wie erstauntes: »Nein!«

Zu spät. Die Tür fällt ins Schloss, und mit dezentem Klacken wirbelt ein Hebel herum, der sie verschließt. Zugleich sackt die riesige Konstruktion ein paar Millimeter ab, und mit einem leisen Knautschen schieben sich die Gummidichtungen in die Türfüllung. Ein dumpfer Schlag gegen das massive Fenster besiegelt Beas Niederlage. Entgeistert lässt sie ihre Faust sinken und sieht mich an, als wäre ich ein Alien, der gerade im Begriff ist, sie auf einen anderen Planeten zu entführen. Der alte von Sieversdorf hat sich unterdessen auf einen Stuhl fallen lassen und starrt mich ebenfalls fassungslos an.

Keine Ahnung, auf was für Ideen die beiden da draußen kommen, ich sollte mir jedenfalls nicht allzu viel Zeit lassen, um den zweiten Teil meines Plans in die Tat umzusetzen. Ich brauche Wasser, um Phil auf die Beine zu bringen. Als ich mich umsehe, fällt mein Blick auf die Hausbar. Ein paar Flaschen Hochprozentiges, Gläser, ein Eiskühler. Passenderweise ist Phil direkt vor der Bar zu Boden gegangen.

Während ich zwei Flaschen Scotch öffne, um Phil das Zeug über den Kopf laufen zu lassen, wird von draußen ein Stuhl gegen die Balkontür geworfen. Erschrocken zucke ich zusammen. Der Stuhl federt zurück, das dicke Glas hat dem Aufprall standgehalten. Ich sehe, wie Bea den schweren Balkontisch in Position bringt, um mit diesem das Fenster einzuschlagen. Hanno redet auf sie ein. Sieht aus, als würde er versuchen, sie von dem Plan abzubringen. Ich befürchte, es wird ihm nicht gelingen.

Rasch öffne ich noch zwei Flaschen Cognac und stoße sie um. Der Alkohol rinnt Phil nun in Strömen über den Schädel. Er wird gleich riechen wie eine Schnapsfabrik. Aber egal. Hauptsache, er kommt wieder zu sich. Na los, Phil! Du schaffst es! Du bist doch hart im Nehmen!

Ein leises Stöhnen. Dann ein Husten. Gott sei Dank. Phil schüttelt den Kopf, stöhnt erneut und blickt sich um. Die letzten Reste Alkohol plätschern auf seinen Schädel. Mühsam stützt Phil sich ab, rollt zur Seite und setzt sich ächzend gegen ein Sofa. Er greift sich an den Kopf und dreht ihn vorsichtig zur Seite. Dabei fällt sein Blick auf den Balkon, wo Hanno und Bea stehen und das Geschehen reglos verfolgen. Phils Blick wandert zur Bar, wo ich inmitten umgekippter Alkoholika stehe und darauf hoffe, dass er den Schlag halbwegs unbeschadet überstanden hat. Ein banges Schweigen.

»Hast du da noch irgendwo ’n Schluck für mich übrig?«, fragt er dann.

Ich atme auf. Mein Partner ist wieder ganz der Alte.

Zwei Drinks später sitzt Phil auf dem Sofa und kühlt seinen Schädel mit einem Eisbeutel. Zu seiner Rechten liegt die .38er, zu seiner Linken hocke ich auf der Sofalehne. Vor uns auf dem Balkon sitzen Bea und Hanno. Phil hat die Tür geöffnet, damit wir uns unterhalten können.

»Es tut mir wirklich leid«, sagt Bea zerknirscht. »Ich wollte Sie nicht verletzen. Ich hatte einfach nur Angst.«

»Schläge auf den Kopf gehören zu meinem Berufsrisiko«, erwidert Phil. »Wenn mir allerdings so was passiert, dann habe ich meistens etwas übersehen. Ich frage mich, was es diesmal war.«

»Beeindruckend, dass Sie uns überhaupt gefunden haben«, mischt Hanno sich ein. »Dennoch gehe ich davon aus, dass Sie einen ganz falschen Eindruck von dem Fall haben. Mag sein, dass wir beide keine Unschuldslämmer sind, die mit Abstand gefährlichste und herzloseste Person in diesem perfiden Spiel ist jedoch … Ihre Auftraggeberin.«

Phil zieht die Augenbrauen hoch, worauf von Sieversdorf bestätigend nickt. »Ich wette, meine Tochter hat auch Sie reingelegt.«

»Dann erzählen Sie mir doch mal ihre Version der Geschichte«, erwidert Phil und gießt sich noch einen kleinen Scotch ein. »Ich bin ganz Ohr.«

»Wir lieben uns«, fällt Bea mit der Tür ins Haus.

Phil und ich tauschen überraschte Blicke.

»Dabei hätte ich mich um Haaresbreite an Hannos Tod mitschuldig gemacht.« Ihre Augen füllen sich mit Tränen.

»Sekunde«, unterbricht Phil. »Vielleicht fangen wir weiter vorne an. Außer der Leiche von Atze Neumann liegen drei weitere Leichen im Zoo. Würde mich schon mal interessieren, wie es dazu gekommen ist.«

Bea und Hanno sehen sich an. Er nickt ihr aufmunternd zu. Sie soll erzählen.

Bea schluckt tapfer die Tränen herunter. »Mein ehemaliger Lebensgefährte Atze hat drei Menschen auf dem Gewissen. Mich hat er dazu gezwungen, ihm zu helfen, zumindest teilweise.« Das Geständnis fällt ihr nicht leicht. Phil schweigt und lässt ihr Zeit, sich zu sammeln.

»Zuerst hat Atze mir einen kleinen Diebstahl schmackhaft gemacht«, fährt Bea fort. »Wir hatten kein Geld, träumten aber von einem Urlaub im Süden. Atze hatte im Zoo einen vermögenden Rentner beobachtet. Ich sollte sein Vertrauen gewinnen und ihn ablenken, während Atze in die Wohnung einbrechen und Wertgegenstände mitgehen lassen wollte. Atze behauptete, der Mann würde ein Vermögen besitzen und wäre sowieso gut versichert.«

»Und dieser Mann hieß Jürgen Becker«, wirft Phil ein.

Bea schüttelt den Kopf. »Der Mann hieß Alois Schirrmacher. Jürgen Becker war längst tot. Das habe ich aber viel später erst erfahren. Dass Becker mich mochte, brachte Atze überhaupt auf die Idee, alte Männer auszunehmen. Jedenfalls hat er die Sache heruntergespielt, und ich hab mich überreden lassen. Atze hat behauptet, Schirrmacher wäre so reich, dass er den Verlust von ein paar tausend Euro gar nicht bemerken würde. Im entscheidenden Moment habe ich trotzdem kalte Füße gekriegt. Es war mir egal, wie viel Geld Alois hatte. Er war nett und hatte es nicht verdient, so übel hintergangen zu werden.«

»Aber da war es schon zu spät«, mutmaßt Phil.

»Atze hatte nie vorgehabt, in Schirrmachers Wohnung einzubrechen. Er platzte plötzlich herein und zwang den alten Mann mit vorgehaltener Pistole, Kontonummern und Geheimzahlen zu verraten.« Bea stockt, ihr kommen nun doch die Tränen. »Und dann hat er den armen Alois einfach umgebracht.«

»Aber Schirrmacher war doch alles andere als reich«, wirft Phil ein.

Bea zieht ein Taschentuch hervor, trocknet die Tränen und

schnäuzt sich. »Wie man es nimmt. Er hatte fast zehntausend Euro auf dem Konto.« Sie schüttelt den Kopf, als könnte sie selbst nicht fassen, was passiert ist. »Ich wollte zur Polizei gehen, aber Atze hat gesagt, wenn ich das mache, dann würde er vor Gericht behaupten, die ganze Sache wäre meine Idee gewesen. Ich hatte wahnsinnige Angst.«

»Und da haben Sie sich in Ihrer Not einem väterlichen Freund anvertraut«, vermutet Phil.

Bea nickt. »Rüdiger Rohloff. Er wollte mir helfen. Aber Atze hat uns belauscht. Er hat Rohloff noch am selben Abend in den Zoo gelockt und auch ihn umgebracht. Atze hat mich grün und blau geschlagen und gebrüllt, dass ich ebenfalls unter der Erde landen werde, wenn ich noch mal irgendwelche Tricks versuche.« Bea laufen nun die Tränen übers Gesicht. Sie versucht, mit dem Taschentuch die Augen zu trocknen, doch der Strom versiegt nicht. Hanno nimmt sie zärtlich in den Arm.

»Sie hat die Morde nicht verhindern können«, sagt er. »Ich hab selbst erlebt, wie hinterhältig und skrupellos dieser Atze war.«

»Dann ist Atze Neumann also bei einem Handgemenge mit ihnen getötet worden?«, fragt Phil. Erstaunlich, was mein Partner sich da so alles zusammenreimt. Da kann ich noch einiges lernen.

Hanno nickt. »Ich habe geahnt, dass Bea etwas bedrückt. Eines Tages hat sie mir einen Brief zugesteckt, in dem sie mich beschwor, zu verschwinden. Ihr Mann habe von einer dubiosen Frau den Auftrag bekommen, mich zu töten. Und nach Lage der Dinge würde er das auch tun.«

»Warum haben Sie nicht die Polizei eingeschaltet?«

»Ich musste befürchten, dass ich Bea in Gefahr bringe. Außerdem wollte ich wissen, wer die dubiose Frau war, die mir nach dem Leben trachtete.«

»Sie sind also zu dem Treffen gegangen und dort Atze begegnet. Allein?«

Von Sieversdorf schüttelt den Kopf. »Das dachte ich. Aber Bea war auch da. Zum Glück, denn wie Sie schon richtig vermutet haben, kam es zu einem Handgemenge. Wenn Bea nicht zur Stelle gewesen wäre, dann wäre ich jetzt nicht mehr am Leben. Zwei Schüsse lösten sich. Der eine streifte mich, der andere tötete Atze. Ich hatte nicht vor, ihn zu erschießen. Schließlich sollte er mir sagen, wer seine Auftraggeberin war.«

Phil lehnt sich zurück. »Und Sie denken nun allen Ernstes, dass Ihre eigene Tochter Atze beauftragt hat, Sie umzubringen?«

»Ich bin mir sogar sicher«, erwidert Hanno. »Sie ist geldgierig und gefühlskalt. Der Luxus, den ich ihr biete, reicht ihr nicht. Das hat sie mir schon mehrmals zu verstehen gegeben. Sie will alles. Mein ganzes Hab und Gut.«

»Hab ich ja gleich gesagt«, werfe ich ein. Phil wirft mir einen langen Blick zu, und ich beschließe, vielleicht doch besser die Klappe zu halten.

»Kommen wir jetzt … ins Gefängnis?«, fragt Bea tonlos.

Phil sieht sie an. »Ich bin kein Richter. Nicht einmal Polizist. Ich kann Sie beide also weder festnehmen noch verurteilen.«

Bea schöpft Hoffnung. »Dann … würden Sie uns … vielleicht gehen lassen?«

»So einfach ist das auch wieder nicht«, entgegnet Phil. »Aber gesetzt den Fall, ich vergesse diese Begegnung und die Beule an meinem Kopf: Was würden Sie beide tun?«

»Das ist sehr einfach«, erwidert Hanno. »Wir verschwinden auf Nimmerwiedersehen. Ich habe im Ausland noch ein paar Reserven, von denen Constanze nichts weiß. Es ist nicht viel, aber Bea und ich könnten davon irgendwo ganz gut leben. Wir brauchen keine Reichtümer. Und in ein paar Jahren kann Constanze mich für tot erklären lassen und offiziell das Erbe antreten. Dann hat sie endlich, was sie will.«

»Sie würden sie davonkommen lassen?«, fragt Phil erstaunt.

»Mitsamt Ihrem Geld? Obwohl sie versucht hat, Sie umzubringen?«

Hanno zuckt mit den Schultern. »Ich bin ein alter Mann. Ich war lange genug reich, um zu wissen, dass es im Leben auf andere Dinge ankommt. Die Zeit, die mir noch bleibt, möchte ich mit Bea verbringen. Das ist alles, was ich noch will. Sie hat mir ein spätes Glück geschenkt. Das kann man mit Geld nicht aufwiegen.«

Bea lächelt ihn an.

»Außerdem, was wäre die Alternative? Ich habe gegen Constanze nichts in der Hand. Wenn ich jetzt nach Hause käme, würde sie die treusorgende Tochter spielen und auf eine neue Gelegenheit warten, meinem Leben ein vorzeitiges Ende zu setzen. Das ist mir zu ungemütlich. Und auch zu riskant.«

Phil nickt nachdenklich. »Was wäre, wenn Sie ihr beweisen könnten, dass sie den Mord in Auftrag gegeben hat?«

»Wie soll das gehen? Der einzige Zeuge ist tot.«

Phil wiegt skeptisch den Kopf hin und her. »Aber Constanze weiß nicht, ob Atze wirklich der einzige Zeuge war. Sie hat mich ganz offensichtlich nur deshalb angeheuert, weil sie herausfinden will, ob jemand belastendes Material gegen sie in Händen hat. Sie weiß also, dass Atze tot ist. Aber sie weiß nicht, ob Bea ihr noch gefährlich werden könnte.«

»Deshalb müssen wir ja auch verschwinden«, erwidert Hanno. »Constanze ist alles zuzutrauen, auch, dass sie Bea aus dem Weg zu räumen versucht.«

Phil lehnt sich vor. »Es sei denn, es würde uns gelingen, Constanze nachzuweisen, dass sie den Mord in Auftrag gegeben hat.«

Von Sieversdorf und Phil schauen sich an, dann begreift der alte Mann.

»Sie wollen Bea als Lockvogel benutzen. Kommt überhaupt nicht in Frage!«

Bea hebt den Kopf und wirkt irritiert. »Moment, Hanno! Wir wissen doch noch gar nicht, was er will. Außerdem habe ich da wohl auch ein Wörtchen mitzureden, oder?«

»Das ist viel zu gefährlich, Liebling. Glaub mir.«

»Können wir trotzdem erfahren, wie der Plan lautet?«, fragt sie drohend.

Von Sieversdorf wendet sich verärgert Phil zu. »Es sieht fast so aus, als hätten Sie ein persönliches Interesse daran, meine Tochter zu überführen.«

»Sagen wir, ich fühle mich in meiner Berufsehre gekränkt«, erwidert Phil.

»Selbst wenn es gelänge, Constanze aus der Reserve zu locken, gäbe es immer noch den Haken, dass man dieses Gespräch aufzeichnen müsste, um einen Beweis in Händen zu halten.

»Und wo genau ist da der Haken?«, fragt Phil.

»Ich bin darauf bedacht, dass Unternehmensgeheimnisse auch geheim bleiben. Meine Villa wird regelmäßig auf Abhörgeräte untersucht. Außerdem gibt es Wachen, die jeden Besucher kontrollieren. Und die Alarmanlage ist erst vor einigen Monaten auf den neuesten Stand gebracht worden. Da kommt keine Maus ungesehen rein oder raus.«

»Aber vielleicht ein paar clevere Erdmännchen«, sagt Phil.

»Das ist ein Witz«, erwidert Hanno von Sieversdorf, dreht seinen Kopf ein wenig zur Seite und betrachtet mich skeptisch. »Das müssten schon Erdmännchen sein, die Abhörtechnik bedienen können.«

Phil nickt bedächtig. »Ganz genau.«

Kapitel 19

Rufus steht am Westeingang und kontrolliert mit Hilfe seiner neuen persönlichen Assistentin Natalie den Warenstrom.

»Rufus, kann ich dich mal kurz sprechen?«

Er bedeutet seiner Schnecke, dass sie einen Moment alleine weitermachen soll, und gesellt sich zu mir. »Was gibt's, Ray?«

Ich sehe ihn vorwurfsvoll an. »Ich habe gehört, du hast ein Verhältnis mit deiner Assistentin. Ich wollte dir nur sagen, dass ich es peinlich und entwürdigend finde, wie schamlos du deine Rolle als Vorgesetzter ausnutzt.«

»Aber wir haben doch schon vorher …«, beginnt Rufus verdattert, unterbricht sich dann aber. »Du verarschst mich, Ray.«

»Rufus, du bist ein enorm intelligentes Erdmännchen.«

»Leck mich, Ray!«

»Kann das nicht deine persönliche Assistentin machen?«

»Hör jetzt sofort auf!« Er sieht aus, als würde er mir gerne eine runterhauen. Selbst meinen pazifistischen Bruder kann die Liebe also zur Weißglut bringen. Was für eine Urkraft!

Ich muss grinsen. »Entspann dich, Rufus. Ich mag Natalie. Wirklich. Und ich wünsche euch alles Glück der Welt, speziell alles Glück der Unterwelt.«

»Echt?« Rufus ist baff.

»Echt«, bestätige ich. »Aber foppen werd ich euch in Zukunft trotzdem.«

»Rufus? Kannst du bitte mal kommen?«, piepst Natalie.

Er nickt mir zu. »Wir sehen uns.«

Ich nicke ebenfalls. »Wenn was ist, ich liege in der Sonne.«

Rufus hebt eine Pfote. »Alles klar, Bruder.«

Er trabt zurück auf seinen Posten. Eigentlich beneide ich die beiden sogar ein bisschen. Allerdings auch wieder nicht, wenn ich bedenke, wie sie sich abrackern.

Seit dem frühen Morgen sind der dritte und vierte Wurf damit beschäftigt, technisches Gerät in den Bau zu schleppen. Phil hat letzte Nacht mehrere große Einkaufstüten mit Elektronikkram im Gebüsch hinter unserem Gehege deponiert. Die anderen Clanmitglieder erweitern gerade den Nordtrakt, damit Rufus dort einen Serverraum einrichten kann. Gestern und in der letzten Nacht hat der Clan einen Tunnel zu einem städtischen Stromverteilerkasten gegraben. Jetzt sind wir nicht mehr von dem einen Kabel abhängig, das obendrein quer durchs Gehege der Fenneks verlegt ist, die dafür ständig Gefälligkeiten verlangen. Wir verfügen nun über »unbegrenzte Energieressourcen«, wie Rufus es ausgedrückt hat. Er träumt schon von beleuchteten Gängen mit Bewegungsmeldern und einer Fußbodenheizung für das gesamte Gehege. Rocky will es sich überlegen.

»Du gräbst nicht mit?«, reißt Phil mich aus meinen Gedanken.

»Bin im Einsatzteam. Ich muss mich schonen.«

Phil zieht ein mehrfach gefaltetes Blatt Papier aus seiner Tasche und reicht es mir. »Hatte ich noch vergessen. Das sind die Informationen, die du haben wolltest.«

»Du hast wirklich daran gedacht? Danke!« Ich nehme das Blatt an mich und klemme es unter den Vorderlauf. »Ich glaube, ich weiß, was drinsteht. Ich brauche eigentlich nur den Namen. Und den Geburtsort vielleicht. Den Rest kann ich mir denken.«

Phil nickt. »Strunk. Heinz Strunk aus Gelsenkirchen.«

Wenn es nicht so traurig wäre, müsste ich darüber lachen.

Elsa hockt allein in der hintersten Ecke ihres Käfigs und blickt melancholisch ins Halbdunkel. Vielleicht ist es besser, sie jetzt nicht zu stören, denke ich und will mich zurückziehen, aber da hat sie mich schon bemerkt. »Ich dachte, du wärst tot.«

»Hey! Das ist ja mal 'ne nette Begrüßung!«, erwidere ich und sehe immerhin ein müdes Lächeln in ihren Augen aufblitzen.

Sie erhebt sich und schlendert betont langsam ins Sonnenlicht. Ich kann den Blick nicht von ihr lassen, dabei müsste ich mich nach Giaccomo umsehen. Bestimmt lauert der dicke Pelzbeutel hier schon irgendwo und wartet nur darauf, meine Arme und Beine zu verknoten.

Mit Bestürzung stelle ich fest, dass Elsa heute eine verblüffende Ähnlichkeit mit ihrer verlebten, älteren Halbschwester hat. Vermutlich müsste ich das abtörnend finden, doch das Gegenteil ist der Fall. Elsas laszive Müdigkeit reizt mich. Eigentlich habe ich sie noch nie zuvor so scharf gefunden wie in diesem Moment. Gebannt starre ich sie an, während meine Vorderklauen die Gitterstäbe umfassen. Kein Wunder, dass dieses Wesen auf der Bühne eine magische Anziehungskraft auf das Publikum ausübt.

»Tut mir leid, wenn ich heute völlig zerzaust aussehe«, sagt sie und streicht sich in Zeitlupe mit der Pfote über die Stirn. »Ich habe die letzten Tage kaum geschlafen.«

Schon klar, denke ich. Ist ja auch anstrengend, so ein italienischer Lover.

»Aber du bist sicher nicht gekommen, um dir meine Probleme anzuhören«, fährt sie fort. »Also. Was willst du, Ray?«

Gute Frage. Die Wahrheit ist, noch vor ein paar Minuten wollte ich Elsa einfach nur heimzahlen, dass sie mir das Herz aus dem Leib gerissen hat. Ich wollte, dass sie sich so fühlt wie ich mich gefühlt habe, nachdem sie sich bereitwillig diesem Giaccomo an den Hals geworfen hatte. Aus diesem Grund klemmt ein gefaltetes Blatt unter meinem Vorderlauf, das beweist, wer der feurige Italiener Giaccomo in Wirklichkeit ist: Heinz Strunk aus Gelsenkirchen. Ein Callboy ohne Moral und Prinzipien, der von einem Zoo zum anderen gereicht wird, um für Chinchillanachwuchs zu sorgen. Elsa hat sich in einen professionellen Samenspender verliebt, für den sie nicht mehr war als eine Dienstreise.

»Ray? Träumst du?«

Ich schaue in ihre traurigen Augen und bringe es nicht über mich, Elsa die Wahrheit zu sagen. Es stimmt, sie hat mir das Herz gebrochen, aber muss ich deshalb auch ihres brechen? Das wäre nicht nur grausam, sondern auch sinnlos, weil diese Rache mein Leid nicht lindern würde.

»Ich habe deine Halbschwester getroffen«, sage ich und lasse das Blatt mit den Personalien von Heinz Strunk dort, wo es ist.

Ihre Augen weiten sich. »Du hast … wen getroffen?«

»Ich war auf einer Party in der Stadt«, erkläre ich. »Sie hatte dort einen Auftritt mit ihrer Jazzband.«

»Du warst auf einer … Party?«, wiederholt Elsa perplex.

Ich nicke. »Elsa lässt dir ausrichten, du kannst sie im *Pinguin* treffen. Sie singt dort immer mittwochs.«

Elsa sieht mich fassungslos an. Ihr Mund steht offen. Auch das sieht ziemlich sexy aus, wie ich gerade bemerke. »Und ich soll dir auch noch sagen, dass sie sich sehr, sehr freuen würde, dich wiederzusehen.«

Immer noch starrt Elsa mich an. Da sie offenbar Zeit braucht, um die Neuigkeiten zu verdauen, beschließe ich, sie jetzt allein zu lassen. »Gut. Also, das war es dann auch schon, was ich dir sagen wollte. Schönen Tag noch. Ich hoffe, man sieht sich mal wieder, bei Gelegenheit.«

Ich habe nur ein paar Schritte gemacht, da holt mich ihr »Ray, bitte warte einen Moment!« zurück an die Gitterstäbe.

Ihre Augen haben sich mit Tränen gefüllt. »Du hast … Elsa getroffen«, bringt sie stockend hervor. »Unglaublich.«

»Reiner Zufall«, erwidere ich. »Ich war auf dieser Party, und dann ist mir die Ähnlichkeit aufgefallen.«

»Dann … hat sie dir also auch von meiner Vergangenheit erzählt.«

»Hat sie«, bestätige ich.

Elsa nickt nachdenklich. »Tja, und wäre es vielleicht möglich … also meinst du, wir könnten …«, druckst sie herum.

»Keine Sorge«, unterbreche ich. »Ich werde niemandem was erzählen.

Durch den Tränenschleier trifft mich ihr Blick. »Danke, Ray.«

»Keine Ursache.«

Sie schluchzt, dann strafft sie sich. »Würdest du mir helfen, zu diesem Club zu kommen? Ich weiß nicht, wen ich sonst bitten könnte.«

Mir wird heiß und kalt bei der Vorstellung, Elsa an einem lauen Sommerabend in einen hippen Jazzclub auszuführen. Früher hätte ich mir nichts sehnlicher gewünscht. Inzwischen muss ich aber darauf achten, dass mir mein letztes bisschen Würde nicht auch noch flöten geht.

»Vielleicht fragst du besser Giaccomo«, erwidere ich. »Ich wollte sowieso nicht so bald wieder in die Stadt.«

»Verstehe«, sagt sie gedehnt. »Klar. Kein Problem.«

Ich nicke höflich und will mich abwenden.

»Es gibt keinen Giaccomo mehr«, fährt sie fort. »Oder wer auch immer dieser Mistkerl war.«

Ich stehe da wie vom Donner gerührt. »Was ist passiert?«, frage ich, obwohl ich es mir eigentlich denken kann.

»Giaccomo hat mich nach Strich und Faden belogen. Und ich

dumme Kuh bin auf ihn reingefallen. Das ist passiert.« Sie lächelt bitter.

»Und wo ist er jetzt?«

Ihre hübschen, kleinen Schultern zucken. »Angeblich lebt er mit irgendeiner Schlampe im Tierpark Chemnitz. Aber wenn die Gerüchte stimmen, dann hat er sowieso Affären in jedem zweiten Zoo von hier bis Palermo.«

Steht ihr gut, diese Verletzlichkeit. Das macht sie irgendwie ... noch attraktiver. Ich will gerade darüber nachdenken, ob ich unter diesen Umständen in Erwägung ziehen sollte, Elsas Wunsch zu erfüllen, als Phils Stimme an mein Ohr dringt: »Wo steckst du denn nur? Verdammt! Ray!«

»Wir reden ein anderes Mal. Ich muss los«, sage ich und bin schon auf dem Weg zu meinem Partner.

»Bitte, Ray! Überleg es dir!«, ruft Elsa mir nach.

Einen kurzen Sprint später knalle ich um ein Haar gegen Phils Schienbein. »Was ist denn passiert?«

»Ich soll dir sagen, wir haben einen Sechs-fünf!«, sagt Phil. »Was zur Hölle ist ein Sechs-fünf?«

»Schwere Verletzung eines Clanmitglieds«, erwidere ich außer Atem. »Wen hat es denn erwischt?«

»Rufus.« Phil wirkt besorgt. »Ich weiß aber auch nichts Genaues.«

Ich finde Rufus in der Kommandozentrale. Er sitzt in einem Biedermeiersesselchen, das früher wahrscheinlich mal in einer Puppenstube stand. Seine rechte Vorderklaue ist verbunden. Natalie streichelt seinen Kopf und versorgt ihn mit Lebendfutter, damit unser Superhirn bei Kräften bleibt.

»Ich glaub es nicht!«, japse ich. »Du bist bei Bewusstsein? Das ist kein Sechs-fünf, wenn man noch stehen kann.«

»Kann ich aber nicht«, erwidert Rufus ungerührt. »Ich bin umgeknickt und darf den Vorderlauf mehrere Tage nicht belasten.«

»Und ich kümmere mich solange um ihn«, piepst Natalie, als müsste sie das unbedingt noch zu Protokoll geben.

»Und was ist mit dem Einsatz heute Nachmittag?«

Rufus winkt mit seiner gesunden Pfote ab. »Du musst die Sache eben jetzt allein durchziehen.«

»Ich denke, man braucht mindestens zwei von uns, um das ganze technische Zeug zu bedienen.«

»Das ist richtig«, erwidert Rufus. »Wobei ich mir schon gestern überlegt habe, dass es auch anders gehen könnte.«

»Und warum hast du diesen Plan dann nicht verfolgt?«

Rufus sieht mich an und schweigt.

»Verstehe«, sage ich. »Für einen allein ist die Sache also noch schwieriger und riskanter, als sie es ohnehin schon für zwei ist.«

Rufus nickt. »Außerdem sind Vogelspinnen ja nicht jedermanns Sache.«

»Vogelspinnen«, wiederhole ich tonlos.

»Vogelspinnen«, bestätigt Rufus, lässt sich von Natalie noch einen Tausendfüßler in den Mund schieben und kaut ein paar Mal. »Hast du *Mission Impossible* gesehen? So ähnlich werden wir es auch machen.«

»Und was heißt das?«

»Mission Impossible?«, fragt Rufus. »Unmöglicher Auftrag.«

»Moment mal. Dein Plan basiert auf einem Film mit dem Titel ›Unmöglicher Auftrag‹? Und es kommen Vogelspinnen drin vor? Das klingt nicht sehr vertrauenerweckend, Rufus.«

»Setz dich und nimm dir 'n Tausendfüßler«, sagt mein Bruder. »Dann erklär ich dir in aller Ruhe, wie wir es machen.«

»Pepe und seine Brüder sind da«, ruft Kim aus dem Vorraum.

»Immer rein in die gute Stube!«, erwidert Rufus. »Dann muss ich nicht alles zweimal erklären.«

Pepe und seine Brüder sind vier kolumbianische Vogelspinnen, die bei einer Razzia unterm Bett eines Kokaindealers gefunden wurden. Auf diese Weise sind sie im Zoo gelandet. Hier haben sich die Brüder einen Namen gemacht, weil sie für eine halbe Flasche Tequila jeden Job annehmen, und sei er noch so mies. Ich kenne die vier ganz gut, weil ich mal in einem Streit zwischen den Vogelspinnen und den Zwergmangusten vermittelt habe. Seitdem grüßt Pepe mich, sofern er zufällig mal nüchtern genug ist, um mich zu erkennen. Wie die anderen heißen, weiß übrigens niemand. Man redet immer nur mit Pepe. Und der spricht wiederum grundsätzlich für alle.

Rufus' Plan ist simpel. Ich soll mein Leben an die pelzigen Tentakel von vier kolumbianischen Trunkenbolden hängen, indem ich mich von ihnen als lebendes Abhörmikrofon über Constanzes Schreibtisch abseilen lasse. Mittels Stirnbandkamera und Rucksackmikrofon besorge ich so den Beweis dafür, dass Constanze ihren Vater umbringen lassen wollte.

»Wird sicher lustig«, sagt Pepe mit rauchiger Stimme. Er riecht wie eine Kölner Kneipe am Aschermittwoch.

Ich weiß nicht, wie lange dreißig Minuten sind, aber genauso viel Zeit haben wir, um durch den Gang TS vier und die Kanalisation zu unserem Einsatzort, der von Sieversdorf'schen Villa, zu gelangen. TS bedeutet: Top Secret. Den Gang dürfen deshalb nur Leute betreten, die von Rufus ausdrücklich dazu ermächtigt worden sind. Also ich, die vier Vogelspinnen, die Clanmitglieder, die den Gang gegraben haben, außerdem Ma und Pa, weil die sowieso alles dürfen. Dann noch Rocky, weil der als Clanchef das gesamte Gehege betreten darf, Roxane, weil sie seine Frau ist, und schließlich Natalie, weil die sonst auf Roxane eifersüchtig wäre. Eigentlich darf also JEDER diesen total geheimen Gang betreten.

»Kobra zwei, bitte kommen!«, höre ich Rufus via Headset sagen, während ich mit dem Rest des Einsatzteams durch die Kanalisation haste.

»Hi, Rufus.«

»Ray, zum letzten Mal: Für die Dauer dieser Mission bin ich Kobra eins.«

»Rufus, lass den Scheiß. Wer sollte uns denn abhören und unsere wahre Identität ermitteln wollten? Der Verband deutscher Zoodirektoren?«

Schweigen.

»Na gut«, erwidert Rufus. »Da ist was dran. Kannst du trotzdem mal das Stirnband mit der MiniCam ein bisschen tieferziehen?«

Ich tue ihm den Gefallen, obwohl er mich schon mehrfach mit irgendwelchen Checks genervt hat. Mein grauer Overall ist bis obenhin mit technischem Scheiß vollgestopft. Ich komme mir vor wie ein Schweizer Taschenmesser.

»Stopp, so ist das Bild super!«, tönt es aus der Kommandozentrale.

»Schön, dass du es dir mit deiner Süßen und was zu Knabbern vorm Computer bequem machen kannst, während ich hier mal wieder meinen Arsch riskiere«, sage ich und höre Natalie kichern.

»Einer muss den Job ja machen«, erwidert Rufus lapidar. »Sekunde, mal! Ich hab Phil in der Leitung. Konferenzschaltung in drei … zwei … eins … jetzt!«

»Ray?«

»Was geht ab, Phil?«

»Bea hat gerade die Villa betreten.«

»Passt doch!«, erwidere ich.

Wir sind nämlich am Ende eines stillgelegten Abflussrohres angelangt. Vor uns ist löchriges Mauerwerk zu erkennen. Es ist das Fundament der Villa von Sieversdorf. Ich zwänge mich durch einen Spalt und gelange in einen Hohlraum. »Rufus? Wo bin ich?«

»Goldrichtig. Das ist der stillgelegte Versorgungsschacht Z4. Das hab ich dir aber …«

»Rufus!«

»Schon gut. Pepe und die anderen sollen vorgehen und dich nachholen.«

Ich gebe Rufus' Order weiter und werde im nächsten Moment in Spinnenfäden eingewickelt. Dann zischen Pepe und seine Brüder den Schacht hinauf, um mich wenig später mit vereinten Kräften hochzuziehen. Eigentlich ganz angenehm, sanft schaukelnd nach oben zu schweben, wäre da nicht meine leise Sorge, dass die dünnen, fast durchsichtigen Spinnenfäden, an denen ich hänge, jederzeit reißen könnten.

»Bist du sicher, dass vier Spinnen für den Job ausreichen, Rufus?«

»Theoretisch ja«, antwortet mein Bruder.

»Was heißt ›theoretisch‹?«, frage ich alarmiert.

»Dass wir keine Zeit hatten, es auszuprobieren«, erwidert Rufus. »Aber meinen Berechnungen zufolge …«

»Verschone mich!«, unterbreche ich ihn.

Constanzes Arbeitszimmer hat eine beängstigende Deckenhöhe. Ein Kundschafterteam hat in der vergangenen Nacht neben dem Kronleuchter ein kleines Loch in die Holzvertäfelung gebohrt. Durch diese Öffnung werde ich jetzt von Pepe und seinen Brüdern abgeseilt. Im fahlen Licht einer altertümlichen Schreibtischlampe sehe ich die Schemen von Bea und Constanze. Sie sitzen sich an dem wuchtigen Möbel gegenüber. Langsam schwebe ich in Hörweite.

»Und diese Geschichte soll ich Ihnen glauben?«, fragt Constanze gerade. Sie wirkt heute nicht nur kühl, sondern frostig.

»Ton ist gut«, höre ich Rufus sagen. »Nimm den Kopf ein bisschen höher, wir haben Bea nicht ganz im Bild.«

Ich tue ihm den Gefallen. »Cool! Bleib so!«

»Warum sollte ich das erfunden haben?«, fragt Bea.

»Vielleicht ist mein Vater längst tot, und Sie versuchen lediglich, Kapital aus der Sache zu schlagen«, erwidert Constanze und lehnt sich in ihrem wuchtigen Ledersessel zurück. »Was beweist mir, dass er noch lebt?«

Bea zieht ein Smartphone aus der Tasche, schaltet es ein und schiebt es über den Tisch.

»Du brauchst dich nicht zu bewegen! Ich kann von hier aus auf das Smartphone zoomen«, sagt Rufus. Ich seufze leise. Manchmal ist mein kleiner Bruder ein sehr großer Angeber.

Ich kneife die Augen zusammen und versuche zu erkennen, was auf dem Video zu sehen ist. Es ist eine Nahaufnahme des schlafenden Hanno von Sieversdorf. Er atmet ruhig und gleichmäßig.

»Wie Sie sehen, ist die Aufnahme von heute«, erklärt Bea. »Ihr Vater ist noch schwach, gesundheitlich geht es ihm aber gut.«

Clevere Idee, das Video, denke ich. Hat sich wahrscheinlich Phil einfallen lassen. Mein Partner ist wirklich mit allen Wassern gewaschen.

Constanze schiebt das Gerät zurück über den Schreibtisch. »Das könnte auch eine Fälschung sein.«

Bea steckt das Smartphone wieder ein und erhebt sich. »Entschuldigen Sie, dass ich Ihre Zeit so lange in Anspruch genommen habe. Offenbar kommen wir beide nicht ins Geschäft.«

Constanze reagiert verdutzt. »Wer sagt das?«

»Sie glauben mir ja ganz offensichtlich nicht«, erwidert Bea verärgert.

»Setzen Sie sich bitte wieder!« Constanze sagt es höflich, aber bestimmt.

Bea zögert kurz, dann setzt sie sich.

»Sie verstehen doch sicher, dass ich vorsichtig sein muss«, sagt Constanze.

Bea nickt. »Natürlich. Das bin ich ja auch.«

»Gut«, erwidert Constanze. »Sie wollen also Geld von mir, weil ich sonst meinen Vater nicht lebend wiedersehen werde?«

Bea schüttelt lächelnd den Kopf. »Nein. Ich will Geld von Ihnen, weil ich dafür sorgen kann, dass Sie Ihren Vater *nicht* lebend wiedersehen werden.«

Constanze entgleiten für einen kurzen Moment die Gesichtszüge.

»Ich habe Sie und Atze gesehen«, fährt Bea fort. »Ich weiß, dass Sie ihm den Auftrag gegeben haben, Ihren Vater zu ermorden. Atze hat mir alles haarklein erzählt. Leider ist die Sache anders gelaufen. Jetzt ist Atze tot und Ihr Vater schwer verletzt. Und nur wir beide wissen davon.«

Constanze sitzt da wie vom Donner gerührt. In ihr arbeitet es. »Und wie genau sähe Ihr Angebot aus?«

»Ihr Vater könnte einen Herzinfarkt erleiden, verursacht durch ein Medikament, dass man bei einer Autopsie nicht nachweisen kann.« Bea lehnt sich ein wenig zurück, um entspannt zu wirken. In Wirklichkeit hat sie große Angst. Das sieht man ihr zwar nicht an, aber ein Erdmännchen kann so was noch aus ein paar Metern Entfernung riechen.

»Warum gehen Sie nicht einfach zur Polizei?«, fragt Constanze. »Es ist eine Belohnung ausgesetzt.«

Bea nickt. »Fünfzigtausend Euro. Ich habe mich gefragt, ob Sie mir nicht ein bisschen mehr zahlen würden.«

Stille. Constanze betrachtet Bea und scheint zu überlegen, was sie nun tun soll. Man könnte eine Stecknadel fallen hören. Mit einem kaum vernehmbaren »Pfffssss« reißt einer der Spinnenfäden, die mich in der Luft halten. Ich kippe nach vorn und spüre, dass sich die anderen Fäden bis zum Zerreißen spannen.

»Arriba! Arriba! Ándale!«, höre ich Pepe zischen. Ein paar Atemzüge später taucht vor meinem Gesicht das Ende eines neuen Spinnenfadens auf. Ich greife danach, bekomme ihn aber nicht gleich zu fassen.

»Halt still, Ray!«, sagt Rufus. »Das ist der entscheidende Moment.«

Als wüsste ich das nicht selbst. Soll ich im entscheidenden Moment aus schwindelerregender Höhe auf die Schreibtischplatte knallen, oder was?

Es gelingt mir, den Spinnenfaden zu ergreifen und ihn einmal um meine Vorderklaue zu wickeln. Wieder halbwegs gesichert, versuche ich, in meine vorherige Position zurückzupendeln.

Constanze erhebt sich, geht zu einem wuchtigen Schrank und öffnet ihn. Hinter der Tür kommt ein Safe zum Vorschein.

»Einhunderttausend Euro«, sagt Constanze, während sie den Safe öffnet. »Das ist alles, was ich im Haus habe.«

»Das reicht auf jeden Fall für eine Anzahlung«, erwidert Bea und streckt sich. Ihre Nerven sind gerade genauso dünn wie die Spinnenfäden, an denen ich hänge. »Die restlichen Neunhunderttausend überweisen Sie auf ein Konto in Uruguay. Sobald ich das Geld habe, sage ich Ihnen, wo Sie die Leiche Ihres Vaters finden. Andernfalls erhält die Polizei einen ausführlichen Bericht. Zusammen mit meiner Aussage.«

»Eine Million?« Constanze wirkt verärgert. »Sie wollen eine Million Euro? Ihr Lebensgefährte hat sich mit Fünfzigtausend begnügt.«

»Wie viel werden Sie erben? Hundert Millionen? Oder mehr?« Beas Stimme hat nun einen wütenden Unterton.

Ich merke, dass ich verkrampfe. Lange werde ich diese Position nicht mehr halten können. Wie schaffen Spinnen das eigentlich stundenlang?

Constanze überlegt. »Wer garantiert mir, dass ich nie wieder etwas von Ihnen höre? Sie könnten mich ja auch bis zum Ende meiner Tage zu erpressen versuchen.«

Bea reißt sich zusammen. Sie weiß, dass sie die Ruhe bewahren muss, um Constanze das Handwerk zu legen. »In Südamerika ist eine Million Euro mehr Geld, als man in einem Leben ausgeben kann. Außerdem, wer will Ihnen etwas nachweisen? Ich hingegen werde allein durch meine Flucht zur Hauptverdächtigen. Sagen wir also: Die Chance, dass ich Ihnen noch einmal in die Quere komme, ist sehr gering – zumal ich ja weiß, wozu Sie fähig sind.«

Constanze nimmt mehrere Packen Geld aus dem Safe und legt sie auf den Schreibtisch. »Gut. Ich bin einverstanden mit unserem kleinen Geschäft.«

Bea atmet auf, was Constanze als Zeichen für den gelungenen Abschluss der Verhandlungen betrachtet. Ein kleines, zufriedenes Lächeln huscht über ihr ansonsten ausdrucksloses Gesicht.

Ich kann mich nicht mehr halten. Zuerst rutsche ich mit der Vorderklaue ab, dann hört man erneut dieses an einen Lufthauch erinnernde »Pfffssss«. Ich stürze kopfüber zu Boden, werde aber von den um meine Hinterläufe gebundenen Spinnenfäden zurückgezogen. Wie ein Bungeespringer baumele ich federnd zwischen Himmel und Erde und hoffe, dass die beiden verbliebenen Spinnenfäden halten werden.

In diesem Moment fliegt die Tür auf, und Phil erscheint. »Okay. Das war's, wir haben genug gehört.«

Constanze wird schlagartig blass. »Wie bist *du* hier reingekommen?«

Hinter Phil erscheint Hanno von Sieversdorf. »Mit mir.«

Bea springt auf, läuft zu Hanno, fällt ihm in die Arme und bricht in Tränen aus. Die nervliche Anspannung fällt mit einem Mal von ihr ab. Constanze braucht einen Moment, um zu verstehen, was hier gerade passiert. Dann gibt sie sich geschlagen und lässt sich in ihren Sessel fallen. Phil und Constanze tauschen einen langen Blick. In seinen Augen lese ich: Schade, aus uns beiden hätte was werden können. Sie senkt den Blick zu Boden. Vielleicht bedauert sie, dass sie es niemals herausfinden wird.

»Kobra eins, hier Spiderman. Hast du alles im Kasten?«

Ich höre ein befreites Kichern. »Alles bestens, Spiderman. Schwing deinen Hintern in den Partyraum. Es gibt Skorpione, Raupen, Mäuse und ein Zeug namens Scotch. Geilomat.«

Ich stutze. »Woher kommt denn das alles so plötzlich?«

»Da ist eben 'ne SMS von Phil gekommen. Er hat heute früh 'ne Kühlbox im Gebüsch versteckt. Prophylaktisch.«

»Sprich Erdmännisch mit mir, Rufus.«

»Er hat gewusst, dass wir den Job wuppen würden, und deshalb schon mal 'n Büfett organisiert.«

»Bin unterwegs«, sage ich. »Pepe! Worauf wartet Ihr noch? Zieht mich wieder hoch!«

Während ich kopfüber und in Zeitlupe zur Decke schwebe, sehe ich zwei Polizisten den Raum betreten, die Constanze in ihre Mitte nehmen und abführen. Ein Kerl mit Glatze und Bauch schüttelt Phil die Hand. Heinz Lossow, wenn ich mich recht entsinne, leitender Ermittler im Fall der Leichen im Zoo. Während Lossow Phil die Hand schüttelt, wirft dieser mir einen kurzen Blick zu und nickt anerkennend. Ich hebe eine Pfote zum Gruß.

Gute Arbeit, Partner.

Kapitel 20

Ich mag es, morgens durch den Zoo zu schlendern. Das Getöse der Schulklassen ist noch fern, das Personal wurschtelt verschlafen vor sich hin, und man hat Zeit für den einen oder anderen Plausch durch die Gitterstäbe.

Heute drehe ich meine Runde allein, weil sich gestern der gesamte Clan mit Scotch abgeschossen hat, Rufus inbegriffen. Ich hab zwar allen erklärt, dass das Zeug teuflisch ist, hat aber niemand auf mich hören wollen. Es wird also heute auf ein Langschläferfrühstück hinauslaufen, wobei die meisten sich gestern dermaßen mit Lebendfutter vollgestopft haben, dass der Clan auch gut ein paar Tage fasten könnte.

»Hi, Ray!«

Erstaunt wende ich den Kopf zum Elefantengehege. Kam der Gruß gerade von Heiner? Er hebt bestätigend den Rüssel und lächelt. Verwunderlich, immerhin haben wir in seinem Gehege einen Erdrutsch ausgelöst, bei dem Heiners Frau und Kind bis zum Ohransatz verschüttet wurden. Die beiden liegen eng aneinandergeschmiegt im hinteren Teil des Geheges und schlafen noch. Ich hätte geschworen, dass alle drei wegen des Malheurs nie wieder ein Wort mit mir wechseln würden.

»Heiner! Was geht ab?«, sage ich betont locker.

Er schlufft in meine Richtung. Vorsichtshalber trete ich so weit zurück, dass mich sein Rüssel nicht erreichen kann. Er registriert es.

»Hast du etwa Angst vor mir, Ray?«

»Sagen wir, es würde mich nicht wundern, wenn du 'ne ziemliche Wut auf mich hättest.«

Heiner lächelt breit und lässt seine Stoßzähne in der Morgensonne glitzern. »Ich wollte mich eigentlich bei dir bedanken.«

»Das … is'n Witz.«

Heiner schüttelt seinen mächtigen Kopf und lässt Ohren und Rüssel umherschlackern. »Kein Witz. Seit dem Erdrutsch ist Nicoles Migräne wie weggeblasen. Die Schleiereule meint, es könnte sich um eine postnatale Blockade gehandelt haben, die sich durch den Schock gelöst hat. Jedenfalls geht es Nicole jetzt wieder so gut, dass wir überlegen, Benjamin ein Geschwisterchen zu … ähm … schenken.«

»Wow! Das freut mich total«, sage ich. Und es freut mich wirklich, nicht nur, weil die Elefanten eine nette Familie sind, sondern auch, weil man ab und zu einen Kumpel gebrauchen kann, der vier Tonnen wiegt. »Dann liebe Grüße an die Familie.«

Heiner nickt freundlich, aber ich merke, dass er noch etwas auf dem Herzen hat. Immer raus mit der Sprache. Erwartungsvoll schaue ich ihn an.

»Sag mal … Ihr habt doch jetzt alle Leichen gefunden, die es hier gibt, oder? Ich meine, ihr müsst nicht noch weitere Löcher buddeln und so …«

Ich schüttele den Kopf. »Keine Sorge, Heiner. Der Fall ist abgeschlossen.«

Er atmet sichtlich erleichtert auf. »Dann ist ja gut. Schönen Tag noch, Ray.«

Als ich die Pinguine links liegenlasse, hallt mein letzter Satz in mir nach: Der Fall ist abgeschlossen. Ich seufze und spüre eine maßlose Traurigkeit in mir aufsteigen bei dem Gedanken daran, dass ich heute mal nicht meinen Arsch riskieren muss, um herauszufinden, wer Hanno von Sieversdorf wohin verschleppt hat. Wieder seufze ich. Irgendwie seltsam, diese Traurigkeit. Vielleicht hätte ich mich gestern ebenfalls besaufen sollen.

»Was hat er denn nur?«, höre ich in diesem Moment Ursula fragen. Ich schaue hoch und sehe Justus und Ursula, die direkt vor mir stehen und mich aufmerksam mustern. Ich bin, ohne es zu merken und ganz in Gedanken versunken, vor dem Stahlgeländer des Nashorngeheges gelandet.

»Bist du krank?«, fragt Justus. »Oder warum machst du heute keine unpassenden Bemerkungen über den Hintern meiner Frau?«

»Lass gut sein, Schatz«, wirft Ursula ein.

»Aber ich habe ein Recht, das zu erfahren«, beharrt Justus.

Ich höre mein schweres Herz leise wummern. »Heute nicht«, sage ich, wende mich ab und schlendere seufzend am Geländer entlang.

Justus folgt mir auf der anderen Seite. »Was ist los, Ray? Interessiert dich der Hintern von Ursula nicht mehr? Ist dir neuerdings der von Nicole lieber? Ich haben dich eben eine Weile am Elefantengehege stehen sehen.«

Ich schüttele den Kopf. »Nein, Justus. Alles in bester Ordnung. Deine Frau hat den absolut dicksten Hintern im ganzen Zoo. Ich hab nur gestern ein bisschen lange gefeiert. Ich komm nachher wieder vorbei, okay?«

Justus überlegt. »Okay«, sagt er dann, trabt in einem weiten Bogen davon und ruft: »Alles in Ordnung! Er beleidigt dich heute erst später, Schatz!«

Rasch husche ich in einen Seitengang, um mich aus dem Staub zu machen. Ich realisiere erst, dass dies der Weg zu Elsa ist, als ich plötzlich vor ihrem Käfig stehe.

»Morgen, Ray. Was für eine schöne Überraschung.«

»Hi, Elsa. Sorry, ich bin etwas in Eile«, bringe ich mühsam hervor und will weiter.

»In Eile? Um diese Zeit?« Da ist ein Hauch von Bedauern in ihrer Stimme. »Ich hab schon gehört, dass du gestern diesen Fall abgeschlossen hast. Gratuliere.«

»Danke.«

»Deshalb die Eile? Weil du jetzt ein vielbeschäftigter Detektiv bist?«

Der Satz versetzt mir einen Stich ins Herz. Ich *war* ein vielbeschäftigter Detektiv. Und zwar genau bis gestern. Jetzt bin ich wieder ein Erdmännchen, das auf unserem Hügel in der Sonne döst und sich von Schülern mit Pausenbroten bewerfen lässt.

»Ich bin kein Detektiv«, sage ich. »Der Fall war … ein Einzelfall.«

Sie nickt nachdenklich und betrachtet mich aufmerksam.

»Und jetzt bist du traurig«, sagt sie leise.

Ich nicke, ohne sie anzusehen.

»Kommen auch wieder bessere Zeiten«, fährt sie fort. »Wirst schon sehen.«

Wieder nicke ich, während ich immer noch zu Boden schaue.

»Ich weiß, wovon ich rede, Ray.«

Ihre Stimme klingt warm und ungewohnt vertraut. Ich hebe den Blick und schaue ihr geradewegs in die Augen. Für einen kurzen Moment gibt es im gesamten Universum nur sie und mich.

Das Kreischen eines Türriegels, der mit Wucht zurückgeschoben wird, schießt mich in die Realität zurück. Elsa bekommt Frühstück, und zwar jetzt. Für einen Abschied bleibt keine Zeit. Ich ducke mich schnell weg, springe ins Gebüsch und husche von dort aus über einen Seitenweg davon.

Schnaufend lasse ich mich schließlich auf eine der vielen Rasenflächen sinken und strecke alle viere von mir. Das Gras ist noch feucht. Über mir spannt sich der unendliche Himmel. Wird ein schöner Tag, denke ich, da dringt von Ferne und wie aus einer anderen Welt eine Melodie an mein Ohr.

»Summmmmmertiiiiiiiiiiiiiiiime
And the livin' is eeeeeeeeasyyyyyy.«

Meine Augen weiten sich so sehr, dass ich aussehe wie ein verstörter Katzenmaki. Das ist Elsas Stimme! Und dieses Lied kenne ich. Ihre Schwester hat es auf Hollys Party gesungen.

»Fish are juuuuumpinnnnnnn'
And the cotton is hiiiiiiiiigh.«

Elsa singt für mich. Ich kann es nicht fassen.

»Your daddy's riiiiiiiiiiiiiich,
And your mamma's good lookiiiiiiin'.«

Ich schließe die Augen und spüre, dass ich ein breites Grinsen im Gesicht habe.

»So hush little babyyyyyyy
Don't you cryyyyyyyyyyyyyyyyyyyyyyyyyyyyyyy.«

Der letzte Ton hallt nach. Dann ist es still. Für einen Moment scheint die Welt den Atem anzuhalten. Ich öffne die Augen und schaue in das makellose Blau des Himmels. Ich lächle immer noch.

Phils Gesicht schiebt sich ins Bild. »Hier bist du also.«

Ich springe auf. »Phil! Hast du jetzt ne Jahreskarte?«

Er lächelt. »Ich hab mir den Osteingang schon mal vor den offiziellen Besuchszeiten aufgeschlossen.«

»Cool. Freut mich. Was hast du auf dem Herzen?«

»Wollen wir ein Stück gehen?«

Ich nicke. Habe ich schon oft bei den Menschen beobachtet. Wenn sie was Wichtiges zu besprechen haben, dann gehen sie ein Stück.

»Also, was ist los?«, frage ich betont beiläufig. Die Wahrheit ist, ich platze gleich vor Neugier.

»Ich hab mich gefragt, ob du und ein paar deiner Jungs mir helfen könntet, den Citroën wieder fitzumachen.«

Ich freue mich einerseits, dass Phil mich um Hilfe bittet, andererseits bin ich ein bisschen enttäuscht, dass es dabei nicht um einen neuen Fall geht. »Klar, kein Problem. Was sollen wir denn tun?«

»Also, da müssen eine Menge Kabel durch die Karosserie gezogen werden. Das kostet normalerweise viel Zeit. Für ein paar Erdmännchen ist das aber nur ein Klacks.«

»Okay. Machen wir.«

»Toll.«

Schweigen.

»Und das war's? Deshalb bist du gekommen?«

»Ja. Das war's. Deshalb bin ich gekommen.«

Wieder schweigen wir.

»Du bist doch nicht nur wegen des Autos hier, Phil.«

Er schaut zu mir herab und macht ein erstauntes Gesicht. »Doch. Wieso denn sonst noch?«

»Du hast einen neuen Fall für uns«, schleudere ich ihm entgegen.

Phil grinst breit. »Wie kommst du darauf?«

»Hab ich es doch gewusst!«, rufe ich. »Worum geht es? Um Mord?«

»Ray, es gibt keinen Fall. Ich bin nur wegen des Autos hier.«

»Gib mir nur einen kleinen Anhaltspunkt. Hätte ich heute früh in der Zeitung davon erfahren können?«

»Ray! Es gibt keinen Fall.«

»Wieder eine Vermisstensache? Geht es um einen Prominenten? Ist der Auftraggeber diesmal ein Mann oder wieder eine Frau?«

Phil bleibt abrupt stehen und sieht mich eindringlich an. »Ray! Hör jetzt bitte auf! Es gibt keinen neuen Fall! Und damit basta!«

Ich schweige erschrocken. Phil atmet durch, dann geht er weiter. Geknickt trippele ich ihm hinterher. Da sind wohl gerade die Pferde mit mir durchgegangen. Ärgerlich. Was soll Phil mit einem Partner anfangen, der hysterische Anwandlungen bekommt bei dem Gedanken an einen neuen Job? Da kann er ja gleich mit den Pinguinen zusammen ein Büro aufmachen.

Oh Gott! Ob ich mich da gerade für eine weitere Zusammenarbeit disqualifiziert habe? Vielleicht sollte ich mich für mein unprofessionelles Verhalten bei Phil entschuldigen. Ich überlege noch, wie ich das anstellen soll, da merke ich, dass Phil erneut stehen geblieben ist. Ich schaue fragend zu ihm hoch und sehe wieder dieses breite Grinsen.

»Glaubst du wirklich, dass ich mich im Morgengrauen aus dem Bett quäle, nur um dich zu fragen, ob du mir mit dem Wagen hilfst?«

Ich starre ihn an.

Sein Grinsen scheint jetzt bis hinter beide Ohren zu reichen. »Was ist? Bist du dabei, Partner?«

Ich spüre mein Herz schneller schlagen.

LESEPROBE aus dem zweiten Fall
für die Erdmännchen-Ermittler

VOLL SPEED

Kapitel 1

Es gibt ein altes Erdmännchensprichwort, das geht so: »Wer allzeit gräbt, hat nie gelebt.«

Gut, ich gebe zu, das ist meine persönliche Variante des Sprichworts. Bei Ma würde ich damit nicht durchkommen. In Wirklichkeit geht es nämlich so: »Wer allzeit gräbt, hat brav gelebt.« Aber das »brav« darin hat mich schon immer genervt. Rufus, mein Klugscheißer-Bruder, meint, an dem Sprichwort könne man unsere protestantischen Wurzeln erkennen. Natürlich hab ich keine Ahnung, was protestantisch bedeutet, und natürlich weiß Rufus das. Nachgefragt hab ich trotzdem nicht. Die Genugtuung konnte ich ihm einfach nicht geben. Bei vielen Zoobesuchern ist ja »Prostata« ein großes Thema, aber ob das jetzt irgendwie zusammenhängt … Außerdem, ich meine, hey, wir kommen ursprünglich aus der Savanne. Keine Ahnung, ob es da Prostata-Wurzeln gibt. Und wenn ja: Wen interessiert's?

Weshalb ich das erzähle? Nun, ich schätze, ich bin etwas aus der Art geschlagen. Mit dem Graben hab ich es nämlich nicht so. Dafür bin ich Frühaufsteher. Die schönste Zeit des Tages in unserem Zoo ist kurz vor Sonnenaufgang: Wenn die meisten Säuger noch dabei sind, den Schlaf abzuschütteln, sich hinten über dem Okapigehege der Himmel rosa färbt und das neue Kupferdach von Elsas Gehege zu glänzen beginnt. Und bevor die Pfleger kommen und die Besucher hereinströmen. Ich war nie in der Savanne, und realistisch betrachtet, werde ich da wohl auch niemals hinkommen, aber schöner als im Zoo kurz vor Sonnenaufgang kann es da auch nicht sein.

»Morgen, Ray«, begrüßt mich ein Flamingo.

Ist ein kleiner Wermutstropfen, dass ich auf meinem morgendlichen Rundgang durch den Zoo immer als Erstes den Flamingos begegne, aber hinter deren Haus führt nun mal unser Geheimgang nach draußen. Kaum etwas ist ermüdender als das Gespräch mit einem Flamingo – was ich noch wegstecken könnte, wenn sie sich wenigstens vernünftig verarschen ließen. Ist aber nicht, weil sie bis zur nächsten Begegnung unter Garantie vergessen haben, dass sie verarscht worden sind.

Ich demonstriere das mal eben: »Morgen, Heinz«, antworte ich.

»Du kennst meinen Namen?«, antwortet der Flamingo.

»Klar«, lüge ich, »du bist Heinz.«

Er wechselt in Zeitlupe von einem Bein auf das andere. Klares Zeichen von erhöhter Gehirnaktivität. »Ist das ein cooler Name?«, fragt er.

»Kommt darauf an.«

»Worauf?«

»Ob du ein Männchen oder ein Weibchen bist. Als Weibchen Heinz zu heißen wär' eher uncool.«

»Und … Bin ich ein Weibchen?«

»Seh ich aus wie ein Gynäkologe?«, entgegne ich. Was das bedeutet, weiß ich zufällig.

Damit hab ich den Flamingo intellektuell in eine Sackgasse manövriert, aus der er so bald nicht wieder herausfinden wird. Ich will ihn den einsamen Weiten seiner Gehirnwindungen überlassen, als mich ein zweiter Flamingo fragt: »Weißt du auch, wie *ich* heiße?«

»Logisch. Du bist Wiesel.«

»Wiesel?«

»Brauchst mich gar nicht so schräg anzugucken. Ich hab dir den Namen schließlich nicht verpasst.«

»Aber das ist doch ein Tier?«

»Beschwer dich bei deinen Eltern.«

Auch er wechselt von einem Bein auf das andere: Bsssssssssss – Bein raus – bssssssssss – Bein rein. Ein Fahrstuhl schafft in der Zeit locker acht Stockwerke. »Aber ich könnte Männchen oder Weibchen sein – würde beides passen, oder?«

»Stimmt. Wär beides uncool.«

Der Flamingo, den ich Heinz getauft habe, hat zwischenzeitlich mit dem Schnabel im Gefieder zwischen seinen Beinen herumgestöbert. »Ich glaube, ich bin ein Weibchen«, sagt er jetzt.

Der andere sieht eine Chance, von seinem eigenen Dilemma abzulenken: »Dann bist du uncool.«

»Du bist doch selber uncool«, wehrt sich Heinz, »schließlich heißt du … Ray, wie heißt der noch mal?«

»Wiesel.«

»Genau. Wiesel. Voll der Doofname, echt.«

Wiesel lässt nervös den Kopf um die eigene Achse rotieren. »Wenigstens bin ich kein Weibchen, so wie du.«

An diesem Punkt ziehe ich mich vornehm zurück, überlasse die beiden einander, schlüpfe durch die Hecke und schlendere lässig Richtung Elefantengehege. Wie gesagt: Könnte ganz lustig sein, so eine Flamingoverarsche. Aber zu wissen, dass die beiden beim nächsten Mal unter Garantie alles vergessen haben werden, verdirbt einem echt den Spaß.

Eigentlich könnte dies ein besonders schöner Morgen sein. Die Blätter an den Bäumen haben sich bereits herbstlich verfärbt und baumeln träge in der schweren Luft, leuchten aber noch einmal in einem angeberischen Gelb- und Rot-Finale, sobald sie von den Strahlen der Altweibersonne gestreichelt werden. Und doch traue ich dem Frieden nicht. Ich kann es nicht genau sagen, aber da ist etwas – eine nervöse Anspannung. Wie eine Neuigkeit, die sich im Zoo verbreitet und die du spürst, bevor du weißt, was es eigentlich genau ist.

Am Gehege der Breitmaulnashörner Ursula und Justus wird meine Ahnung zur Gewissheit. Normalerweise läuft das so: Bei den Flamingos schlage ich den Weg nach Norden ein, grüße freundlich die Elefanten, ignoriere die Steinböcke auf ihrem lächerlichen Felsen, auf den sie sich so viel einbilden, und nehme mir bei den Nashörnern etwas Zeit, um Ursula so lange zu … sagen wir: necken, bis Justus wutschnaubend mit seinem vorderen Horn gegen das Stahlgeländer rennt.

Um das zu erreichen, mache ich Ursula meist Komplimente über ihren Hintern – dass sie mich total heiß macht mit diesem schlanken, geradezu grazilen Dickhäuterpo und dass ich gar nicht verstehen könne, wie Justus das aushalte, den ganzen Tag mit ihr das Gehege zu teilen, ohne sie nicht wenigstens stündlich zu bespringen, obwohl in Justus' Fall springen wohl nicht das richtige Wort sei und so weiter und so fort. Justus versucht dann immer, Ruhe zu bewahren. Das ist der eigentlich lustige Teil – wie er versucht, die Kontrolle zu behalten. Denn er weiß natürlich, dass ihn wirklich hässliche Schmerzen erwarten, sobald er mit dem Horn das Geländer knutscht. Schließlich ist das vordere Horn von Breitmaulnashörnern mit der Nasenwurzel verwachsen. Aua.

Selbstredend gelingt es Justus nicht, die Kontrolle zu behalten. Unmöglich. Dreieinhalb Tonnen Kampfgewicht, aber eine Steuereinheit von der Größe einer kandierten Mandel. Rufus meint, es liege daran, dass Nashörner keine natürlichen Feinde haben. Es gibt sozusagen keine evolutionäre Notwendigkeit, dass sich da im Kopf etwas entwickelt. Wenn ihnen jemand blöd kommt, gibt's was auf die Glocke, und das war es dann. So weit das Gehirn eines Breitmaulnashorns. Funktioniert leider nur in freier Wildbahn. Hier im Zoo trennt Justus und mich ein Vierkant-Stahlrohr so dick wie ein Laternenpfahl. Und das ist der Grund dafür, weshalb eine Nashornverarsche deutlich mehr Spaß bringt als eine Flamingoverarsche. Denn Justus erinnert sich zwar morgen noch an die Schmerzen von heute, am Ende aber dengelt er doch wieder gegen das Geländer. Er kann nicht *nicht* dagegen rennen.

Und so zwänge ich mich wie jeden Morgen möglichst unauffällig durch die Hecke, die sie entlang des Stahlgeländers gepflanzt haben, lehne mich lässig gegen einen der Betonpfeiler, betrachtete den felsblockartigen Hintern von Ursula und rufe: »Morgen, Ursula!«

Sie antwortet, ohne sich umzudrehen: »Geh weg, Ray.«

»Ich würde ja gerne«, antworte ich, während ich mit einer Kralle die Ritzen zwischen meinen Zähnen sauberkratze, »aber dein Hintern macht mich einfach derartig heiß ... Wo ist eigentlich Jus ...«

In diesem Moment beginnt die Erde zu beben, und Justus kommt um das Haus gestürmt, und – kein Witz – so schnell hab ich ihn noch nie laufen sehen. Wusste gar nicht, dass ein Nashorn überhaupt so rennen kann. Er muss sich richtig auf die Seite legen, um nicht aus der Kurve zu fliegen. Ich tätschele kurz den Betonpfeiler und kreuze das Spielbein über das Standbein. Das wird weh tun, denke ich, doch da galoppiert Justus auch schon heran, hält direkt auf mich zu, grunzt wie ein Posaunenchor, und die Erde vibriert so stark, dass ich immer wieder für Sekundenbruchteile den Bodenkontakt verliere. Jetzt wird mir doch etwas mulmig. Ich sehe den Staub tanzen und habe gerade noch Gelegenheit, zwei Schritte rückwärts zu stolpern, während ich mit aufgerissenen Augen verfolge, wie Justus auf den letzten Metern noch einmal zulegt – Mann, der würde glatt einen Geparden abhängen. Dann kneife ich die Augen zusammen, höre, wie sein Horn in das Geländer kracht und er ein Brüllen ausstößt, das selbst die Kängurus im entlegensten Winkel des Zoos schockiert zusammenfahren lässt.

Das Nächste, was ich wahrnehme, ist ein Luftstoß, der nach vergorenem Gras riecht und mich anbläst wie ein Föhn auf Stufe drei. Ich öffne meine Augen und blicke in die von Justus, blutunterlaufen, hitzig, zu allem entschlossen. Er hat es tatsächlich fertiggebracht, das Geländer zu verbiegen, den Stahl zu knicken wie ein Streichholz, und jetzt schnauft er mir seinen Grasatem ins Gesicht, und die Spitze seines Horns ist ziemlich genau eine Klauenbreite davon entfernt, meine kleinen Erdmänncheneier aufzuspießen. Ich blicke an mir herab und stelle fest, dass ich Justus gerade vor Schreck auf sein Horn pinkele. Für einen Moment steht die Zeit still. Er schnauft, ich pinkele. Dann hab ich keinen Urin mehr und mich wieder unter Kontrolle. Bin schließlich kein Nashorn. Mit einer einzelnen, abgespreizten Kralle tippe ich sehr behutsam die Spitze von Justus' Horn an.

»Wie es scheint«, sage ich, »sind wir heute ein bisschen … dünnhäutig, hm?«

Statt einer Antwort stößt Justus nur ein weiteres Brüllen aus, das mich tatsächlich in die Hecke hinein- und auf der anderen Seite wieder herausschleudert. Dann sitze ich benommen auf dem Kiesweg und habe ein garstiges Fiepen im Ohr.

Bis ich mich von dem Schock erholt und so weit gesammelt habe, dass ich aufstehen und meinen Weg fortsetzen kann, höre ich von jenseits der Hecke Justus' dröhnende Stimme, die sich mühelos an dem Fiepen in meinen Ohren vorbeiarbeitet.

»Komm schon, Baby«, höre ich ihn gurgeln, und es dauert einen Moment, ehe ich begreife, dass Ursula gemeint ist und nicht ich.

»Justus, mein Großer«, antwortet Ursula, und ich bilde mir tatsächlich ein, ein laszives Raspeln aus ihrer Stimme herauszuhören. »Schon wieder?«

Ich klopfe mir den Staub ab, spucke ein Blatt aus und sehe zu, dass ich weiterkomme. Seit Jahren wartet der Zoodirektor darauf, dass Justus sich endlich mal wieder aufschwingt und Ursula begattet, und jetzt haben die beiden nicht nur Sex, sondern sie sagt zu ihm: »Schon wieder?«.

Gedankenversunken setze ich meine Runde fort, vorbei an den Wölfen und Bibern, an den Pinguinen und Sumpfbüffeln. »Alles in Ordnung, Ray?«, höre ich eine Stimme durch das Fiepen in meinen Ohren, achte aber nicht darauf. Ist garantiert sowieso nur wieder Bernhard, das Okapimännchen, das am liebsten für alle im Zoo die Mutti wäre – ausgenommen die Leoparden, versteht sich –, und das jede sich bietende Gelegenheit nutzt, dir ein mehrtägiges Verständnisgespräch aufs Ohr zu drücken. Er meint es doch nur gut, sagt Ma immer, und damit hat sie natürlich recht. Aber genau das ist ja das Schlimme: Diejenigen, die ihre Tyrannei in einen Deckmantel wohlmeinender Anteilnahme wickeln, sind echt die Gefährlichsten. Gegen die ist schwer anzukommen.

Ich tapse also durch den Zoo, warte darauf, dass das Fiepen nachlässt, frage mich, was wohl in Justus gefahren sein mag, und merke erst wieder, wo ich bin, als sich mein Herzschlag beschleunigt. Das passiert automatisch, sobald ich am unteren Waldschenkenteich abbiege, auf die Affengehege zusteuere und dahinter Elsas Käfig in Sicht kommt. Und offenbar geschieht es sogar, wenn ich völlig in Gedanken bin. Kann man mal sehen, wie so ein Organismus funktioniert – ganz von selbst nämlich. Echt krass, Wunder der Natur und so weiter.

Wenn ich sage, dass ich etwas aus der Art geschlagen bin, dann bezieht sich das übrigens nicht nur auf meine Grabungsinstinkte, sondern ebenso auf Elsa. Meine Elsa. Die flauschigste Versuchung auf diesem Planeten. Und außerdem ein Chinchilla. Rufus meint ja, das sei pervers – als Erdmännchen auf ein Chinchilla steil zu gehen. Aber, mal ehrlich: Der Typ liest Konfuzius und Dieter Bohlen und all son Zeug. Neulich wollte er sogar einen Antrag zur Einführung einer neuen Gesprächs- und Reflexionskultur im Clan einbringen. Da frag ich mich doch, wer von uns beiden der Perversere ist. Glücklicherweise wusste Rocky nicht, was eine Kultur ist, also hat er die Idee sofort abgeschmettert.

Zurück zu Elsa: Besonders schlimm erwischt es mich, wenn ein lauer Südwestwind weht. Dann streift mich, sobald ich die Gorillas passiert habe, dieser unwiderstehliche Duft aus Pfirsich und Urin, der ihrem in langen Mußestunden geputzten Fell entsteigt, und ich muss echt den Hintern zusammenkneifen, um nicht automatisch in die Knie zu gehen. Elsa. Ich könnte viel erzählen über Elsa, könnte Rufus' frisch angelegte Bibliothek mit Geschichten über meine ewige Sehnsucht füllen …

Hier nur so viel: Sie ist meine Elsa. Aber ich bin nicht ihr Ray. Sie hat mir das Herz gebrochen, mehrfach. Es zu Staub zerrieben und sich darin gesuhlt wie ein Dickhäuter. Spätestens seit der Geschichte mit Giacomo hätte ich allen Grund, sie mit Nichtachtung zu strafen, sie zu verachten, zu meiden, zu hassen. Das Problem dabei ist: Ich bin ein Erdmann, und in Liebesdingen, das weiß ich seit letztem Sommer, sind wir Erdmännchen den Menschen kein Stück voraus. Soll heißen: Mein Verlangen ist größer als jede Selbstachtung. Was Elsa angeht, bin ich also – harte Erkenntnis – nicht reifer als Justus: Während der jeden Morgen gegen das Geländer rennt, schiebe ich willig mein Herz durch die Schreddermaschine.

Alles, was ich tun kann, ist, mir nichts anmerken zu lassen. So zu tun, als ob. Was nicht funktioniert, kein Stück, nie funktioniert hat und nie funktionieren wird. Elsa kann mein Herz schlagen hören, wenn ich noch am Waldschenkenteich bin. Manchmal glaube ich sogar, ich muss nur in meiner Kammer liegen und an sie denken, damit sie es hören kann.

»Morgen, Elsa«, rufe ich. Ich rufe es tatsächlich. Und schicke hinterher: »Wie läuft's denn so?« Mann, muss ich bescheuert sein.

Von ihrem Hügel aus lässt Elsa einen beiläufigen Blick zu mir herabrollen, schwer wie ein Felsbrocken. »Lass stecken, Ray.« Danach wendet sie sich ab.

Das war's. Ein Satz, ein Meteorit, und ein Herz so groß wie ein Pfirsichkern. Wumm! Matsch.

Schwer atmend krabbele ich aus dem Meteoritenkrater meines Elends und schleppe mich zu unserem Gehege hinüber. Wo nehme ich nur immer wieder diese Kraft her? Jeden Morgen dasselbe bittersüße Spiel. Eines Tages, überlege ich, bleibe ich einfach liegen. Aber nicht heute und nicht morgen. Wahnsinn, so ein Organismus. Lebt, ob man will oder nicht. Wunder der Natur.

Am Zaun erwartet mich Rufus mit seinem Schlaumeiergesicht und einem Grinsen, als hätte er eine Pommesgabel quer im Maul stecken. Vor lauter Aufregung haut er sich mal wieder die Klaue aufs Ohr. Klassische Übersprungshandlung. Im üblichen Nörgelmodus kann mein Bruder einem bereits mächtig auf den Zeiger gehen, aber gutgelaunt ist er einigermaßen unerträglich. Und mein endzeitlicher Seelenzustand macht es kein Stück besser.

»Ich will's nicht wissen«, komme ich ihm zuvor, während ich mit gesenktem Kopf am Gehege vorbeischleiche.

Er tut so, als habe er mich nicht gehört. Ein sicheres Indiz dafür, dass er bester Stimmung ist. »Du wirst nicht glauben, was …«

»Ich will's nicht wissen!«, wiederhole ich.

Damit verschwindet zwar das Pommesgabelgrinsen, aber dieser Ich-weiß-etwas-was-du-nicht-weißt-Blick will einfach nicht aus seinem Gesicht weichen. »Verstehe«, spielt er den Beleidigten. »Dann werde ich die Jungfernfahrt wohl ohne meinen Bruder unternehmen müssen.«

Ich bleibe stehen und richte mich auf. Das glaube ich nicht. Korrektur: Ich glaube es doch. Rufus' Grinsen sagt alles. Er ist ein nervtötender Besserwisser. Aber er ist auch ein Genie. Momente wie dieser sind es, die einem immer wieder klarmachen, dass das Leben am Ende doch seinen Preis wert ist.

»Du hast das Boot klargemacht«, sage ich ungläubig.

Und schon ist es wieder da: dieses dämliche Pommesgabelgrinsen.

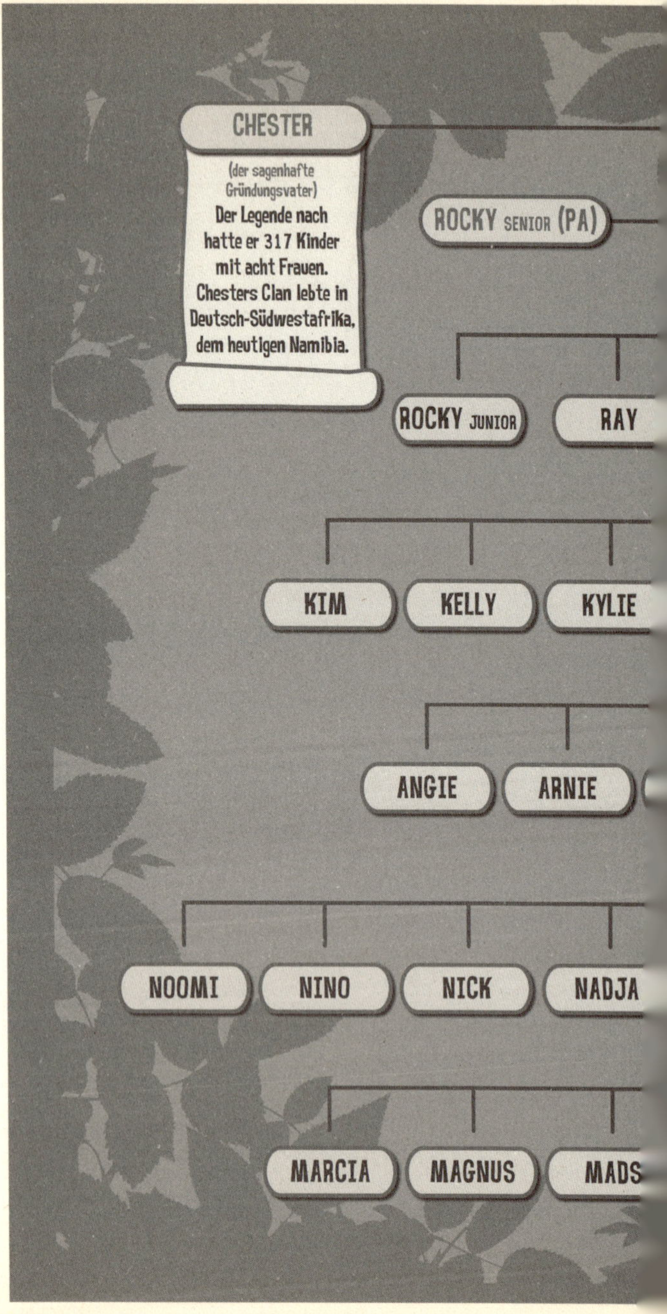

CHESTER
(der sagenhafte Gründungsvater)
Der Legende nach hatte er 317 Kinder mit acht Frauen. Chesters Clan lebte in Deutsch-Südwestafrika, dem heutigen Namibia.
ROCKY SENIOR (PA)
ROCKY JUNIOR
RAY
KIM
KELLY
KYLIE
ANGIE
ARNIE
NOOMI
NINO
NICK
NADJA
MARCIA
MAGNUS
MADS

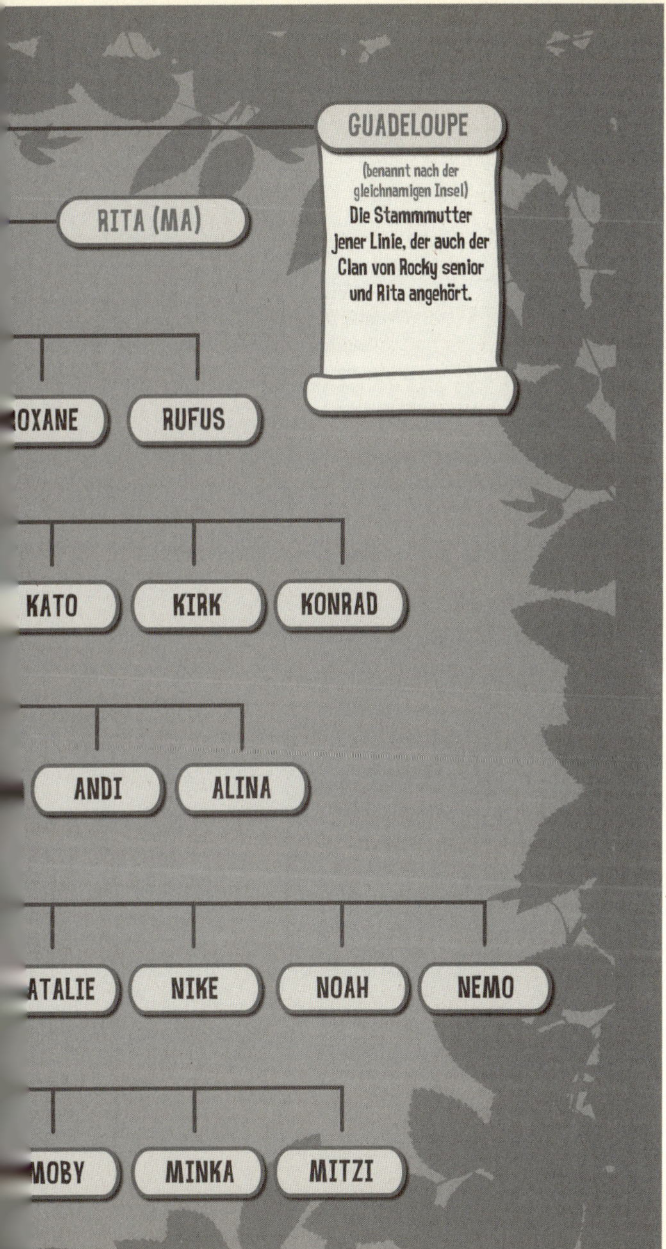
GUADELOUPE
(benannt nach der gleichnamigen Insel)
Die Stammmutter jener Linie, der auch der Clan von Rocky senior und Rita angehört.
RITA (MA)
RUFUS
KATO
KIRK
KONRAD
ANDI
ALINA
NIKE
NOAH
NEMO
MOBY
MINKA
MITZI